BÁJENME DE AQUÍ

BÁJENME DE AQUÍ

ROCÍO GUERRA RUEDA

Portada: Mariela Abreu.
Imagen: Photography Don Polo.

Número de Control de la Biblioteca del Congreso de EE. UU:		2013908630
ISBN:	Tapa Dura	978-1-4633-5730-6
	Tapa Blanda	978-1-4633-5732-0
	Libro Electrónico	978-1-4633-5731-3

Esta es una obra de ficción. Cualquier parecido con la realidad es mera coincidencia. Todos los personajes, nombres, hechos, organizaciones y diálogos en esta novela son o bien producto de la imaginación del autor o han sido utilizados en esta obra de manera ficticia.

Este libro fue impreso en los Estados Unidos de América.

Fecha de revisión: 13/06/2013

Para realizar pedidos de este libro, contacte con:
Palibrio
1663 Liberty Drive
Suite 200
Bloomington, IN 47403
Gratis desde EE. UU. al 877.407.5847
Gratis desde México al 01.800.288.2243
Gratis desde España al 900.866.949
Desde otro país al +1.812.671.9757
Fax: 01.812.355.1576
ventas@palibrio.com
470376

ÍNDICE

AGRADECIMIENTOS

Gracias a todos y a cada uno de los personajes de esta historia gracias a ellos por de una manera u otra haber sido parte de las bases y la fundación de mi realidad.

Gracias a Janeth Guevara, mi compañera de colegio y amiga incondicional quien siempre escuchó con atención mi idea de escribir este libro y quien hoy veintitres años después caminando por las playas de Tenerife me dio la motivación que necesitaba para poner en papel mi gran sueño.

Gracias a Gabby por ser el motor de mi vida, la sonrisa de mi corazón y la felicidad de mi alma gracias mi chiquita por la manera sabia con que me halaste con tu amor para salir de las arenas movedizas de la depresión.

Gracias a Mariela Abreu, mi cubana querida quien con su incondicional ayuda como profesional y amiga me ayudó a ver mi vida plasmada en papel. Gracias amiga por ponerle azúcar a mi vida.

Introducción

Si hoy tienes este libro en tus manos, pienso que es importante que te deje saber unas cuantas cosas antes de que empieces a leerlo. Mis historias están contadas en el orden en que las recuerdo, no necesariamente en el orden que sucedieron, soy mala para recordar fechas y eventos así que no te angusties si te sientes perdido en la lectura, te prometo que poco a poco vas a ir hilando la historia. Recuerdo muchas emociones y como las recuerdo te las voy a ir contando, estoy diagnosticada con (Bipolar and PTDS disorder) es decir como Maníacodepresiva, y con síndrome de desorden post traumático.

El día que fui diagnosticada sentí que me había quedado dormida y que alguien me había jugado una broma pesada colocándome en lo más alto de un montaña rusa que se encendió por si sola y a la cual no lograba detener. Di gritos de terror, pedí de auxilio, me llené de pánico, lloré, me di por vencida, y cada vez que creía la locura estaba punto de terminar, sencillamente volvía a arrancar. De allí salió el título de este mi primer libro: ¨Bájenme de Aquí.¨

El diario de mi vida no ha sido fácil pero lejos de verlo como una vida de tragedias la veo como un testimonio de vida. Cada eventualidad, desde haber sido abusaba sexualmente a muy temprana edad, hasta mi auto exilio a un país desconocido, han sido parte de la colcha de retazos de una vida que me ha llenado de experiencias.

Siempre he sido una convencida que la vida me ve como una mujer fuerte armada con escudo y lanzas capaz de superar cualquier monstruo o dragón por grande que sea y por imponente que se coloque frente a mi.

Las enfermedades mentales son como un oasis en el desierto donde ves cascadas cristalinas de agua cayendo sobre ti, pero a la vez te enfrentas a los túneles más oscuros y temibles jamás imaginados.

Por épocas de crisis llegué a olvidar donde vivía, quien era, desconocí a personas que han estado junto a mi toda mi existencia.

Algunos de los eventos que acá te voy a contar han sido narrados por personas que se encontraban junto a mi cuando los episodios sucedieron, en mi mente no hay recolección de ellos.

Contar mi historia es mi manera de entender lo que he pasado. He decidido no engañarme ni mentir acerca de mi realidad, las ideas de suicidio aun rondan en mi cabeza, la tristeza profunda aun es capaz de mantenerme lejana del mundo real. Mis tres estados emocionales; la depresión severa la manía y la cordura se turnan entre si tratando de jugarme malas pasadas, pero hoy casi dos años después de que algo o alguien me halla subido en esta montaña rusa puedo decir que gracias a mi aceptación a las medicinas a las terapias y al amor y aceptación incondicional de mi esposo, sigo aquí dando la batalla.

Agárrate que ya comienza el viaje…

De Donde Vengo Yo

Mi nombre es Sara, mi apellido puede ser cualquiera. Estoy en los cuarenta, pero vivo dentro de un cuerpo diminuto que luce de treinta, y he vivido tanto y tantas cosas que me siento de sesenta. Es decir, que como dice la canción del fallecido cantautor y poeta Facundo Cabral no tengo edad, ni porvenir y ser feliz es mi color de identidad.

De donde soy… Nací en un suelo hermoso donde Dios unió dos océanos, y nos dio la pasión de ser felices a pesar de las vicisitudes de ser miembros de un país del tercer mundo. Pero vivo, hace más de una década en un lugar donde acumular pertenencias es la meta. Tener bote, moto acuática, casa, carro del último año, casa rodante y toda clase de objeto materiales, así la tarjeta de crédito esté a punto de explotar, es la felicidad. Es decir: no soy de aquí, ni soy de allá.

Vengo de una familia compuesta por Severo, un hombre que hace honor a su nombre, el cual nació en el seno de una familia disfuncional, acarreando con él la misma característica a mi familia. Su madre, dicen que fue una mujer bella, alta y con mucho porte, quien fue entregada en matrimonio a la edad de trece años por su padre, un ganadero prestigioso, que de caballos y vacas sabía de todo, pero nada de crianza de hijos. La madre de mi abuela murió dejándola de trece años, razón por la cual su padre la entregó en matrimonio a uno de los terratenientes de la región. A un hombre cualquiera quien una tarde de sol llegó al rancho a recoger ganado, y con él se llevó, sentada a lomo de caballo a la que fuese mi abuela. De aquella forzada y para nada deseada unión con un hombre 30 años mayor que ella, mi abuela tuvo siete hijos, entre ellos mi padre. El recuerdo que tengo de mi abuela, es de una mujer diminuta, de imagen opaca, con vestimentas oscuras y gafas bifocales. Llevaba siempre su escaso cabello gris recogido en la nuca en una moña hecha con desgano, su cuerpo pequeño por los años, la amargura y seguramente también por el dolor. Recuerdos dulces de ella no me acompañan, solo la recuerdo como una mujer tacaña, malgeniada y severa, la cual en su lecho de muerte dijo por última vez… ¿Donde está Humbertico?…. y cerró sus ojos, llamando a su hijo menor (que para ese entonces rozaba los cincuenta años de edad), el que más penas y dolor le causó gracias a su adicción por las drogas y el alcohol. Aquel día, con mis escasos catorce años de edad, entendí que una madre JAMAS deja de velar y sufrir por sus hijos. Con los años también aprendí a entenderla, a comprender porqué solo salía dolor de su boca y porqué jamás recibimos una caricia o una muestra de afecto de su parte… ¿Cómo puede una anciana que queda huérfana a los trece años, y es desterrada por su propio padre de su hogar, de sus hermanos y de su tierra, sin aun haberse siquiera convertido en mujer y que además es obligada a casarse con un hombre que jamás había visto en su vida, tener algo para dar más que dolor?….

Donde quiera que estés, se que estarás mejor que en esta vida. Un abrazo Abuelita.

Mi padre, Severo, fue un hombre emprendedor, "echao pa' lante" como se dice en mi tierra. Salió muy joven a ganarse la vida, su habilidad para los negocios y sus ganas de surgir lo llevaron a cruzar sus caminos con los de Miranda, mi madre. Miranda es una mujer dulce y serena, que creció en el seno de una familia llena de amor, sus padres, mis abuelos la hicieron creer en los cuentos de hadas, donde las parejas se aman y se respetan hasta que la muerte los separa (hay casos pero cada día son menos). Mi abuela materna partió muy joven de este mundo, estaba en sus cuarenta y mi madre apenas si cumplía sus quince años.

A diferencia de Severo, Miranda conoció una madre amorosa, dulce, que junto a mi abuelo la cuidaron y mimaron, por ser la niña menor era a la vez la princesa de la casa. Al igual que mi abuela paterna, mi abuela materna tuvo también siete hijos, los cuales aun hoy en día mantienen los lazos de amor entre ellos. Mi abuelo partió muchos años después, lo único que de él recuerdo es a un hombre dulce, con mirada serena, que me dejó el legado de saber qué significa tener un abuelo. Sus visitas estaban siempre llenas de alegrías, verlo, oírlo, sentarme en su regazo eran momentos mágicos, que hoy aun después de muchas décadas siguen vivos en mi mente. Lo recuerdo siempre de corbata, oliendo rico, a diferencia de otros ancianos él, hasta el último de sus días se bañó. No se que es esa cosa de los ancianos que con la edad le cogen pavor al agua.

El día que el abuelo partió al encuentro con la abuela fue un día normal, sin sol y sin lluvia. Recuerdo que sobre el medio día recibimos la llamada de la clínica informándonos que el abuelo ya no regresaría a casa. Aún lo voy a visitar al cementerio y lo invoco para que interceda por mí antes Dios cuando tengo necesidades (casi a diario), el pobre no ha podido descansar. Entre mis tesoros se halla su diario, sus bellos y románticos escritos, donde narra cómo se enamoró de mi abuela, y las pericias que como notario del pueblo tuvo que hacer para mantenerse amigo de los partidos políticos que se enfrentaban con garras entre si. Jamás se le oyó un grito, jamás levanto la voz, nunca se le vió ofendiendo ni golpeando a nadie y menos a uno de sus hijos. Hace unos años atrás, entendí porqué para mi madre fue una pesadilla vivir junto a mi padre, de la cual no sabía cómo salir ni como sacarnos a nosotros. Gracias Abuelito por darle tanto amor a mi madre y por heredarme el buen hábito de escribir. Donde estés, sigue intercediendo por mí. Te Amo.

A diferencia de mi abuela paterna, mi madre tuvo el privilegio de escoger y no lo hizo muy bien, porque el amor es ciego y entre más nos digan que las cosas no convienen pues más queremos revelarnos y demostrar que es el mundo el que se equivoca y no nosotros. De esta historia curiosamente no tengo muchos detalles, solo sé que mis tíos, los tíos de mi madre y mi abuelo, se opusieron rotundamente a tan loca idea. Creo que al final mi madre se fugó con mi padre para consolidar su amor, trayendo al mundo cuatro hijos. Bueno, somos cuatro por parte de mi madre, porque por cuenta de mi padre éramos seis, y recientemente salió otro, veremos el día que se dé lectura a su testamento cuantos hermanitos más tengo por ahí rondando en este mundo. Mis hermanos y yo crecimos en medio del sufrimiento, de los golpes, el trago, las infidelidades y los abusos por parte de mi padre. A cambio nos llenó de viajes, de joyas, de regalos, de lujos que otros niños envidiaban, mientras nosotros irónicamente lo hubiésemos entregado todo por una noche de calma y un padre con el cual hablar, pero cuando naces en el seno de una familia como la de Severo, es muy difícil romper la tradición. Afortunadamente, estuvo mi madre, quien compensó con amor la pesadilla del inmenso horror que nos cobijaba cada vez que sentíamos a mi padre llegar. Mi madre logró protegernos y hacernos creer que se puede vivir feliz a pesar de los pesares.

Gracias mamita, nos has dado lo que tú recibiste y siempre serás mi heroína, Dios nos permita tenerte muchos años más a nuestro lado, para cuidarte, protegerte y compensar los años de dolor y sufrimiento que pasaste para hacer nuestra vida mas fácil.

CAPITULO UNO

La Rata

Aún estaba oscuro cuando el timbre anunció la intervención del piloto: “Señoras y señores, buenos días, les habla su capitán. En estos momentos estamos haciendo nuestro descenso final sobre la ciudad de Bogotá. Las condiciones del clima son favorables, la ciudad se encuentra en los dieciocho grados centígrados, cielo despejado. Estaremos arribando en aproximadamente cuarenta y cinco minutos”.

Sara abrió lentamente sus ojos a la vez que ansiosa levantaba la ventanilla para ver ante ella, el más bello amanecer, en una gama de tonos azules, rojizos y naranjas que le daban la bienvenida a lo suyo, a lo más amado y añorado: su tierra, su patria.

Como deseaba cada vez que empezaba el descenso del avión oír tocar las notas del himno nacional de su país, era maravilloso como aquellas palabras tenían el poder de encoger su corazón y avivar lágrimas de felicidad y orgullo patrio. Lentamente bajó de nuevo la ventanilla para encogerse en posición fetal sobre la incómoda silla y tratar de dormir un poco más antes de arribar.

Sara! Sara! Gritaba su madre desde el comedor. Sara se esforzaba en apurar su ritmo y bajar rápidamente las interminables escaleras en forma de caracol que separaban los cuatro niveles de su casa. Mientras avanzaba en su carrera por llegar pronto al comedor, su corazón se agitaba al ritmo de galopes. Sara sabía que al llegar al último escalón la esperaba su madre con una bandeja rebosante de panes, café, jugo, y mermeladas para ser entregados al otro lado de la mansión a Severo. Esta cita diaria antes de partir al colegio la llenaba de sentimientos encontrados. Por un lado sentía repudio y asco hacia su padre y por otro los morbosos deseos que en su cuerpo se venían anidando como una venenosa ponzoña desde sus once años de edad.

Al llegar al último escalón Sara miró fijamente a su mamá para disculparse por su matutina tardanza. Pero en lugar de una disculpa, Sara emitió un despavorido grito que resonó como el aullido de un animal herido. Miranda, su madre dejo salir un gemido que sonó entre mezcla de asco y burla, al ver que Sara por poco pierde el control de sus pies. De manera lenta y aterradora Sara bajó su mirada hasta llegar a ver que algo coleaba con signos de vida bajo sus recién lustrados zapatos escolares. Lentamente levantó su pie y de un solo brinco acompañado de un mortal grito saltó sobre los escalones de la escalera nuevamente.

Allí, al descubierto, bajo su recién lustrado zapato de colegio, ensangrentado y luchando entre sobrevivir o caer rendido a tan fatídica muerte, un pequeño, flacuchento y desorbitado ratón agonizaba. Fue allí donde germinó la semilla de la fobia que acompañaría a Sara de por vida hacia todo animal similar o igual a una Rata.

CAPITULO DOS

EL HOGAR

De manera abrupta el avión aterrizo y Sara sobresaltada abrió sus ojos, ya había llegado. De nuevo en tierra firme, la tierra, su tierra, el lugar donde su alma la conectaba con su cuerpo de manera mágica su corazón sonreía y su ser se sentía plena, segura y parte de algo. Cada reencuentro era igual, lleno de felicidad, de gozo de agradecimiento con la vida por permitirle volver a reencontrarse más que con su país, consigo misma. Siempre fue irónico para Sara ver cómo mientras sus amigas y su familia añoraban poder salir de la pobreza, de la violencia, de la falta de oportunidades, para ella era un regalo de cielo poder después de tantos años volver y sentir por unos días que de nuevo vivía en su país.

Reunida con sus amigas de toda la vida, Sara oía con paciencia la larga lista de quejas y pesares de cada una: "Ay no nena, la situación está terrible, vieras el desempleo, yo estoy desesperada en la empresa, mi jefe es un imbécil, pero me toca aguantármelo porque no hay para donde coger, tengo empapelada la ciudad con mi hoja de vida y de ningún lado me han llamado". Mientras la otra añadía: "No, y eso no es nada; el tráfico cada vez está peor. Vieras todas la calles están rotas, a este alcalde le dio por destruir la cuidad por todos lados y al mismo tiempo". Mientras Edith y Norma no paraban de actualizar a Sara quejándose de el horror que para ellas implicaba tanto desorden cívico y falta de oportunidades, Sara se alejaba de sus voces, regocijándose viendo las calles llenas de gente, parejas tomadas de la mano, niños riendo a carcajadas, vendedores ambulantes tratando de ganar el sustento de sus familias pidiendo limosnas haciendo actos malabáricos, o simplemente limpiando vidrios en los semáforos. Todos con una cosa en común...Felicidad. La alegría sobresalía por encima de las dificultades y ellos eran realmente felices. Estar allí sentada en un café, de frente a un parque, respirando el aire lleno de vida, hizo que las lágrimas brotaran en sus ojos. Angustiadas Edith y Norma lentamente fueron acallando su larga lista de inconformidades y tomando de la mano a Sara, Edith agregó – "No nena, pero tampoco es tan terrible, no te aflijas"–.

Sara soltó una sonora risotada que dejó perplejas a sus amigas – "¡NO!, si yo estoy llorando es de felicidad amigas, qué bello es estar de vuelta en mi país"–. Edith y Norma no pudieron evitar mirarse entre sí, y al unísono se rieron de manera estruendosa con Sara. Edith agregó abrazándola fuertemente – "Bienvenida amiga"–.

CAPITULO TRES

La Época del Colegio, ¿La mejor época de tu vida?

Una mala imagen cuenta más que mil palabras

Esto dicen muchos con nostalgia: "¡Ay! que épocas aquellas cuando estábamos en el colegio y nada nos preocupaba, la vida era fácil". Bueno no para todos la mejor época es la escolar., es una época en la que eres susceptible al cambio y a la aceptación. Para algunos fue: La peor época de la vida.

Era el mes de mayo y Sara cursaba el último año de la elemental, corría feliz por los corredores camino al salón de clases cuando su atención fue cautivada por los carteles anunciando el cumpleaños de María. – "¿Qué? ¿María está de cumpleaños y nadie me dijo?" pensó Sara. María era su profesora preferida: María BELEN, era su nombre, era dulce, cariñosa, bella y esbelta. Sara se sentía querida y acogida por su profesora, razón por la cual se aferró con un amor sincero hacia ella.

Aligerando el paso Sara logró llegar al salón de clases antes que el profesor de turno. Y en segundos se dio a la tarea de organizar a cuarenta compañeros de clase: "María Belén esta de cumpleaños, y le vamos a hacer una fiesta sorpresa"

Sin pedir opinión, sino informándoles como un mandato Sara delegó funciones, encargó a unos del pastel, otros de las bebidas, las bombas, la decoración, la música. En fin, en un momento organizó toda una fiesta. Sería el lunes siguiente; así todos tendrían tiempo de comprar y preparar su parte.

El fin de semana pasó y el lunes llegó, todos hicieron su parte del trabajo. Fue una fiesta maravillosa, Sara fue la gran ausente; ese fin de semana le atacó un virus contagioso que no le permitió atender al colegio. Estaba muy triste, quería demostrarle a María Belén cuanto la quería, y lo agradecida que estaba por tenerla como profesora. María Belén se sorprendió con la fiesta, pero la sorpresa fue también para Sara cuando la rectora fue informada que en el salón había música a todo volumen y un desorden que transcendía las paredes de los otros salones impidiendo a los demás profesores dictar su clase.

La monja rectora, llegó con su diminuta presencia mirando siempre al piso como buscando hormigas y cara de quien no rompe un plato, pero que se lleva por delante la vajilla entera, a exigir una explicación. Y al unísono los alumnos proclamaron el nombre de Sara, dando detalles de cómo la semana anterior les había dado instrucciones claras en qué y cómo hacer para celebrar el cumpleaños de María. No faltó quien saltara como renacuajo en charco, agregando que Sara no había atendido al colegio ese día porque sabía muy bien que no debían haber formado semejante desparpajo y escándalo.

Encendida en furia, la monja llamó y citó a los padres de Sara. Bien podría decirse que allí comenzó la pesadilla de sus años de colegio. El enfrentamiento entre Sara, sus padres y la rectora fue candente. Sara argumentando con su verdad: "Era por su cumpleaños, los carteles estaban por todos lados anunciando el cumpleaños de María", la monja con cara de soberbia, sentía que Sara se estaba burlando de su inteligencia, aseverando que los carteles eran por el mes de mayo, el mes de la virgen María. SOR-PRE-SA, Sara JAMAS imaginó que a las monjas les diera por hacer cartelitos anunciando… ¿El cumpleaños de la Vírgen?

Allí firmó Sara lo que sería por seis años su sentencia durante el bachillerato al ser considerada una niña problemática y revolucionaria. Sobre Sara pendía la amenaza de que al menor descuido o la más mínima falta perdería el cupo del colegio y saldría por la puerta de atrás, lo que significaba agregar al abuso del cual ya era víctima por parte su padre, también el abuso físico y verbal sin riesgo alguno de salvarse de ello.

Es decir, que a partir de este momento debería caminar sobre huevos para no caer en desgracia, su único consuelo era pensar que por lo menos al año siguiente saliendo de la elemental y pasando a la secundaria se libraría de los ojos inquisidores de la monjita rectora, quien era en últimas la única que no la toleraba. Uff, salvada… ¿Salvada?

¿Y ahora quien podrá defenderme?

Después de los Padres, son los maestros quienes mayor impacto tienen en los niños.

Al terminar su año escolar, Sara estaba feliz al saber que no vería mas a la monjita que había labrado unos meses de guerra y poder en su contra. Nunca imaginó que al inicio de su año escolar recibiría la noticia que la monja había sido trasladada de rectora de la elemental a la secundaria. La noticia la lleno de pavor, ahora contaría por los próximos seis años con la presencia de este malévolo ser en su diario vivir. Y que profesor no iba a tener en cuenta las recomendaciones de la rectora en cuanto a como disciplinar a Sara.

Fue así como empezó la papa caliente a rodar entre los profesores, ¿Quién tomaría a esta complicada, problemática y hasta chiflada niña en su clase? La rifa se la ganó Consuelo. (El nombre Consuelo es un nombre español de raíz portuguesa que significa CONSOLACION), pero obviamente a esta mujer nadie se tomó el tiempo de explicárselo, por lo cual no le hizo honor a su nombre, en lugar de consolar hizo la vida de Sara y de muchas más estudiantes de cuadritos. Consuelo era un mujer alta, fea y desgarbada, de voz chillona, que retumbaba por las paredes de las aulas escolares.

No había pasado una semana desde que iniciaron las clases, cuando Sara desesperada por la dureza con la que su profesora la trataba decidió escribirle una carta donde le decía como se sentía: rechazada, juzgada, vigilada de la manera más injusta. ¿Resultado?.... Reunión de los padres de Sara, rectora y la profesora, ¡Ay Dios! allí empezarían los misterios dolorosos. Luego de una larga discusión, Consuelo exigió que Sara fuese sacada de su clase ya que era una niña problema. Sara sería trasladada a un curso diferente donde la directora de curso era una "tatacoa" (entiéndase; persona de carácter duro como el acero). Sara no pegó el ojo en toda la noche del horror al saber que ahora no solo era el régimen del hogar donde su padre la abusaba en todos los niveles, sino que ahora además estaría bajo el ojo del huracán en el colegio. Todo esto, pensaba Sara, la llevaría a una muerte anticipada y la idea del suicidio empezaba a rondar su mente.

Como reza el dicho popular: "Nunca está más oscuro, que antes del amanecer". Eso fue exactamente lo que sucedió cuando una de las maestras mas estrictas de la escuela, la profesora Yolanda Angulo fue la designada para encargarse de enderezar a Sara. Contrario a todo pronóstico la maestra se convirtió en su protectora, su Ángel de la guarda, su dulce compañía, la mujer que no la desamparó ni de noche ni de día, la única capaz de ver en Sara una niña asustada, desamparada y abusada, llena de vigor, ideas, creatividad, pero a la vez falta de afecto y con deseos de ser la líder de su propia vida.

Si va a caerse, cáigase de una vez

Pero a pesar de contar con la protección y ante todo con el cariño incondicional de su maestra, no faltaban las malas energías rondando a la pobre Sara. Consuelo no se resignaba a pensar que los días de miedo de Sara hubiesen terminado. El primero de seis años de secundaria culminó en paz. Pero al segundo año, cuando el profesor de historia decidió "ennoviarse" con una alumna y fue expulsado del prestigioso colegio de las reverendas monjas, la situación también afectó la vida de Sara, pues la temible profesora Consuelo asumió la clase que impartía el profesor. Sara decidió hacer todo lo posible por ser invisible y pasar inadvertida y rogándole a Dios que Consuelo se apiadara de ella y la dejara en paz. Los rezos de Sara no fueron escuchados. Al final del año escolar, Sara culminó la materia que Consuelo impartía con nota final de 5.9. ¡Esta vieja! lo mínimo que Sara requería para graduarse era una calificación de 6.0. Allí estaba ella, silenciosamente burlándose en su cara. Con una sola materia que Sara perdiera no tenía derecho a recuperar y perdía irremediablemente el curso y el cupo en el colegio además se ganaba la paliza sin compasión de su padre, cosa que Consuelo sabia muy bien.

Sara decidió hacerle el súper resumen de año, un trabajo que incluyera mapas a color, con cronología de todo lo visto durante el año. Fue entonces allí, en plena época de exámenes finales, que orgullosa con su obra de arte llegó hasta ella: "Consuelo, yo sé que no pasé su materia por menos de un punto. No le voy a pedir que me pase, pero sí que lea este trabajo que hice. Usted sabe que tengo matricula condicional, no puedo habilitar la materia, y si la pierdo me echan del colegio, pierdo el cupo y mi papá me mata". Mirándola como quizá Sara había mirado la rata escuálida que quedó plantada bajo su zapato años atrás, le dijo: "Mire, yo no tengo tiempo para perder. Estamos en plenos exámenes finales y tengo que cuidarlos, no me puedo poner a revisar trabajos que ni siquiera he pedido". Rogándole Sara le pidió que entonces se lo llevara a su casa y allí lo revisara; "Yo no me traigo la ropa de la casa al colegio para arreglarla. No me voy a llevar los trabajos de acá para revisar allá. Además (continuó en tono bien mar-ca-di-to) Si se va a caer, cáigase de una vez".

¡Si, comprobado! A esta señora nadie, se tomó el trabajo de aclararle que su nombre significaba consolación. Pero como la vida no se queda con nada y todo lo que hagas se regresa en la vida como un bumerán, años después la vida le dió una dura lección. Consuelo sufrió algún tipo de enfermedad por la cual tuvo que volver a aprender las cosas básicas de la vida como aprender a caminar a hablar y comer por si misma. Ojalá haya aprendido la lección que la vida le dio y en su corazón reine la humildad y la bondad. Y para comprobar que la teoría del bumerán sí existe, casi treinta años después, Sara volvió a encontrarse con Consuelo cuando asistía al compromiso de Edith, su amiga de clases, con Germán, un sobrino de Consuelo. Al ver a Sara, Consuelo se le acercó sonriente y quiso entablar conversación. Sara, sin temores, sin asignaturas perdidas, ni obligaciones escolares, pudo mirarle y con sus ojos recriminarla por los años de dolor y de humillación que tuvo que vivir en su adolescencia. Consuelo jamás entendió la actitud de Sara. No recordaba nada de su pasado.

La Pobre Huerfanita

> *"Los mecanismos de defensa son un proceso psicológico automático que protege al individuo frente a la ansiedad y las amenazas externas. Generalmente el individuo suele ser ajeno a estos procesos".*

Este proceso se conoce en sicología con el nombre de Racionalización: "proceso por medio del cual el individuo se enfrenta a situaciones inventando sus propias explicaciones tranquilizadoras pero incorrectas, para encubrir verdaderas motivaciones que rigen sus pensamientos o acciones".

Sara contaba con todo lo que una niña de su edad podía tener: una bella casa, sirvientes a su servicio, viajes, ropa fina, regalos a montón, una educación en un prestigioso colegio, pero no tenía lo que para ella era lo más importante... Amor y respeto. Tendría quizá doce años de edad, cuando en un descanso de clases mostró a una de sus compañeritas la foto de su "padrastro", a la vez que se la enseñaba les contaba la historia de como había crecido sin tener a su lado a su padre biológico, y como quien la criaba, era el esposo de su madre. Este era un hombre huraño, violento, que sólo le inspiraba terror. A la vez inventaba historias de un padre real, un hombre dulce, amoroso, que la trataba como a su princesita, quien había fallecido trágicamente. Sara veía con celos como sus amiguitas tenían un padre como el que ella siempre quiso tener.

La historia de Sara fue tan convincente, que no pasaron sino un par de semanas, cuando fue llamada a la rectoría, donde sorpresivamente y sin tener idea del porqué, se encontró cara a cara con su "padrastro" junto a Miranda, su madre, la psicóloga del colegio y obviamente la rectora. El escalofrío que corrió por el cuerpo de Sara le anticipó el dolor físico que aquella pequeña mentira le causaría, pues aunque no imaginaba el motivo de tan distinguida reunión, sabia que lo que le esperaba en casa era abuso físico y golpes brutales, sin contar que quizá ello terminara en visita al psiquiatra de turno que le trataba.

Por recomendación directa de la psicóloga del colegio Sara llevaba casi un año, visitando de manera semanal al psiquiatra. Era llevada por su padre, quien durante el trayecto de la casa al consultorio la manoseaba tocando sus pequeños senos y llevando su asquerosa mano a la entre pierna de Sara, mientras entre amenazas le prohibía hablar con el psiquiatra de sus caricias y le exigía de mantener la boca bien cerrada a cambio de no golpearla, o peor aun de no golpear brutalmente a su madre. Sara callaba y lloraba en silencio su desgracia.

Los llamados de atención jamás cesaron, se volvieron el picadillo de maestros y el motivo de convertirse en heroína para sus compañeras. Sara la rebelde, la que era capaz de enfrentarse a dragones como Consuelo y la Rectora, la que siempre salía victoriosa, la que en su equipo tenía dos armas filosas y potentes, que podía usar cuantas veces necesitara: la profesora mas temida; Yolanda, y el párroco quien era la máxima autoridad masculina en el plantel religiosos.

Fueron muchos sus intentos de ser independiente, de no requerir ni siquiera la base semanal para sus comidas en el colegio.

Sara sabia que Margarita, la empleada de la casa preparaba unas tortillas de queso deliciosas, por lo que decidió hacer todo un plan estratégico para que su maestra la ubicara en un lugar dentro de la clase donde tuviese acceso a una toma de corriente. Cinco minutos antes que la campana del descanso sonara, conectaba un pequeño horno que consiguió de una de sus amigas, y colocaba una tortilla. El olor del queso derritiendo dentro del horno, las tripas retorcidas de hambre de sus compañeros y la alcahuetería de su maestra, hicieron del negocio de Sara una fuente interesante de ingresos económicos, pero en poco tiempo la fama de sus tortillas se propagó de manera tal, que maestros, y alumnos, veían con ansiedad las manecillas del reloj, para salir en busca de tan delicioso manjar. Colocando en riesgo de nuevo la tranquilidad de la rectora.

Sara cambió de negocio y se dedico a vender colombinas, las cuales no se conseguían en la cafetería del plantel. Nuevamente su negocio se disparó, llegó a vender tal volumen, que en los descansos abundaban los alumnos caminando con un palo blanco plástico, saliendo de su boca y con un delicioso chicle al final del dulce (El chicle no es algo apropiado para una persona decente, menos hacer bombas, o sacarlo de la boca, era la concepción de las maestras y monjas) por lo cual el negocio no duro mucho tiempo.

Ya sin ideas de como evitar el tener que aguantar las humillaciones de Severo, quien tiraba sobre la mesa, semanalmente la mesada de Sara, no sin antes aclararle que "Gracias a él y su generosidad ella tendría con que comer ese día", se le ocurrió una "Brillante idea, que casi la lleva a la tumba".

Las monjas decidieron que los vasos desechables no eran un bueno negocio para ellas, así que invirtieron comprando una cantidad limitada de vasos plásticos, en los que se les venderían las bebida a los alumnos, a cambio de recibir sus bebidas en estos "elegantes vasos" deberían dejar un deposito de doscientos pesos por vaso, los cuales les serian retornados una vez regresaran el vaso a la cafetería.

La idea no tuvo mucho éxito entre los alumnos, que en lugar de hacer una fila de quince minutos de su descanso para retornar un vaso, preferían perder los doscientos pesos, al fin y al cabo, doscientos pesos no era nada. Así que se le ocurrió la idea mas rentable hasta ese momento en su vida: Decidió usar los cuarenta y cinco aburridos minutos de su descanso, para recolectar vasos. Les ofreció a sus compañeros, conocidos y desconocidos, hacer las interminables filas, regresar los vasos, pero quedarse con el dinero. ¡Bingo! Negocio para todos. El colegio recibiría sus "hermosos vasos plásticos ", los alumnos no tendrían que perder tiempo de su descanso, de sus juegos de canasta, o sus interesantes conversaciones acerca del cantante de turno y Sara, bueno ella tendría lo que quería...dinero. El plan era perfecto, de lunes a jueves, recolectaba vasos, los guardaba en los casilleros del gimnasio, de los libros, y en uno u otro que encontrara desocupado y el último día de la semana se dedicaba a ir y venir regresando vasos. Al fin y al cabo la monjita que atendía la cafetería, era tan viejita que no veía quien venía ni quien iba, que llevaban o que traían. El plan no podía ser mejor.

Todo funcionaba de acuerdo al plan y así fue por dos meses, pero algo empezó a faltar, tanto monjas como profesoras se dieron en la tarea de buscar el porque los vasos "desaparecían" y reaparecían semanalmente.

Sara se encontraba en clase con la Bernate, cuando de un solo empujón y con ayudante al lado, entro la perfecta de disciplina. Ante su impetuosa imagen todos los alumnos corrían de pánico, buscando donde esconderse para escabullirse de sus amenazas y humillaciones. "¡Sara! Abra de inmediato su casillero". Las piernas de Sara temblaron de terror, ella sabia qué buscaba la perfecta de disciplina y sabia también que allí encontraría "algunos" de los vasos que ya había colectado aquella semana. "Se me quedó la llave en casa" atinó Sara a responder.

Con una mirada fulminante, la perfecta la miró directo a los ojos, mientras que chisqueando los dedos daba la orden al hombre que la acompañaba para romper el candado y abrir la pequeña puerta tras la cual los vasos se apilaban entre si. Todos los alumnos miraban atónitos a Sara algunos entre risas y otros con condolencia. Como una cascada desbocada cayeron uno a uno, de manera interminable vasos y vasos y más vasos. Cuando Sara pensaba que ya todo había terminado, se oyó una voz chillona y desagradable: "Ella tiene tres casilleros más". Era la muy querida y amorosa Consuelo, que no pudo evitar la mueca en su rostro semejando una sonrisa de júbilo. "Rómpalos todos, gritó enfurecida, con la cara enrojecida del mismo tono de su mal pintado cabello".

A medida que más y más vasos caían haciendo un sin igual estruendo en el aula de clase, Sara sentía que cada uno le representaría un latigazo de Severo y que ellos en armonía irían acompañados de los regaños, reclamos y castigos de la rectora, al igual que de las evaluaciones y los cuestionamientos de la sicóloga… ¿Sara porqué eres una niña problema?

Cargando dentro de su delantal los vasos que cabían y seguida por una comitiva de voluntarios, Sara se dirigió a la rectoría. En el camino varios vasos "desaparecieron" gracias a la intervención de sus ángeles: su profesora Yolanda y el párroco del colegio, que se pasaron junto a ella a recoger cuantos en sus manos cabían, Pero aun así no lograron salvarla de la paliza y los regaños que la situación merecían.

Después de muchos años de ser acribillada con preguntas, como ¿Porqué eres tan problemática? ¿Qué pasa contigo?, ¿Porqué no te puedes comportar normal? Sara terminó por creer y aceptar que era una niña problema, estas preguntas marcaron su vida, su autoestima, su amor propio y la confianza en sí misma.

Los golpes desmedidos de su padre, más que abrir su cabeza, o rajar sus oídos hasta sangrar, rajaron de un tajo su amor al ser más importante en su vida… ella misma. Las terapias con el psiquiatra jamás terminaron para Sara, quien irónicamente retornó años después y por voluntad propia al mismo psiquiatra donde la llevaban casi que a la fuerza y las terapias que durante tantos años fueron una visita obligada se convirtieron en su refugio y fue la misma Sara quien a los 19 años, con un divorcio a cuestas empezó a buscar de manera desesperada y voluntaria a terapeutas que le ayudaran a encontrar las respuestas a tanto abuso maltrato y dolor.

Sara buscó incansablemente una respuesta a sus porqués, preguntó en la taza del chocolate, en las cartas, con las adivinas, con el tarot, en la religión, en la ciencia, alguna respuesta que le ayudaran a entender porque sentía que no merecía amor y que debía "comprarlo" para obtenerlo, sin importar si era amor filial, paternal, de amigos, o de sus parejas.

¿Qué si encontró la respuesta? Sacó varias conclusiones y teorías, aprendió a vivir con su pasado, sin permitirle afectar su presente, pero sobre todas las cosas entendió el porqué tuvo que vivir cada proceso doloroso que vivió. Y como dice el adagio popular; "Lo que no te mata, te fortalece". Eso pasó con Sara, esas duras experiencias le hicieron una mujer más sensible, pero a la vez fuerte para salir adelante en la vida de manera victoriosa

CAPITULO CUATRO

Ángeles Cayendo del cielo

¿Qué significa ser un ángel?

La palabra "ángel", derivada del griego ángelus, significa mensajero, y es el nombre genérico de un grupo colectivo de seres, ciudadanos del espacio interior, cuyas responsabilidades incluyen la organización armoniosa del universo habitado.

Desde muy pequeña Sara creyó en las hadas, los ángeles, y todo ser iluminado con alas. Y quizá fue esa creencia lo que la llevó a lo largo de su vida a encontrar muchos de ellos en su camino. El primer ángel que marcó su vida fue, definitivamente su profesora Yolanda, quien se encargo protegerla y la ayudarla a reafirmar el amor por sí misma. El segundo, sin temor a equivocación fue el sacerdote de su colegio, quien asumió el papel de PADRE, no de manera superficial y religiosa como su profesión lo indicaba, sino de manera real y paternal, dándole el cariño que ella tanto anhelaba."Si algún día hubiese tenido hijos, hubiese querido que tú fueses uno de ellos, mi chinita". Estas palabras salieron solo una vez de labios del PADRE, pero en la memoria de Sara quedaron grabadas de por vida. Su nombre no podía ser otro, se llamaba Justo y como tal trajo eso a la vida de Sara, justicia, ternura y compasión. En una de las muchas reuniones académicas, la rectora determinó que lo mejor que se podía hacer con Sara, era lo que se hace con la maleza que crece entre la hierba: cortarla de raíz, expulsarla del plantel, darle un escarmiento echándola por su "mal comportamiento", (de aquella reunión Sara se enteraría treinta años después).

Yolanda golpeó enérgicamente la mesa con sus dos puños cerrados, oponiéndose a tal locura, amenazando con renunciar al plantel ante tal injusticia y locura. El PADRE Justo se sumó a la protesta de amor y de manera sorpresiva para monjas y profesoras, lanzó su grito de protesta apoyando la causa. Así fue como Sara, sin saberlo y gracias a sus dos primeros ángeles logro, seguir y finalizar seis años de tormenta, donde siempre contó con la calma y los brazos acogedores de Yolanda y Justo.... Dios los bendiga por tanto amor.

Sara cursaba el último año, tendría a lo mejor 17 años de edad, cuando decidió que ya era hora de darle fin a tanto dolor, pero el veneno de ratas que tomó solo sirvió para darle la bienvenida a una horrenda y dolorosa diarrea. El intento fallido de ahorcarse con la cortina de su habitación, solo dio pie a que el estruendo hiciera subir a Severo por la inmensa escalera de caracol de dos zancadas, encontrando a Sara tendida en el suelo bajo la cortina enredada en su cuello, lo cual desencadenó una tremenda paliza que la dejó coja por un par de días. Los ruegos y súplicas a sus padres de ser enviada a un internado, pues su vocación de monja así lo exigía, solo dio paso a burlas y evasivas por parte de Miranda y Severo. Así que sin más remedio, Sara tomó la decisión de escaparse de su casa. Era un plan perfecto, nadie sospecharía, sería al salir ese día del colegio, al terminar clases, se cambiaría y saldría sin rumbo fijo en busca de libertad, dejando atrás años de abuso sexual, físico y emocional por parte Severo a quien temía de manera tal, que creía podía leer su mente y sus pensamientos. Todo el plan era minuciosamente preparado. Junto a la puerta de salida de la mansión había un pequeño cuartito en el que se guardaban las herramientas del jardín, allí dejaría una bolsa con parte de su ropa. La noche anterior había dejado una mochila a guardar en el supermercado de la esquina, "Es para una obra de teatro y no quiero que se me olvide", le dijo a la tendera para pedirle que se lo tuviese hasta la mañana siguiente, cuando lo recogería antes de tomar el autobús al colegio. Pero nadie se muere en la víspera, ni se escapa de su realidad. Ya entrada la noche Sara miraba el techo de su alcoba, asegurándose que sería la última vez que tuviera que dormir bajo ese mismo techo. A lo lejos oyó el timbre de la puerta y aunque le pareció extraño que alguien viniera a esas altas horas de la noche, nunca imaginó que ese llamado a la puerta sería el inicio del fin de sus planes de huida.

Aun sumida en sus planes y mirando al techo, quedó sentada de tajo y con la respiración entre cortada, al ver a Severo quien de un golpe abrió la puerta de su habitación tomándola del brazo sin darle tiempo siquiera a musitar una sola palabra.

"Definitivamente usted es que es bruta o es tonta" gritó Severo al arrastrándola por el corredor que conectaba su habitación con la de sus padres. Al llegar allí, vio a una temerosa Miranda, que aun bajo las cobijas y con cara temblorosa, miro a su hija con compasión pero sin musitar palabra alguna. Mientras tanto, Severo de manera brusca, la tiraba frente a la cama, mientras él se sentaba junto a su esposa. "Explíqueme ¿qué es esto?", gritó Severo lleno de ira y con la cara enrojecida al dirigirse a Sara y mostrándole la mochila que había dejado a guardar con la tendera. Sara aterrorizada al sentirse descubierta, comenzó a titubear, pidiéndole a su mente que le ayudara a responder con algo creíble para evitarse una nueva paliza... "Es... para una obra de teatro, es que no quería que se me olvidara, perdón papá no debí dejarlo en la tienda...fue un error, pégueme papá, me merezco que me castiguen". Decía entre sollozos mientras trataba de controlar el temblor de su voz, y la caída indiscreta de sus lágrimas. Hubo un minuto eterno de silencio, donde Sara intentaba que su respiración no sonara como galopes de caballo. De repente y ante tanto silencio, una cascada de agua, empezó a sonar, Severo y Miranda confusos, no entendían este peculiar sonido, ni de donde provenía, hasta que vieron como avergonzada y temblando como una hoja de papel Sara bajó su mirada, para ver como los orines le bañaban sus piernas de manera que ella no lograba controlar. La mirada de sus padres siguieron la de ella, viendo su entrepierna haciendo barrera a los orines que no dejaban de bajar. Los dientes de Severo chirriaron de la rabia y sin pensarlo dos veces, sacó de un solo intento el cinturón de sus pantalones que reposaban sobre la silla junto al cuerpo diminuto de Sara. Solo se oyeron gritos de dolor, lágrimas de tristeza y un profundo y desolador silencio. A la mañana siguiente Sara no podía creer lo que veían sus ojos, su pierna izquierda tenía un golpe a la altura del muslo ensangrentado, que entre tonos morados y verdosos, rodeaban el hueco que su padre había hecho con la hebilla de la correa. Era como una marca, un hueco que no le permitía caminar de manera normal. Mientras se arreglaba para salir al colegio no entendía porque sus lágrimas corrían de manera desobediente por su rostro, no entendía si era dolor físico o humillación lo que no le dejaba ver claramente.

Al llegar al colegio y como lo que era, un ángel, se tropezó de frente con el Padre Justo, su padre, quien al ver su modo de caminar y el dolor en su rostro, la llevó junto con él a la capilla, informando al maestro de turno que la necesitaba para que le colaborara en labores propias de la iglesia, y por lo cual no asistiría a la primer hora de clase. Al entrar en la capilla, Sara no pudo evitar tanto dolor reprimido y se permitió llorar, llorar como una niña, llorar como una huérfana, llorar como una víctima. El Padre Justo no podía creer lo que veían sus ojos, jamás había visto tanto maltrato y violencia, sus lágrimas junto a las de Sara corrieron por sus mejillas, sentía dolor e impotencia ante tanta crueldad. "Esto no puede continuar así, vamos a llamar a la policía de inmediato" Sara dejó de llorar de manera inmediata y un sentimiento de horror se apodero de ella. "Nooo, eso no es una opción, si lo hacemos mi papá me mata, y de paso lo mata a usted, por favor no diga nada, no lo haga, se lo ruego". Luego de unos minutos, El Padre Justo convencido por los argumentos de Sara decidió no denunciarlo, dedicó el resto de la hora a hacerle compresas a Sara y a acariciar su cabeza, limpiando las lágrimas de sus mejillas. "Mi chinita linda, cuánto dolor has tenido que pasar".

Allí empezó la cadena de ángeles en la vida de Sara.

Los novios no fueron el fuerte se Sara, su relación con el sexo opuesto estaba llena de temores y tabús, es quizá por ello que los cuatro novios que tuvo en la vida, se convirtieron en sus cuatro esposos cada uno en su momento."Mi amor, no tienes que casarte con cada novio que tienes" fueron las palabras de preocupación de Miranda al saber del tercer matrimonio de su hija.

En su último año de colegio, Sara empezó a intercambiar sonrisas con Ernesto, un muchacho de la misma edad, quien había llegado al barrio y al cual veía cada mañana de camino al colegio. Su romance no pasó de tomarle la mano y uno que otro beso en los labios. Una tarde, caminaban abrazados por el parque, Sara ya sabía a qué horas podía ver a su enamorado sin ser descubierta. Severo jamás llegaba a casa antes de la hora de la cena. Pero aquel día Severo había decidido llegar antes de lo planeado y al pasar frente al parque que unía las casas de Sara y Ernesto, los había visto a lo lejos. Severo disminuyó la velocidad del auto y sigilosamente los siguió, descubriendo a Sara dándole un beso de despedida a su enamorado antes de salir corriendo para entrar en su casa.

Severo aun frente al parque apagó el auto y colocó sus manos sobre el timón, tomándose unos minutos para decidir qué hacer ahora con esta nueva información. De manera pausada, encendió el auto y parqueó frente a la casa, tomó su maletín y entró a la mansión. Sara y su madre ya se encontraban en el comedor sentadas esperándolo para la cena, Severo entró, tomó asiento, no las miró, no musitó palabra alguna. La tensión era fuerte. Pero Sara no imaginaba que podría ser. Al terminar la cena, Severo se levantó de la mesa, llamó a Margarita la empleada y le pidió que lo siguiera al estudio. Sara y Miranda intercambiaron miradas. Algo se avecinaba.

Minutos después, Margarita apretando sus manos entre su delantal y con la mirada clavada en el piso, salió ligera rumbo al segundo piso de la mansión, al llegar a la parte alta no pudo evitar voltear su mirada hacia Sara, y con un gesto de compasión dejo entre ver lágrimas en sus ojos. El desolador momento fue interrumpido por el grito seco de Severo, "SARA, súbase al carro inmediatamente!" "¿Pero qué paso, mijo?" con voz temblorosa pregunto Miranda, quien como respuesta obtuvo un empujón que la dejó al otro extremo del comedor. Sara salió angustiada hacia la calle, donde su padre había dejado el auto, en ese preciso instante Ernesto cruzaba frente a su casa, y con una sonrisa de adolescente enamorado vino caminando hacia ella, "Mi niña bella, para dónde vas" Sara de un salto lo miró, alejándolo con su mano. "Ernesto, vete, por Dios, escóndete, no te me acerques" Ernesto no necesitó preguntar más aunque su boca permaneció abierta por unos segundos, lleno de preguntas por hacer, rápidamente vio a Margarita salir con un morral en la mano seguida de Severo quien obturaba el botón de la alarma del auto, haciendo ademanes con su mano para que Sara se metiera dentro del coche.

De manera irracional y a una velocidad descontrolada, Severo manejó largo tiempo en silencio por las calles de la congestionada ciudad sin musitar palabra, a cambio de ello, cada vez que frenaba en seco atestaba un golpe a la cabeza de su hija, quien trataba de contener sus lágrimas y aplacar la tembladera de todo su cuerpo. "Con que con novio, la muy puta ¿no? ¿Qué más le agarró el cagón ese fuera de la mano? ¿Donde más me le dio piquitos, ¿ha? Perra inmunda, desagradecida, usted es que no se da cuenta que para que algún día se case ha de ser con uno tan guevon que se la aguante, o tan verraco que la doblegue?." Los pensamientos de Sara iban de acorde a las frases de su padre, en su mente pensaba que si el veía que ella estaba de acuerdo con lo que él decía el abuso, los golpes y las ofensas cesarían, pero contrario a ello, entre más aceleraba el auto, las palabras y los golpes se hacían más fuertes. Al cesar los golpes, el cuerpo de Sara no resistía más y cayó en un profundo estado de somnolencia, llevándola a un sueño ligero. Lentamente Sara abrió sus ojos, no entendía que pasaba o donde se encontraba, al intentar acomodarse en la silla, se encontró en una postura extraña y la mano asquerosa de Severo manoseando su vagina, y sus senos. Ya oscurecía y el paraje en el cual estaban parqueados era desconocido, no habían autos, ni semáforos, mucho menos gente alrededor. Ella cerró de nuevo sus ojos pretendiendo dormir, como lo hacía cada noche que Severo se colaba entre las cobijas para manosearla en su cuarto. Quizá solo pasarían minutos, pero para ella fueron horas eternas de asco y repudio hacia quien se supone debía ser el hombre que la iba a cuidar, a proteger, a ser su guía y el mayor orgullo masculino que jamás hubiese conocido. Llevando la mano hacia la puerta de Sara y abriéndola gritó: "Bueno mijita, yo se que esta despiertica, váyase bajando del carro, y no olvide su morral" Sara no entendió a qué se refería su padre y de manera sorpresiva lo tomó del brazo y con ojos suplicantes lo miró directo a los ojos, lo que siempre había esquivado. ¿Pero papá?"... "¿Qué,.. No quería irse de la casa?.... Pues dele mija váyase, pero váyase rapidito, y mire a ver cómo le hace sin taita que la mantenga, ahí en esa mochila le empacaron su uniforme y su cepillo de dientes, lo demás... rebúsqueselo, que su difunto padre no le va a alcahuetear los amoríos, rapidito bajándose." Entre estupor y temor Sara se bajó del auto.

Alo, ¿Socorro? Hola Amiguita... Al otro lado de la línea, Socorro no podía evitar tener sus ojos abiertos sin pestañear al oír las atrocidades que Sara, entre llano contenido le narraba, sin pensarlo dos veces Socorro tomó nota de la cafetería en que su amiga se encontraba y colgó para hablar con su mamá.

Pasarían quizá cuarenta minutos, cuando Sara vio por el vidrio de la cafetería el pequeño y destartalado carro de la mamá de Socorro parquear sobre la calle. Socorro y su madre bajaron del auto, y sin decir palabra alguna abrazaron a Sara llevándola a vivir con ellas, convirtiéndose en lo más parecido a un hogar; llenándola de amor y haciéndola parte de una familia.

Socorro fue sin duda el tercer ángel en la vida de Sara.

La vida de Sara dio un giro vertiginoso, paso de ser una niña de familia acaudalada dueña de una cómoda y hermosa habitación en su casa hermosa ubicada en uno de los sectores mas exclusivos de la ciudad donde tenía personas a su servicio que cubrían todas sus necesidades, a vivir en casa de Socorro. compartiendo la cama, la habitación, y tomando transporte público para desplazarse cada día al colegio. A falta de lujos y comodidades, Sara contaba con tranquilidad, no corría el riesgo de ser abusada o maltratada, el cariño y el calor de hogar se respiraban en casa de Socorro y eso era un tesoro invaluable para Sara.

En casa de Socorro vivió por unos meses, meses en los cuáles habló telefónicamente a diario con su madre Miranda quien la añoraba entrañablemente y le rogaba entre lágrimas que volviera a casa. Finalmente y para el día de la madre, Sara regresó con el alma renovada y las fuerzas necesarias para continuar hacia adelante. El romance con Ernesto no terminó y al contrario de alejarse el uno del otro, la dura experiencia de Sara los unió más como pareja, llevándolos al altar a pocas semanas de Sara haber terminado sus estudios de secundaria.

Apesar de quererlo, Sara sabía que el amor debía ser algo más que lo que ella sentía por Ernesto, en quien veía a un hombre bueno, capaz de amarla y hacerla sentir valiosa, pero la pasión estaba lejos de tocar las puertas de aquel fugaz matrimonio. El tiempo no tomó espera para mostrarles a Ernesto y Sara sus profundas diferencias y metas en la vida. Mientras Sara atendía a la universidad de noche y trabajaba de día, Ernesto pasaba sus días jugando al ejecutivo independiente en la pequeña empresa de su padre. No pasaría más de un año antes que, de manera pacifica y de común acuerdo, Sara y Ernesto decidieran a separar sus caminos y seguir cada uno sus propias metas de manera independiente y por separado.

La vida empezó a regalarle éxitos a Sara, y todos los sacrificios de largas horas de estudio, de intensos días de trabajo y de incontables sacrificios, la llevaron a ver los frutos de su siembra. Poco a poco, pero firmemente ascendía, conocía gente que le admiraba y le abría puertas. Su vida se convirtió en su mejor sueño hecho realidad, la independencia, el dinero, los logros no se hicieron esperar solo faltaba que el amor tocara su puerta para ella dejarlo pasar y completar así su felicidad. Y así fue como apareció el hombre que marcaría su vida partiéndola en dos, la historia de Sara antes y después de enamorarse perdidamente de quien ella pensó sería el hombre que la acompañaría, tomado de su mano hasta el último de sus días.

Solo pasaron cinco años, cinco años fugases que la dejaron desolada e inconsolable arrastrando lo que quedaba de si con rumbo hacia Norteamérica, a donde partió un quince de julio en busca de lo que había perdido en su propio país…su identidad, su amor propio, su esencia…

Sara corría de manera desmesurada por los corredores del aeropuerto esperando tomar el avión que ya había anunciado que despegaría en pocos minutos. Con su morral a medio hombro y con la respiración entre cortada, no podía darse el lujo de detenerse a amarrar su zapato que corría a la par de lado a lado con ella, detrás de ella y durante todo el trayecto corría un soldado, que gritaba angustiado, batiendo algo pequeño y vino tinto en su mano. Al llegar a la puerta de salida, donde era la única pasajera y mirando a la asistente del vuelo con cara de súplica, Sara no necesitó abrir la boca, cuando la asistente replicó: "Pasaporte y tiquete". Sara sacó el tiquete que ya casi salía del bolsillo abierto de su morral, y lo pasó a la asistente, buscando su pasaporte afanosamente, para sentirse en un instante en pánico, al ver que su pasaporte ya no se hallaba en su bolsillo. La asistente del vuelo le dio una mirada fulminante, prediciendo las palabras que de la boca de Sara estaban a punto de salir. Sara sólo alcanzó a musitar un gemido, cuando frente a ella vio como alguien le pasaba su pasaporte a la asistente, "Aquí lo tiene" replicó, el soldado, quien persiguió a Sara en su carrera por huir de su realidad, convirtiéndose en otro de los muchos ángeles que la han rodeado en su caminar por esta vida.

El trayecto de su vuelo la llevó, en medio de lágrimas, recuerdos, dolor y rabia, a New York, donde haría una corta escala de menos de una hora, tiempo que tendría que ser suficiente para pasar inmigración, reconocer su equipaje, buscar la siguiente sala de espera e ir al baño...Todo en inglés, idioma que jamás logró entender y mucho menos apreciar. Todo parecía como una batalla contra el reloj, la cual la tenia exhausta, pero a la vez la mantenía de pie para continuar en su nueva travesía.

La azafata repetía incansablemente "algo" pero poco o nada se interesaba Sara en entender lo que trataba de decir aquella mujer por medio del micrófono lleno de ruido y mala señal. Al lado de Sara dormía placentero con la boca abierta para mantenerse respirando, un americano que ocupaba la mitad de su asiento, Sara sabia que el hombre iba vivo, porque su inmenso estómago se contoneaba de manera ascendente y descendente cada tres minutos. Abajo al mirar por la ventanilla, Sara divisó una inmensa ciudad, llena de edificios rasca cielos, allí estaba la tan famosa ciudad de Nueva York, un lugar de negocios, de dinero, un lugar que representaba la libertad, con unas aun existentes torres gemelas impetuosas y sobre salientes. El aterrizaje fue como una descripción de su vida en ese momento: Horroroso, donde la velocidad del avión hizo a más de uno dejar salir un gemido al tocar suelo. Sara apretó sus manos en el cuero de la silla, y cerró sus ojos apretándolos, esperando que al abrirlos se despertara y se viera en su cama, en su casa, oliendo el café que pronto su empleada le traería.

Contrario a ello, al abrirlos vio como la gente murmuraba y se levantaba afanosa de sus sillas, esperando que abriera la puerta para salir en estampida. Todos menos, obviamente el compañero de puesto de Sara quien se tomó todo el tiempo del mundo para mover su monumental existencia de la silla, impidiéndole el paso a Sara.

Al salir del avión, Sara se encontró en la dimensión desconocida. No tenía idea del paso siguiente, de donde debería ir y todos los anuncios, estaban obviamente...en inglés. Si sólo hubiese prestado atención en las clases, quizá sabría por lo menos para donde coger. De repente decidió poner en práctica un viejo adagio de su tierra" ¿Para donde va Vicente?... para donde va la gente. Implicando que seguiría a la multitud y de alguna manera confiaba en que esto la guiaría a su maleta, a inmigración, al baño y por último a la siguiente sala de espera.

El aeropuerto de Nueva York es un sitio mágico, para quien jamás ha salido de su país, los olores a perfumes invaden los corredores, la gente de muchos países, culturas, y diferentes ropajes atrapan la atención del menos curioso, las tiendas de marca llenas de elegantes bolsos de veinte mil dólares en rebaja, te hacen soñar con ser estrella de cine. Así iba Sara girando su cabeza de lado a lado para captar la mayor cantidad de imágenes en su memoria, hasta que el pánico se apodero de todo su ser, estaba allí, metida en un tren, con destino a quien sabe dónde, tratando de comprender como era posible que hubiesen trenes dentro de los aeropuertos, su mirada llena de pánico cautivó a un joven de unos treinta años, quien se acercó a ella, diciéndole en español: "¿Hacia dónde vas?". ¡Hablas español! Fué lo único que Sara atinó a decir, relajando su rostro, como si hubiese encontrado un billete de lotería. "Si, eso creo" dijo el muchacho sonriendo burlonamente por la inteligente apreciación de Sara.

Sara sacó su tiquete de avión, mostrándole hacia donde se dirigía. El muchacho que casualmente trabajaba para la misma aerolínea que ella tomaría, la miró y de manera pausada le dijo… Yo creo que ya perdiste la conexión. El rostro de Sara tomó un tono gris pálido. A partir de ese momento todo se torno en un solo corre, corre, tomada de la mano de este nuevo ángel, Sara corrió a cambiar de tren, escuchó como el muchacho por radio decía algo desesperado, para luego enterarse que informaba a los asistentes del vuelo que había una pasajera perdida en la parte opuesta del aeropuerto, a la que aun le faltaba reconocer equipaje y pasar inmigración. No satisfecho con su labor, la guió por corredores internos, donde solo le sellaron su pasaporte sin preguntarle ni siquiera su nombre, la montó en otro tren, le dio unas monedas y le dijo. "Si te quedas del vuelo, me llamas y yo te recojo en la puerta de salida, no te muevas de allí", le regaló una dulce sonrisa, mientras las puertas del tren se cerraban alejándolos por siempre. Sara sonrió agradecida y de repente recordó y grito en pánico "¡Hey! Espera, ¿cómo se usa el teléfono?". Bienvenida a los Estados Unidos de América, Bienvenida al Sueño (¿?) Americano

Al llegar a su destino final se sentía agotada y presa de mil emociones que la habían dejado cansada y sin ánimos de continuar. En medio de la multitud y a lo lejos pudo divisar a Carmen, su amiga de años, a quien pesar de no haber visto durante los últimos quince años pudo reconocer y correr a sus brazos para dejarse caer ante tanto dolor. Sara había encontrado en

Carmen a la confidente de su tristeza y quizá la distancia que las separaba le había dado las fuerzas necesarias a Sara para desahogarse y sincerarse acerca de su verdadero dolor por la perdida de tantas cosas bellas y el miedo a tantas cosas nuevas, con Carmen había logrado expresar su dolor y junto con ella había encontrado como solución el huir, dejarlo todo y salir corriendo colocando tierra de por medio a tan dura realidad. Sara vio como su vida se desborono frente a sus ojos como el mas perfecto en efecto domino.

Los días no fueron fáciles para Sara en casa de Carmen, quien poco a poco dejó en claro para Sara quien era allí la dueña del territorio. El temperamento de Carmen variaba con una facilidad que dejaba a Sara perturbada y sin seguridad de como actuaria su amiga cada nuevo día. Y mientras el dolor y el duelo no le permitían a Sara reconciliarse consigo misma, la nueva vida la empujaba a buscar maneras de sobrevivir. Carmen le había acomodado una cama en el sótano donde compartía el espacio con la zona de lavandería de la casa. Sara decidió tomar el toro por los cuernos una vez mas en su vida y demostrarse que ninguna circunstancia era mayor que su deseo de salir adelante y brillar como siempre lo había hecho…Con luz propia.

Poco a poco comenzó a sacar la cabeza del caparazón que la cobijaba se inscribió en una escuela gratuita y comenzó a aprender el idioma y en su inglés maltratado logró conseguir empleo en una compañía de turismo, allí pareció Eve, una americana dulce y jocosa, que llenaba cada día la vida de Sara de alegría. Era casi cómico ver como Eve salía al rescate de Sara cada vez que alguien intentaba entablar una conversación en un idioma totalmente ajeno para Sara. Eve se convirtió en un hada de color y luz, que hacía escapar a Sara de su dura realidad y de la soledad que vivía en un país que nunca sintió como propio.

Como las hadas, Eve apareció y desapareció sin dejar rastro. A cambio le dejó en fino papel y hermosa envoltura, un regalo que aún conserva un lugar privilegiado en la vida de Sara: un bello libro de hadas, que contaba una historia en la que un ángel en la tierra era tocado por el ala de una hadita que partía, no sin antes rociar su polvo de escarcha y colores sobre ella.

Así partió otro de los tantos ángeles de la vida de Sara.

Cuando Milagros hizo su aparición en la vida de Sara, ninguna de las dos imaginó el fuerte impacto que la una tendría en la vida de la otra. Todo empezó con un simple: Hola, ¿cómo estas? ¡Yo también soy de Colombia! Y sin más preámbulos, Milagros le dio a Sara su número telefónico, el cual apuntó en la palma de su mano sudada más por cortesía que por ganas de entablar amistades nuevas. El destino las unió cuando Sara angustiada iba en búsqueda de vivienda, mientras Milagros rebosante de felicidad estaba allí para recoger una amiga y salir de día de campo.

Sin éxito alguno en la búsqueda de un lugar para mudarse, Sara tristemente recordaba las palabras de Carmen: "Para mañana necesito que te mudes fuera de mi casa, tú sabes que a los gringos no les gusta tener gente de visita y tú ya llevas dos meses viviendo con nosotros y mi esposo ya está cansado". Sara, solo unos meses atrás había llamado a su amiga Carmen en su desespero y necesidad de hablar del tema, le contó con detalle como su mundo se había derrumbado al enterarse de la tremenda infidelidad de la cual era víctima.

Los días pasaban sin solución alguna, Sara desesperada por no tener a donde ir, ni conocer a nadie, en un país extraño, con un lenguaje y unas costumbres ajenas a las suyas, después de caminar por horas bajo un implacable sol veraniego, se decidió a tomar unos cuantos centavos de su bolsillo para llamar a Milagros. Sus manos sudaban y su voz temblaba ante la expectativa y la duda de cómo esta mujer respondería al grito de auxilio que Sara estaba a punto de dar. "¿Hello?" respondió Milagros con acento americano y voz dulce al otro lado de la línea. Temblorosa e insegura de hablar o colgar, Sara se decidió por la primera opción; "Alo, Milagros… Hola, soy Sara, nos conocimos hace dos días, en casa de tu amiga, ¿recuerdas? Yo soy la persona a la que le diste tu número". Pasaron solo segundos que Sara sintió como una eternidad, ya iba a colgar el auricular de aquel teléfono público cuando Milagros respondió: "Oh si claro, Sara… ¿es tu nombre verdad? ¿Como estas?" Sara no logró contener el dolor, la humillación y la desesperación que le cobijaba, y sin poder musitar palabra, solo atinó a llorar incontrolablemente.

Luego de unos minutos, Milagros estaba enterada de la situación de Sara, y con voz cansada le respondió: "Ummm, mira yo tengo cuatro hijos, un marido, una amiga viviendo en mi casa y un gato, ¿pero sabes qué? Alista tus maletas, dame tu dirección y en una hora paso por ti, vente a vivir a mi casa, y ya luego veremos que hacemos".

Allí nació una hermandad del alma, donde Sara no solo encontró un ángel, sino además la felicidad de ser como una segunda mamá para los hijos de Milagros, quienes a lo largo de los años, y a pesar de sus múltiples diferencias, lograron darle lo que ella siempre anhelo…la posibilidad de ser mamá, aunque fuese por momentos y de manera simbólica.

Milagros, que bello nombre, y que bien le quedó a este ser maravilloso que llegó, y sigue presente en la vida de Sara como un ángel protector.

CAPITULO CINCO

El príncipe Azul... ¿Existe?

Lo Importante NO ES encontrar al príncipe azul, si no aprender a amar a quien hemos hallado.

María Antoniela Collins

Como dicen por ahí, hay que besar muchos sapos antes de llegar al príncipe azul. Algunas llegan a encontrarlo, otras jamás tienen esa suerte. A este punto creo que el príncipe azul, es el ser que llega a nuestra vida, y a pesar de sus defectos, de sus malos modales, sus olores intensos y su imperfección, se convierte en el hombre que está ahí para darnos apoyo, soporte, amor y ante todo para aceptarnos tal y como somos, con estrías, gorditos, celulitis, mal aliento, cambios de temperamento y diarias quejas acerca de ellos, de la vida, de lo que somos y lo que queríamos ser.

Alguna vez preguntaba a una amiga, quien para ella era el hombre perfecto, y su respuesta me parece hasta hoy en día la más acertada; "Es el hombre con el que puedes llegar a la vejez y tener una conversación agradable. Aquel con el que te sientes cómoda, compartiendo una taza de chocolate en una tarde fría". Que simple pero confortable descripción, es tan cierta como esta otra que sabiamente me dijo en la misma conversación. "Nunca sabes realmente con quien te casas, hasta el día que te divorcias". Las bodas de Sara fueron siempre comparadas por su familia a las de la famosa y bella Elizabeth Taylor. Quizá Elizabeth, al igual que Sara, solo buscaba incansablemente algo que solo existe dentro de cada uno de nosotros mismos...La Felicidad.

El Loco Bohemio y Soñador

El primer matrimonio de Sara se celebró cuando cumplió los diez y nueve años, fue la puerta para salir de la casa de sus padres, era eso o el internado para convertirse en monja, de otra manera jamás hubiese logrado dejar su casa tan rápido. Sara se casó con Ernesto, un hombre maravilloso. Fue una ceremonia modesta pero linda, para aquella época gracias a sus habilidades comerciales, Sara tenía ahorrado lo suficiente para costear su propia boda, fue una ceremonia religiosa, a la cual asistieron quizá cuarenta personas. Los ahorros de Sara alcanzaron para recepción, ponqué, fotógrafo y hasta para la luna de miel. Desde ese entonces Ernesto mostró sus primeros signos de "tranquilidad" pues no puso ni un peso, pero a cambio estuvo de acuerdo en todo lo que Sara proponía. Para aquella época Sara trabajaba y estudiaba. No era una vida fácil, corría una carrera contra el reloj todos los días, pero era feliz, no tenía miedo, no había abuso verbal, no era minimizada como persona, no vivía en un ambiente de miedo y de represión. Era feliz. Pero el amor sin dinero no dura, como dice el refrán; "Cuando la pobreza entra por la puerta, el amor sale por la ventana". Ernesto era un loco bohemio y soñador, un hombre maravilloso que escribía poemas, pintaba vitrales, un hombre de espíritu libre, al cual las ataduras materiales jamás llegaron a tocarlo "fresca, si no hay para pagar la cuenta de la electricidad, pues usamos velas", "Tranquila si hoy no hay nada para comer, podemos ir a casa de mi mamá a que nos de comida", "No se angustie ya pasará algo que mejore la situación" eran algunas de sus memorables y tranquilizadoras frases. Sara, por su parte, quería ser alguien, tener carro, comprar casa, tener hijos, estudiar, viajar, demostrar y demostrarse que no era una perdedora como se le había hecho creer en su infancia y adolescencia. Luego de un año y medio de matrimonio y una terrible crisis financiera donde no había ni para comer, decidió separarse. No hubo trauma, ni gritos, fue como haber jugado a estar casados y ya cansados del juego, decidieron que cada quien tenía un concepto muy diferente de lo que significa la felicidad. Se dijeron adiós en el año noventa y tres. Hoy en día de vez en vez los cruza la vida, él sigue feliz viviendo junto con su madre a donde llegó hace más de dos décadas al salir de casa de Sara.

Sara logró cumplir muchas de sus metas y hoy en día sigue poniéndose metas cada vez las altas. A pesar del tiempo, aun sienten un profundo cariño el uno por el otro.

"Gracias a ti, logre salir de las garras del infierno en que vivía, gracias por amarme y aceptarme de la manera que lo hiciste. Ernesto, que Dios te bendiga siempre"... (Así no creas en él).

Sara

El escritor gay

Dos años después de su divorcio con Ernesto Sara pensó que ahora si el príncipe azul había llegado a su vida, "Valió la pena la espera, bla bla bla". Era el continuo discurso de Sara a todos los que le conocían. Sara andaba sola, sin pareja, su vida había dado un giro de ciento ochenta grados, ahora era una ejecutiva importante, dirigía una empresa con prestigio y era respetaba profesionalmente, manejaba un carro del año, vivía en un apartamento precioso y acogedor y estaba tomando clases de arte visual, lo que había sido siempre una gran pasión y una gran frustración. La vida le sonreía, recogía los frutos de su disciplina, su esfuerzo y su claridad en cuanto a sus metas. Fue precisamente en una de esas clases que le conoció. En principio no hubo química, ni amor a primera vista, muy por el contrario de manera mutua se parecieron prepotentes y engreídos. El era un escritor de televisión, relativamente joven en el medio, pero con buena suerte y talento, se hallaba escribiendo series familiares con muy buen rating en ese momento, lo que le hacía creerse superior a quienes estaban allí improvisando. Sara era productora voluntaria y se encargaba de buscar locaciones, trabajar con maquilladores y vestuaristas, revisar horarios, velar por el presupuesto de la producción, coordinar entrega de material, en fin, más feliz no se podía sentir. Eran días agotadores entre los tacones de la ejecutiva que interpretaba en el día y el zapato tenis de la productora que era en las tardes noches y muchas veces madrugadas de trabajo, pero se sentía feliz, plena, hacia lo que le apasionaba y lo hacía bien. Las cosas con el escritor empezaron a suavizarse, él poco a poco, en cada nuevo encuentro se hacía más agradable. A los pocos meses empezaron un noviazgo, una relación hermosa, la más bella, la que ella llamó el cuento de hadas con el príncipe azul incluido. Eran la pareja perfecta, el talento de Sara terminó inclinándola hacia la parte artística y se dedicó de lleno a trabajar con él. Eran un buen equipo de trabajo y una pareja feliz, viajaban, disfrutaban de la compañía mutua, sus familias se querían, los proyectos empezaron a surgir por todos lados, al punto que tuvieron que contratar escritores para cumplir con los compromisos de trabajo, su vida era… Perfecta (¿?). Perfecto no hay nada en esta vida.

Desde muy jovencita, Sara sufría de tremendos dolores menstruales. A la edad de 27 años, cuando llevaba varios años junto a el escritor finalmente encontró un medico que acertó con el motivo de los dolores; Endometriosis: entiéndase médicamente como una afección en la cual el tejido que se comporta como las células que recubren el útero (endometrio) crece en otras áreas del cuerpo, causando dolor, sangrado irregular y posible infertilidad.

Allí Sara entendió porqué los dolores y la dificultad al tener relaciones sexuales y los intensos dolores que paralizaban su rutina diaria desde su infancia y porqué jamás había quedado embarazada, a pesar que nunca uso ningún método de control natal. Hasta ese día no entendió, que era mentira su reiterada frase de "jamás quiero tener hijos". Entendió que no era más que una herramienta de defensa ante la imposibilidad y el temor de no tener las armas para defender a sus hijos de que les pasase lo mismo que a ella y que fuesen víctimas sexual, física y mentalmente de quien llegase a ser su padre. Entendió, que no hay peor castigo que la lengua. Tanto y con tanta prepotencia le gritó al mundo no querer ser madre, y ahora el destino, la vida, se lo estaba cumpliendo, a este punto de la enfermedad no había posibilidades de hijos, al contrario, si había la necesidad de una cirugía inmediata para saber el estado real de sus órganos. Lo que le siguieron a esta noticia fueron meses muy difíciles, de dolor físico, dolor emocional, de crisis como mujer, de rabia contra quien fuese el hombre supuesto a cuidarle y a protegerle: su padre. Se sentía rota por dentro, se sentía inútil como mujer. Sara entró en una crisis emocional interna donde cada mujer embarazada le creaba conflictos de impotencia, celos y rabia, donde frases, como "La realización de la mujer es la maternidad", martillaban su cerebro, las frases de amigos y familia: "No te preocupes ya, todo va a salir bien, yo conozco a fulanita que después de muchos años quedó embarazada, ya vas a ver, Dios te va a regalar un hijo" en lugar de reconfortarla le torturaban día a día.

Poco a poco fue saliendo de su etapa de letargo mental, de negación y depresión, para entrar en una de aceptación. Fue allí cuando se le ocurrió junto con el escritor, (bueno en ese momento ella pensó que era una idea de los dos) mirar opciones para adoptar, finalmente ser padres no era el hecho de engendrar si no de criar. Para Sara, salió de nuevo el sol, tenía una esperanza y su pareja trabajaba con ella en ese proceso de manera activa. Quizá él no contaba con que las cosas se iban a dar de manera tan rápida, era más fácil de lo que pensaban, los procesos eran más cortos de lo que les habían dicho y entre mas se aproximaba el momento de la adopción, de manera extraña, mas se distanciaba su pareja de ella. Su temperamento comenzó a cambiar, sus rutinas y horarios de gimnasio y su obsesiva manía de "ir al banco" en las mañanas, se hicieron diarias, pero la desconfianza jamás existió por parte de Sara, así que todo se lo atribuyo a los nervios de enfrentarse a un cambio de vida total y convertirse en papá. (No hay peor ciego que el que no quiere ver). Faltaban solo semanas para que la pequeña bebé a la que ya conocían por fotos, llegara a casa. Sara llamaba a propios y extraños para compartir la noticia, entre tanto decoraba con esmero su habitación y hacía todos los cambios que se requieren para dejar de ser pareja y pasar a ser familia.

Aquella tarde de primavera, el teléfono replicaba intensamente, Sara llegó fatigada corriendo a tomarlo "¿Alo?", fueron las únicas palabras que aquella tarde salieron de su boca. "Mire vieja estúpida, no sé si usted es ciega o es que realmente no se da cuenta, pero él y yo somos pareja hace mucho tiempo y todo iba bien hasta que a usted se lo ocurrió la idiotez de adoptar" Sara no podía creer lo que sus oídos oyeron, le tomó un momento reaccionar y colgar el teléfono, la voz del muchacho que llamó retumba su cabeza, trataba de entender sus palabras, de adivinar su edad, su físico, era un joven quizá no mayor de 20 años, algo sonaba familiar pero no sabía que era, ¿dónde había oído esta voz?.... La noche llegó y con ella el silencio sepulcral de Sara quien optó por no decir nada, quizá con la ilusión de que todo fuese solo una mala jugada de su imaginación y nada más.

Pasarían un par de días, cuando el timbre de la casa sonó. Al abrir la puerta Sara encontró que no había nadie, pero a cambio vio un sobre con su nombre en el piso. Como una premonición, su cuerpo y sus manos temblaban y su corazón se aceleraba de manera intensa. Finalmente Sara se sentó y decidió enfrentar lo que este sobre viniera a decirle Lentamente lo abrió, encontrándose una carta de amor, dulce, llena de pasión, describiendo detalles íntimos de encuentros furtivos sexuales, fugases, pero intensos. Una carta donde las ganas de verse de nuevo se repetía en cada línea. Al final, encontró su firma, la del mismo hombre que tantas veces le escribiera cartas de amor, el mismo que en unos días se convertiría en el padre de la pequeña que estaba a punto de llegar a casa. Su hija, la pequeña que con tanto amor estaba esperando para completar su familia. Junto con la carta venía un condón que ya había sido usado. Aun sumida entre el asco y la desesperación, su celular sonó, en un acto compulsivo como quien busca ayuda en un callejón oscuro, Sara tomó el teléfono al primer timbre, "¿Alo?", fueron las únicas palabras que por segunda vez salieron de su boca. "¿Ahora si entiende, o quiere que le mande un dibujo? ¡Déjelo en paz! Aléjese, usted estorba, y olvídese de la locura de adoptar" El tono de desconectado en el teléfono dio paso a los gritos, el dolor y la desesperación de Sara, quien tirada en el suelo, fue encontrada horas después por el que ella pensara equivocadamente fuera su príncipe.

Pasaron días de reclamos, de dolor, de negación, de auto culpa, de intentos por mantener lo que jamás existió de manera real. Él lloró, juro, sintió indignación ante tan cruel infamia, pero finalmente ante tanto amor y dolor por parte de Sara, no tuvo más opción que aceptar lo que por décadas se había negado a sí mismo. Su vida era una pantalla, su relación era un globo de colores, donde él y Sara vivían, pero de tanto aire, de tanto inflarlo se había reventado, dejándolos a los dos con el corazón roto y el alma vacía. El falso y cobarde príncipe, sin saber cómo actuar, una mañana lluviosa. decidió empacar sus maletas, y partir dejando una nota sobre la cama. "Te amo nena, todo va a estar bien, confía".

Al final de meses de dolor, de insomnio, de profunda tristeza, de miles de tazas de café y semanas llenas de pesadillas, de pasar por encima de sí misma y de sus principios y de hacer literalmente cualquier cosa por recuperar lo que ella creía había perdido por su propia culpa, Sara recibió la llamada de su amiga Carmen, quien al oír su tragedia, la motivó a salir corriendo de allí, de aquel apartamento lleno de recuerdos, de aquel pasado que no se iba y seguía presente, de todo lo que era su mundo. Sara empacó maleta, entendió que los príncipes como se pintan en los cuentos de hadas no existen, allí decidió salir, se auto extraditó y se fue sin rumbo claro a un nuevo país, a una nueva vida, a un nuevo comenzar. Todo final, es un nuevo principio.

"Te doy gracias por los años de felicidad, por el tiempo que vivimos en una burbuja de fantasía, pido a Dios para que seas feliz y que logres aceptarte como eres y no como la sociedad y tu familia quieren que seas".

Con Agradecimiento,
Sara

El Abusador

La Bella y la Bestia

Habían pasado menos de seis meses desde la llegada de Sara a Estados Unidos, su vida, aun era un mundo desconocido, de ser una ejecutiva brillante, pasó a ser una estudiante novata del idioma. Aun vivía con Milagros, cuando una tarde ilusionada le contó su nueva decisión: "Mili, recuerdas a Thomas... Anoche me propuso matrimonio y acepte. Me caso en unas semanas" Milagros que se encontraba cenando no pudo menos que quedar con el bocado en la boca, sin poder musitar palabra alguna. "¿Qué, estás diciendo? Yo no creo que ese hombre te haya propuesto matrimonio, mira que tu ingles aun no es bueno. ¿No será que entendiste mal?". "Claro que no" respondió Sara un tanto molesta. "Anoche fuimos a comer, yo le conté que en dos meses me regreso, que mi visa se vence y yo acá no me quedo de ilegal. El se puso triste y me dijo que me ama, y que no quiere perderme, que nos casemos cuanto antes" Pasaron unos segundos antes que Milagros pudiera reaccionar, ante tal noticia; "Yo no sé, a mi me parece que tú te ves como una muñequita de tela, junto a ese hombre tan rudo y ordinario, entre quedarte sin visa y arruinar tu vida al lado de semejante tipo, me parece que la primera opción es menos extremista". Pasaron unos segundos en silencio profundo, hasta que Sara agregara: "Yo sé que lo dices porque él es un hombre sin educación, con un trabajo pesado que requiere fuerza, más no inteligencia, no creas que no lo he pensado amiga, pero mira, ya yo tuve el amor de mi vida y por más que me niegue a creerlo, la verdad es que jamás voy a poder cristalizar nada con él por su condición sexual. Pienso que Thomas es un buen hombre, es trabajador, tiene la custodia de su hijo, eso habla muy bien de él, para mí si se es buen padre, se es buen ser humano. Y honestamente... Yo solo quiero un compañero de vida, nada más,. Para mí el amor ya vino, pasó y se fue. Aunque no estés de acuerdo, respeta mi decisión y apóyame, tú eres no solo mi única amiga, eres también mi familia". Milagros, miró fijamente a Sara levantándose del comedor y rodeándola por detrás con sus brazos. Milagros suspiro resignada "Okay, entonces manos a la obra, no tenemos tenemos mucho tiempo para organizar tu boda".

Pasaron sólo ocho meses y el divorcio quedó finalizado entre Thomas y Sara. De esos aproximadamente doscientos veinte y cuatro días, solo unos noventa alcanzó Sara a vivir dentro de la pesadilla de aquel horrendo matrimonio que empezó mal y como dicen las abuelas... Lo que mal comienza, mal termina. El día de la boda, Thomas llegó media hora tarde, totalmente alcoholizado, al punto que no recordaba siquiera el nombre de la mujer con la cual uniría su vida en lazo matrimonial, la recepción la dedicó a coquetear y tocar las nalgas de una que otra invitada incluida Milagros.

Fue una ceremonia simple, sin ningún romanticismo, decorado con flores artificiales, con esto prestado, aquello de segunda y muy pocos invitados, quienes en un ambiente frío y sórdido acompañaron a los novios. Entre los invitados se encontraba el padre del novio, quien sonriente se acercó a la pareja de recién casados ofreciéndoles un "regalo" de bodas, que según sus propias palabras, debía ser usado a la mayor brevedad posible y con la mayor discreción. La reunión duraría quizá un par de horas y los novios partieron a su nido de amor, a casa de Thomas.

Sentados frente a la chimenea, Sara auguraba una noche especial. Y si que lo fue, sin motivo alguno Thomas rompió en llanto incontrolable y tirándose al piso como un niño mal criado comenzó a gritar que su vida se había arruinado, que ya no tenía consuelo, pues no tenia mas opción que compartir su vida con esa mujer. Sara no entendía que pasaba, porqué la reacción y las palabras sin sentido de su esposo, así que decidió cobijarlo entre sus brazos, y pedirle que se calmara, allí quedó Thomas. Tendido en el piso entre los brazos de Sara, luego de clamarse y dejar de balbucear estupideces, Sara escuchó como su tercer marido, y quizá el error más grande de su vida, empezaba a roncar y babear de manera asquerosa, dejando rodar sus babas alcoholizadas por el vestido de la novia.

A la mañana siguiente, Sara descubrió que la cocina de la casa carecía de estufa, que el polvo y el abandono cubrían cada mesa, cada silla resquebrajada y cada rincón de la casa. Haciendo el menor ruido posible para no interrumpir el sueño de Thomas, Sara abrió lentamente la puerta que daba a la habitación de su adolecente hijastro. Lo que allí vieron sus ojos le parecía una escena de terror. La cama desecha, las paredes empapeladas con stickers, afiches, pintura, grafitis, y papel de colgadura destruido. Poco a poco Sara bajó la mirada hasta llegar al piso, donde por partes se lograba divisar que debajo de las bolsas de comida vacías, las latas de sodas vacías, los libros, zapatos, medias sucias, uniforme de deportes, guitarras, morrales y ropa, ropa y mas ropa, había un tapete color vino tinto, como complemento a las paredes rosa pálido de aquella habitación. Convencida que sus ojos no verían nada peor que aquella alcoba, decidió dar paso a abrir la puerta siguiente, o por lo menos intentar hacerlo. Luego de varios intentos Sara forzó con toda sus fuerzas la puerta que finalmente cedió y abrió un poco, dejando entre ver un basurero de cajas, papeles, adornado con telarañas que le daban un toque misterioso a aquella habitación. De un salto sintió como una mano se posaba sobre hombro. "Buenos días mi dulcecito" Sara volteó lentamente hacia su esposo y le regalo una forzada sonrisa. "Ven vamos a ver que nos dio de regalo de bodas mi viejo", agregó Thomas, guiándola hacia la sala donde la noche anterior habían estado frente a la chimenea, desconcertado al no ver el paquete Thomas empezó a levantar cojines, papeles, colchas, discos viejos, buscando el regalo de la noche anterior. Entretanto Sara hacía un recorrido de 180 grados con sus ojos, mirando su alrededor. Solo veía abandono, suciedad, cortinas raídas, vidrios y puertas manchadas por el paso del tiempo. "AH!" exclamó Thomas "Acá esta, ven a abrirlo conmigo dulcecito" Sara iluminó su rostro con emoción y tomó el regalo de manos de su esposo, leyendo en voz alta la tarjeta. "para ser usado a la mayor brevedad posible y con la mayor discreción." Emocionada Sara rasgó el papel esperando encontrar algo sexy, algo íntimo, algo digno de ser solo visto por los ojos de ellos dos en su noche de bodas. Por el contrario, las manos de Sara empezaron a temblar y sus ojos no podían dar crédito a tan horrendo y absurdo regalo. ¿Qué intentaba decir su suegro? ¿Qué clase de hombre era el padre de su esposo?, En solo un cerrar y abrir de ojos Sara regresó a su infancia y sintió el mismo escalofrío y terror que su padre le causaba. Creció viendo como Miranda temblaba de miedo cada vez que este mismo instrumento aparecía en su casa para amenazarla. Sacando una ira interior que ella misma desconocía, Sara dirigió su mirada hacia Thomas y levantando su voz para ser oída le recrimino. "¿Qué clase de individuo es tu padre? ¿Cómo se atreve a darnos algo semejante? A nadie se le regala un revolver con dos balas, mucho menos a una pareja de recién casados, que digo una pareja. A su propio hijo." Thomas, al ver la reacción de Sara, tomó entre sus manos el revólver, jugueteando con él en la mano y soltó una estruendosa carcajada. "Pero que dramáticos son los latinos, que no ves que es una broma y muy buena por cierto."

Así empezó la nueva vida de Sara, la que ella vaticinó como tranquila, sin amor pero con compañía. Nada más lejos de la realidad.

Durante el primer mes de matrimonio, Sara se dedicó de cabeza a limpiar paredes, desinfectar el baño, sacar maleza del patio, limpiar la cocina, improvisar cocinar sin estufa y estudiar inglés. Sus días pasaban entre la casa y la escuela del barrio. Decidió usar algo de sus ahorros para comprarse un auto y sorprender a su esposo adquiriendo cosas básicas para la casa como sábanas, almohadas, toallas, lámparas para hacer de aquel cuchitril su nuevo hogar. Todo parecía ir bien. El hijo de Thomas la ignoraba, lo cual no le afectaba, igual en sus planes no estaba convertirse en la madrastra de un adolescente malcriado y desordenado. Con Thomas, apenas si se veía los fines de semana, a pesar de que este regresaba a casa a eso de las cinco de tarde, siempre se daba un largo baño, para sacarse el polvo que durante el día recogía en su trabajo como constructor de vías, luego se preparaba un trago de tamaño gigante, siempre el mismo: Blody Mary. Luego se sentaba a ver deportes en la televisión. Sara regresaba a casa a eso de las siete treinta, para encontrarlo la mayoría de las veces totalmente alcoholizado y con ganas de tener sexo. Aquella noche no parecía ser diferente a las otras, salvo que Sara se sentía deprimida y triste de ver los pocos resultados que sus esfuerzos para hacer un nuevo hogar parecían tener. Al entrar a casa, sus piernas temblaban del frío había demorado el doble en manejar de la escuela al trabajo. Entró derecho y tomó una larga ducha caliente para calentar sus huesos de la terrible nevada que afuera caía y que era la primera en su vida. No entendía como la gente sueña con vivir en la nieve, para ella había sido una experiencia llena de inseguridad y temor de estrellarse. Al salir de la ducha encontró a Thomas sentado en la cama, desnudo, esperándola. "Crees que con ducharte te quitaste la evidencia de encima?" Dijo Thomas mirándola fijamente a los ojos y totalmente alcoholizado. Sara sin entender el comentario, pero sin ánimos de discutir, se giró de espaldas a Thomas para sacar su pijama del closet. De un solo movimiento, Thomas tiró de su toalla, dejándola descubierta ante él y tirándola sobre la cama. Allí de manera violenta y sin compasión tuvo sexo a su antojo y necesidad, mientras por el rostro de Sara corrían lágrimas de humillación, mientras por su mente, como una película, pasaban imágenes de su vida, su niñez, de Severo, de su relación con el escritor a quien aún en secreto amaba y con quien esperaba volver al despertar de esta pesadilla. Veía a Milagros pidiéndole reconsiderar la idea de casarse, veía su casa en su país, su empresa, su carro, su entorno, su país, sus amigas. De repente un grito la trajo de vuelta a la realidad "¿Qué pensabas perra inmunda, que nunca lo iba a descubrir, que ibas a seguir teniendo sexo con esos malditos negros, sin que yo lo supiera? Vociferó Thomas, tan cerca al rostro de Sara, que esta podía sentir su aliento lleno de alcohol, en medio de sus palabras que destilaban odio y rabia. Confundida y adolorida, Sara se recogió sobre la cama hasta quedar en posición fetal. "¿De qué hablas?, sólo fui a mi clase y llegué muy adolorida, jamás había manejado bajo la nieve" dijo Sara explicando el porqué había llegado directo a la ducha.

"¿Qué crees, que no he visto como el tamaño de tu vagina ha cambiado? ¿Con cuántos negros ilegales te has acostado?, ¿Si te pagan lo suficiente? O todavía no cobras ¿Ha? Sara no podía dar crédito a sus oídos, como pudo se levantó lentamente, recogiendo la toalla que yacía aun en el suelo para cubrir su avergonzado cuerpo. Lentamente regresó al closet, tomó la primer pijama que encontró y salió en silencio hacia el baño. Allí rompió en llanto silencioso, como en los años en que Severo la maltrataba pero no le permitía llorar, como si hubiese hecho algo malo. Sara perdía el control de su cuerpo que temblaba y sus manos no respondían a sus órdenes. Luego de colocarse el pijama, miró su rostro en el espejo. Le parecía mentira que esa que la miraba fuese su propia imagen. Lentamente apagó la luz y en pasos sigilosos caminó por el pasillo encontrándose al hijo de Thomas, quien evidentemente escuchó todo lo sucedido, pero quien no mostró la menor señal de compasión hacia ella. En silencio, y como volviendo a la cueva del lobo, Sara volvió a su cuarto. Allí, aliviado encontró a Thomas desnudo, tendido de lado a lado en la cama, quien entre ronquido y ronquido, dejaba salir sus babas por el borde de sus labios. Sara tomó la almohada y la colcha y se acomodó en una esquina del cuarto entre la pared y el closet, donde pasó toda la noche en guardia, rezando para que la borrachera lo mantuviera dormido hasta la mañana siguiente.

Quizá habrían pasado unas tres noches. Aquel día Sara no había tenido escuela y sintió llegar a Thomas, en lugar de alegría sintió una ansiedad tremenda, no sabía cómo reaccionaría Thomas al descubrir que Sara había vaciado la botella de vodka que quedaba aun en el refrigerador. Pero sorpresivamente, quien cruzó la puerta de la casa fue un Thomas alegre, con una sonrisa plasmada en sus labios y una bolsa en sus manos. "Hola dulcecito", la saludó animado. "Quiero que vengas y veas el regalo que te he traído". Los regalos no era algo que se vieran por aquella casa donde la quiebra y las deudas eran lo único que abundaba. Thomas tomándola de la mano, la llevo hacia la habitación y emocionado empezó a sacar de una bolsa camisetas y camisetas, y más camisetas, todas talla larga y compradas en un almacén de rebajas. Por un momento Sara pensó que el regalo de Thomas era ropa para él, aunque pensó que le iban a quedar pequeñas pues un hombre de la contextura y la altura de él usaba no menos de extra largo, pero con sorpresa y confusión vio como él la colocaba frente al espejo de cuerpo entero que había en la habitación y sobre el diminuto cuerpo de talla "extra small" de Sara, iba probándole una a una las prendas con cara de felicidad, con orgullo, como si le hubiese traído el último diseño de Channel.

Sara enfurecida, haló la camiseta de turno sobre su cuerpo, tirándola al piso. "¿Qué clase de chiste de mal gusto es este, Thomas?" El tomó la camiseta del suelo más las que tenia sobre la cama, se acercó lentamente hacia el closet y de manera pausada, empezó a sacar algunas de las prendas de Sara. "Pues mi querido dulcecito, ningún chiste, esto es lo que vas a usar de ahora en adelante, porque mi esposa no va a ir por ahí vestida como una ofrecida, y esto no es un ofrecimiento". Le dijo mirándola retadoramente, "Esto es lo que de ahora en adelante vas a usar para ir a tomar tus clasecitas".

Aquella noche, al igual que las últimas en la vida de Sara desde que partió de su país, fueron de llanto sostenido, de dolor y de sensación de abandono. Aquella noche Thomas le dio una dura prueba a Sara de todo el poder que ejercía sobre ella. Mientras Sara se alistaba para ir a la cama, Thomas entró enfurecido al cuarto y tomándola por el codo la llevó de manera apresurada hacia la ventana que daba sobre el patio de la casa. "¿Ves como cae nieve?, ¿te gusta?" preguntó de manera sarcástica. Sara, sin responder pero moviendo su cabeza de manera afirmativa, lo miró atemorizada. Mientras que él, casi arrastrándola la llevó hasta la puerta que conducía hacia afuera, abriéndola y sin mayor esfuerzo la empujó hacia afuera, donde la nieve caía de manera copiosa. '"Pues qué bueno que te gusta, porque aquí es donde vas a pasar la noche, por atrevida y mañana vas y me compras no una, sino dos botellas del mejor vodka que vendan y me empiezas a recibir con un trago en la mano". Sara sintió como de un solo golpe la puerta del patio trasero se cerraba frente a sus ojos.

Decidida a no ceder en la manera de vestir e ir en contra de su propia voluntad, Sara dejó de ir a la escuela. Sus días pasaban en casa, limpiando, recogiendo, ordenando lo inordenable, y hablando con Milagros por teléfono para distraerse y sentirse acompañada. A Milagros jamás le contó su pesadilla, ni como se sentía junto a Thomas, era incapaz de recibir más rechazo, o un "yo te lo advertí". Quería solo por algunos momentos hablar en su idioma, sentir una voz amiga y tratar de sacarle sonrisas a la vida. Las conversaciones de Sara con Milagros eran cada vez menos, pues los horarios y la vida tan agitada de Milagros la mantean ocupada gran parte del día. Sara sentía temor cada vez que Milagros la llamaba al terminar la tarde, pues ante la falta de razones para ofender y humillar a Sara, Thomas había decidió tildarla de lesbiana, siendo Milagros, su supuesta amante y la amenazaba con enfrentar e insultar a Milagros, una vez se diera la oportunidad, además de haberle prohibido cualquier contacto con ella. Por ello Sara siempre la llamaba antes que Milagros lo hiciera, para evitar que la llamada quedara registrada en la máquina del teléfono, la cual Thomas revisaba cada tarde al volver de su trabajo.

Aquella tarde, Sara se reía divertida escuchando las ocurrencias de su amiga. Siempre que la llamaba lo hacía parada frente a la ventana para asegurarse de ver llegar a su esposo a casa y tener tiempo para borrar la llamada de la máquina. Este día, Thomas llegó más temprano de lo habitual y Sara solo tuvo tiempo de despedirse de Milagros alegando que algo se quemaba en la cocina y correr a colocar el auricular del teléfono inalámbrico sobre la base. "Hola" oyó la voz de su esposo al tirar de un golpe la puerta de la casa. El resto de la tarde y la noche transcurrieron en calma, Sara dormía profundamente, al girarse sobre la cama tuvo la sensación de algo frío rozando su cuello. Lentamente abrió sus ojos y encontró el rostro desgajado de un Thomas ebrio, con un cuchillo filoso y grande de cocina, rozando por su cuello, como si estuviese sacándole filo. Sara se quedó inmóvil y tuvo miedo de respirar. Thomas con una sonrisa maquiavélica, le acarició la mejilla con la otra mano. "Dulcecito, veo que insistes en hablar con tu amante…Hoy llamaste a tu querida Milagritos, ¿La extrañas mucho? La próxima vez, no voy a ser tan paciente, cierra los ojitos y duerme, que yo velo por tu sueños". Sara obedeció y cerró sus ojos, recordando que había olvidado borrar la llamada, entendiendo así la reacción de su esposo. Finalmente y tras horas de lágrimas y temor, Sara cayó vencida por el sueño.

"Gracias Thomas por enseñarme, en medio de la tormenta a entender que solo yo, le puedo poner un stop a mi sufrimiento y por darme la experiencia para estar preparada a ayudar a tantas mujeres que pasaron y aun pasan por el infierno que a tu lado tuve que vivir".

Sara

El Europeo
Mi príncipe Azul

"Es un amigo de hace años, es soltero, tiene buen empleo, es simpático, económicamente es estable, déjame presentártelo" Eran las continuas palabras de Jeff, un compañero de oficina de Sara, quien insistía en que tenía un amigo que haría una buena pareja para ella.

Para Sara, que llevaba un año separada del demente y alcohólico ex-marido, no resultaba para nada atractivo conocer a otro hombre.

Tres meses estuvo Jeff en la oficina donde Sara trabajaba, tres meses de diario sustentar y explicar por qué no le interesaba conocer al famoso amigo. "Si tu amigo nunca se ha casado, será homosexual, a su edad y sin esposa ni divorcio a cuestas, me suena raro" Sara ya había hecho curso con pareja homosexual y no había quedado con ganas de caer en esa pesadilla de nuevo. Jeff se reía de cada nueva teoría de Sara para evitar el conocer al galán perfecto: europeo, profesional, independiente, soltero, con casa y con carro. Todo sonaba tan bonito que algo tenía que haber detrás de todo este personaje.

Okay, esta bien, a ver dale mi número dile que me llame y ya veremos que pasa. Jeff no podía creer que después de tantos meses finalmente Sara se decidiera el último día en el que trabajaban juntos, ella se decidiera a aceptar conocer a su amigo.

Ese fin de semana Sara limpiaba la tina en cuatro patas, y con las manos impregnadas de limpiador cuando sonó su teléfono. "Aló?" un ataque de pánico la embargo al oír la voz de un hombre al otro lado de la línea… "Hello" contesto una voz masculina con fuerte acento Europeo. La reacción de Sara fue colgar el auricular, no se sentía lista para hablar, salir, coquetear con alguien. Aun habían temores, dolores y mucha inseguridad en su vida.

El fin de semana siguiente volvió a sonar el teléfono, esta vez Sara, decidió ser valiente. "Hello".

Allí comenzó de manera casi instantánea lo que con los años se convirtió en la relación mas duradera y mas sólida en la vida de Sara.

El llegó desde la Antártida, ella desde Suramérica, él pensó que había llegado veinte años atrás a estudiar, ella pensó que había llegado huyendo de un tormentoso pasado amoroso. Ninguno sabía porqué aun vivía allí, pues la ciudad que habitaban no era el sitio que soñaban para vivir. A pesar que la vida les sonreía a cada uno por su lado cuando decidieron juntar sus vidas, descubrieron el verdadero motivo por el cual la vida los había llevado a tan recóndito lugar del mundo. Los dos habían sido llevados allí por el destino con un solo propósito: complementarse, conocerse y aprender a aceptarse y amarse, a pesar de todo lo que esto implicara. Rompiendo con esquemas, culturas, costumbres, sobre pasando temores, superando traumas y compenetrando de manera tal, que con el paso de los años aprenderían a respetar y valorar las diferencias que los unían.

El Europeo vino para quedarse en la vida de Sara, y se convirtió con los años, en el verdadero príncipe y el amor de su vida, un amor real y puro, lleno de defectos, un amor sincero, sin máscaras, sin doble cara, lo que Sara veía era lo que era. Se acabaron los temores de las infidelidades, las angustias de ser mal tratada, el horror y el fantasma de Severo, las secuelas dejadas en su vida emocional fueron poco a poco borradas por el amor, los abrazos y la comprensión de este Príncipe IMPERFECTO, pero REAL.

Gracias, mil gracias, gracias a granel, por amarme, soportarme cuando caía, gracias por abrigarme con tus brazos en las noches que las pesadillas llegaban, gracias por ver lo bello dentro de mi, gracias por ser mi mejor medicina en mi dura enfermedad, gracias por quedarte a mi lado cuando todos partieron, gracias por ser tu, gracias por permitirme ser yo. Gracias.

Sara

CAPITULO SEIS

Víctima o Sobreviviente

Cada año 572,000 mujeres en los Estados Unidos reportan haber sido víctimas de violencia doméstica. Sin embargo, se estima que el número real está entre los 2 y los 4 millones de mujeres de todas las clases sociales, razas y nivel económico, muchas de las cuales no reportan los hechos por diferentes motivos. Algunas por miedo a su pareja, o peor aun porque no tienen a nadie más que a su pareja, otras por razones culturales, o de religión y muchas de ellas porque llegaron a los Estados Unidos en busca de un mejor futuro y lo único que conocen es a su abusador, que viene siendo a la vez, su pareja. Juntos forman un círculo llamado "Power–Control" (Poder –Control) del cual salir, en muchas ocasiones, se logra solo con la muerte.

¿Estamos predestinados al Abuso?

Esta pregunta rondó la cabeza de Sara por muchos años. A veces pensaba que no importaba lo que hiciera por evitar el abuso, sea cual fuese: físico, sexual, emocional o cualquier combinación de los anteriores, si te va a pasar, te va a pasar, no importa lo que hagas para evitarlo. Quizá son lecciones de vida que debemos aprender, quizá son karmas pendientes de pagar. Nunca le quedó claro pero llegó a la conclusión que cada uno de nosotros es el autor de su propia historia, la vida la empezamos a vivir con lo que comúnmente conocemos como el destino, que no es más que ese camino que nos marca la vida, convirtiendo a algunos en VICTIMAS y a otros en SOBREVIVIENTES, ¿la diferencia?… Está en cómo decides enfrentar tu realidad.

Era un día bello, soleado como pocos en aquella época del año. Sara iba junto a su prima, su madre y su esposo en el auto de paseo. Y al igual que las pesadillas surgen de la nada y en medio de un placentero sueño, de la misma manera surgió la incómoda situación para Sara." ¿Tía Miranda: mi tío Severo alguna vez maltrató a alguno de mis primos o solo te maltrataba a ti?" Preguntó inocentemente Adela, la prima menor de Sara, quien siempre había oído los rumores del constante abuso de su tío, quien aparentaba ser ante la familia y la sociedad el hombre más bueno del mundo y era de esas personas a quien le quedaba como mandado a hacer, ese adagio popular que reza "Líbrame señor de las aguas mansas que de las bravas me libro yo". Sara, enterrando sus dedos en el cuero del asiento miró de reojo a su esposo, quien conocía gran parte, pero no todos los detalles, del abuso del cual Sara había sido víctima por años durante su infancia y adolescencia, esperando oír la dolorosa realidad salir de labios de Miranda. Miró por el cristal tratando que su mente no volviera a ver las imágenes en flash del maltrato y la falta de amor de su padre hacia ella.

Sara fijó la mirada en las montañas y esperó impaciente a oír la voz de Miranda.

"Um, después de un prolongado silencio, Miranda agregó, "No, la verdad solamente a mí." ¿Qué diablos pasó en aquel momento? Sara no pudo evitar girar su cabeza ciento ochenta grados y darle a Miranda una mirada fulminante. Su esposo, conociendo perfectamente las reacciones apasionadas de su esposa entendió que algo la había sobresaltado, sin perder la vista de la carretera, soltó la mano derecha del volante y suavemente presionó la mano de Sara contra la suya. Ese gesto fue suficiente para que ella sintiera que no se había soñado la pesadilla de horror que vivió en su infancia y parte de su adolescencia y que al menos una persona en aquel carro estaba de parte de ella y sentía su dolor y lamentaba que hubiese tenido que pasar por tanta crueldad.

La delgada lágrima que bajó por la mejilla de Sara fue la primera de muchas que esa noche y durante el fin de semana se atropellaron entre sí por salir desbocadas por sus ojos. Por años estas lágrimas fueron de miedo, de dolor, de impotencia. Ahora eran lágrimas de rabia al sentirse abandonada y de ver como su madre, a quien ella jamás había juzgado por no salvarla como una madre debería hacer antes las garras del monstruo que era su padre. Ahora treinta años después, seguía en etapa de negación y no podía reconocer el daño sexual y psicológico por el que su hija había pasado sola, sin nadie más que su queridísima profesora, quien le dio el afecto maternal y la confianza que ella tanto añoraba de su propia madre. Como una película, aquella noche se atropellaron en su mente imágenes de ratas negras rodeándola en un inmenso círculo donde no tenía escapatoria, imágenes que se atropellaban entre sí de su padre manoseándola y amenazándola si abría la boca, imágenes del día en que estar oyendo detrás de la puerta como discutían Miranda y Severo, le había costado la rajadura de su oreja hasta hacerla sangrar, imágenes del día en que no cogió un plato con la mano derecha y su padre decidió romper el plato en su cabeza para que aprendiera a usar la mano derecha en lugar de la izquierda como según él, lo hacían las personas normales, imágenes del día que a los quince años fue sacada con maleta en mano de su casa, para tener que buscar refugio en casa de Socorro, su compañerita de colegio, imágenes del día en que Severo la golpeó de manera tal que tuvo que caminar coja por una semana ante la paliza tan fuerte que le había propinado al enterarse que le gustaba un muchacho que vivía en el barrio, imágenes del día en que por el temor al ser enfrentada por su padre por el intento fallido de escapar de su casa, había perdido el control de esfínteres y sus piernas habían sido bañadas por los orines que salían de manera irreverente sin oír sus súplicas por aguantar las ganas de ir al baño, imágenes, imágenes y más imágenes, que por años había tratado de enterrar en lo más profundo de su memoria habían salido a la superficie.

Aquel día soleado de paseo junto con su esposo y su familia, Sara entendió que Miranda nunca encontraría el valor de pedirle perdón por haberla abandonado a su suerte. A la vez que sintió un profundo alivio al comprobar que en su corazón, hacia años le había concedido el perdón que jamás le había pedido. Y aunque el dolor y las secuelas de tan cruel abuso no se borrarían jamás de su vida, había aprendido a vivir con ellas, permitiéndose amar a su madre pero por encima de todo a amarse a sí misma.

El alcohol, la violencia, el miedo y la falta de amor propio son un coctel mortal, que te llevan a vivir las experiencias más dolorosas y horrorosas que jamás otros mortales imaginarían, Es cómico como a veces en las telenovelas muestran cosas terribles y la verdad es que ellas están sacadas de la vida real.

En su trayecto por la vida Sara llegó a trabajar como voluntaria a un centro de ayuda a mujeres abusadas física, emocional y sexualmente por sus parejas. El papel de Sara fue, por años, darles fe y consuelo, guiarlas por el camino para encontrarse a sí mismas a lograr su independencia y en muchos casos conseguir su legalidad, obteniendo beneficios y dándoles la posibilidad de arrancar con un nuevo amanecer, sin temores, sin abuso. Allí entendió porqué Thomas había llegado a su vida, dejándole una gran enseñanza el poderse identificar con cada nueva víctima que llegaba a ella en busca de ayuda.

VAWA significa Violence Against Women Act, esto se traduce como "Acto contra la violencia hacia la mujer." VAWA son las siglas de la ley en contra de la violencia a las mujeres. Violence Against Women Act, esta ley fue pasada por el congreso de los Estados Unidos en 1994. Entre otras cosas, VAWA creó provisiones especiales en la ley de inmigración de los Estados Unidos para proteger a personas abusadas que no son ciudadanas de los Estados Unidos. Estas provisiones fueron confirmadas en el 2000 a través de la ley para la protección de mujeres abusadas. Ciertos esposos, hijos y padres que han sido abusados por ciudadanos de los Estados Unidos o residentes permanentes legales a veces pueden obtener estatus legal a través de esta ley.

Aprendiendo en Carne Propia

Sentada en una fría y poco decorada sala de espera, con otras cuatro o cinco personas, Sara esperaba ser llamada a su entrevista. Vestía un sastre color mandarina acorde con la época del año y elegantes zapatos negros altos de charol que hacían juego con su bolso estilo sobre. Sobre sus piernas reposaba un fino portafolio de cuero donde reposaban todos sus títulos su resume, y los logros obtenidos a lo largo de su vida. Su otra vida, la que existió en un país remoto llamado suyo, donde fue una alta ejecutiva, admirada, respetada y a la cual se le servía desde el café en su escritorio en la mañana, hasta la cena al llegar a su casa. Sara al igual que miles de inmigrantes sufría del síndrome de "yo era, yo fui". Los inmigrantes muchas veces se quedan en el pasado, en lo que fueron, en lo que hicieron e ignorando su nueva realidad se sumen en una etapa de negación ante la nueva realidad. Aterrizar no es fácil, es como estar sobre una nube y de un golpe caer a una dura y nueva realidad, donde no somos sino otro más del montón y debemos tener la humildad de volver a empezar literalmente a gatear, aprender a hablar, a escribir, a leer, a vincularnos a una sociedad y a una cultura que no es la nuestra, que nunca la habíamos vivido, pero que a partir de ahora se convierte en nuestra realidad. "En mi país, la papa sabe diferente", "en mi país celebramos la navidad desde el primero hasta el ultimo día del mes", "en mi país…." "en mi país…" blah, blah, blah, nos volvemos monotemáticos, nos convertimos en los defensores de espada y escudo de todo lo que siempre fue nuestro entorno y hasta lo vemos y sentimos mejor de lo que son, solo porque la nostalgia nos cobija y nos hace mas cómodos ser parte de lo que conocemos, que parte de lo desconocido.

¡Sara! ¿Esta aqui? ¿Se encuentra en esta sala?... ¿Sara? Is anybody name's Sara present in this room?

La persona encargada de llamar a las candidatas a pasar a su entrevista dio un giro sobre su zapato dispuesta a llamar a la siguiente candidata, cuando Sara reaccionó y salió de sus pensamientos presurosos a responder, colocándose de pie y alisando su falda, mientras caminaba hacia la encargada.

"Si, Si soy yo. Sorry" con una sonrisa nerviosa reafirmó su presencia, "It's me".

Al entrar al salón recorrió en un segundo la pobre decoración, solo afiches de papel decoraban las paredes y la abstinencia se notaba en cada rincón. Mientras tomaba asiento pensó como decoraría el lugar para hacerlo cómodo y agradable, finalmente es donde pasaría, al menos ocho horas al día todos los días. En el salón se encontraban tres mujeres, todas americanas, ninguna era el prototipo de la rubia, alta de ojos claros. Una de ellas tenia aspecto japonés, las otras dos más bien medio de aspecto latino, por su contextura gruesa y su baja estatura. Como pudo, Sara se defendió, habló de sus capacidades con los medios, de su experiencia en el canal local como reportera, de su columna en el periódico hispano local y obviamente de su perfecto español. Todo salió perfecto, hasta que una de las entrevistadoras, gentilmente la llevó hasta una vieja y obsoleta máquina de escribir y le pidió hacer una carta donde presentara de manera atractiva los servicios legales de la oficina, los cuales incluían: ayuda para reclamar salarios perdidos, demandas a empleadores que no pagaban salarios y asesoría para educar a los inquilinos y arrendatarios de apartamentos del gobierno. Con una gran sonrisa, Sara le tendió la mano a cada una de las encargadas de sus entrevistadoras y se retiró hacia la vieja máquina de escribir donde debía dejar su escrito y retirarse para esperar la llamada de la decisión final.

Por unos minutos Sara se dedicó a contemplar aquella vieja máquina y recordó la época del colegio, donde debía cargar con una pesada y desagradable máquina de escribir una vez a la semana para sus clases de mecanografía. Recordó cómo debía cubrir cada una de las teclas con cinta de color para evitar ver donde se encontraba cada tecla y memorizar así el orden del alfabeto en el teclado, cosa que jamás aprendíó, ni le interesó aprender, al fin y al cabo empezaba la época del computador, ¿quién carajos iba a usar máquina de escribir? y ella tenía claro que usaría secretaria, asistentes y su trabajo sería dictar y corregir; no escribir. ¡Qué hubiese dado por haber prestado más atención en aquellas clases y saber cómo encontrar la "c" la A" y todas las letras de manera ágil, como sus compañeras de colegio!. No acaba de analizar el primer problema, cuando se dio cuenta que había uno mayor… ¿Como carajos haría una carta en inglés?… Si a duras penas lograba maltratarlo al hablar para darse a entender….

Después de analizar la situación por unos momentos, decidió hacer una brillante carta en español, al fin y al cabo la posición requería a una persona bilingüe, así lo hizo y colocó la hoja en el lugar indicado, para salir apresurada a casa, a llamar al ángel de turno…Milagros, a quien dictó de manera exacta el contenido de la carta en español, para que esta a su vez hiciese la correspondiente traducción.

Al final del día, Sara recibió una llamada que como la mayoría de sus llamadas fue tomada por el contestador automático, para poder oírla una y otra vez y estar segura de entender su contenido. Era Mía, una de las entrevistadoras, informándole a Sara era una de las candidatas favoritas pero que requerían la carta en inglés para la mañana siguiente. Sara dejó entre ver una mueca entre triunfo y picardía en su rostro al oír el mensaje. Esa misma tarde regresó a la oficina para entregar el documento solicitado, perfectamente redactado por Milagros.

No había pasado un mes aun desde que Sara empezó a laborar en esta organización, cuando le fue designada la misión de capacitarse y tomar los casos de mujeres víctimas de violencia doméstica, que no tenían recursos económicos, y se encontraban en el país indocumentadas. Sara debía guiarlas en el proceso para obtener, no solo la residencia legal, sino ayudas del gobierno para estudiar, capacitarse, ayuda para encontrar vivienda y en algunos casos extremos hasta de comida y ropa, para ellas y sus hijos.

Sara ayudó a muchas mujeres y familias con niños a legalizarse, a creer en sí mismos, a salir del círculo vicioso de poder-control y allí entendío porqué ella misma tuvo que vivir lo que vivió y pasar los momentos de dolor, humillación, tristeza, soledad y confusión que pasó junto a Thomas, todo no fue más que un plan muy bien ideado por Dios, la vida, el destino, o como lo quieras llamar para que ella entendíera de corazón lo que estas víctimas tuvieron que vivir antes de tomar la decision de cambiar sus vidas. Sara con su conocimiento legal y su experiencia personal llego para marcar junto a ellas el cambio definitivo.

Sara miraba emocionada su nueva labor, la veîa como su nuevo proyecto de vida. Mientras acomodaba su falda sobre el rustico asiento de su escritorio, Sara tomaba al azar uno de los archivos que reposaban sobre la mesa queria familiarizarse con lo que de ahora en adelante seria el perfil de sus clientes. Abrio la primer carpeta que escojîo y comenzo a leerla detenidamente…

Mi nombre es Rina, nací en un caloroso Enero de 1971 y para el frío invierno de diciembre del 92 llegó Aurelio a mi vida. Apenas iba a cumplir los 21 años de edad. Salimos como novios por ocho meses, íbamos a bailes, a cine, salíamos los fines de semana con su familia o con la mía. Recuerdo que me trataba tan bonito.

Para el verano del 93 ya estábamos casados. No habían pasado dos días cuando le dije que quería ir a visitar a mi familia "¿Para qué diablos quieres ir allá?" me respondió totalmente desencajado, con una mirada que recuerdo me llenó de pavor porque jamás en mi vida había visto a una persona enfadarse de esa manera. Decidí no insistir y dejar de lado mis planes de ver ese día a los míos. Al día siguiente cuando el salió a su trabajo decidí ir a ver a mis padres. Al regresar a casa Aurelio ya se encontraba allí y al verme entrar se quitó el cinto de su pantalón y me golpeó incansablemente gritándome que yo era una perra, que estaba en celo. Me tiró sobre el mesón de la cocina, me propinó una paliza de la cual quedé inconsciente y luego me violó dejándome dos días en cama con intensos dolores vaginales. Durante esos dos días no pude salir de casa, ni siquiera respondí al teléfono. Al tercer día de lo sucedido, Aurelio llegó a casa con flores, yo decidí quedarme callada y pensé que quizá yo había provocado su reacción por mi haber salido de casa sin decírselo. Allí Sara hizo un breve descanso, preparo una taza de café calientico y con aroma que llevo hacia su escritorio mientras recordaba como cada dia de los que vivió al lado de Thomas, lo hizo intentando justificar las reacciones de su esposo. Sara continuo la lectura…

Conforme los días pasaban mi malestar físico aumentaba, por lo que decidí hacerme una prueba de embarazo. Esa noche preparé una cena especial. Los frijoles negros que a él tanto le gustaban y unos bueno chiles rellenos. Aurelio llegó a casa más de tres horas después de la hora acostumbrada, venia totalmente intoxicado de alcohol. Al contarle mi nuevo estado y la noticia de que en nueve meses seríamos padres, Aurelio se lanzó sobre mí como una fiera, gritándome que él era estéril y que yo era no menos que una vagabunda. Contrario a mis temores no me golpeó, no me empujó, ni me tocó, simplemente, salió de la sala hacia el cuarto y se encerró allí por un buen tiempo. Yo decidí acostarme en el sofá y tratar de relajarme, pues mi cuerpo entero temblaba de manera incontrolable. De un solo golpe oí como cerraba tras de sí la puerta del cuarto, no tuve tiempo de reaccionar, de levantarme del sofá, de gritar, de nada. Aurelio me propinó dos balazos en el vientre.

La taza de café continuaba tal como Sara la había servido solo que esta vez ya no era un café invitador y aromatizada, sino una taza fría y desoladora en un gusto lento y pausado Sara cerro la carpeta de Rina y lamento no haber llegado a tiempo a su vida. De sus pensamientos la saco el constante golpe suave que ahora se hacia mas intenso sobre la puerta de su oficina, Sara miro el reloj y sin creerlo vio que llevaba mas de una hora sumida en el archivo de una mujer que ya no podría contarse como su clienta. Rápidamente se puso de pie y alisando su falda abrió la puerta brindándole una sonrisa y un saludo caluroso a quien se encontraba frente a ella... Extendiendo su mano la miro con agrado y le pregunto. Eres Luciana? la mujer asintió con su cabeza sin musitar palabra. Sigue por favor, perdona estaba terminando un caso y me retrase un poco, por favor toma asiento. Continuo Sara mientras la mujer la seguía hacia el escritorio y se sentaba de frente a Sara, Luciana cuéntame tu historia teniendo en cuenta cuando y como conociste a tu pareja, como era la relación en un principio, cuando empezó el abuso y que te trajo hoy aquí... Luciana entrelazaba sus manos con nerviosismo mientras decía...

Yo, tenía 41 años cuando lo conocí, era todo un príncipe, el hombre más bello que había visto. Yo era muy joven y en el fondo de mi corazón, aun tenía la esperanza de encontrar al príncipe que me convirtiera en su princesa. Secretamente deseaba que fuese él: Alex, el guapo y nuevo empleado de la pastelería donde yo trabajaba ya hacia algunos años. Las cosas se dieron de manera natural, espontánea y sobre todo rápida. En cuestión de semanas, ya éramos novios, el era atento, detallista, se tomaba una que otra cerveza cuando salíamos, pero claramente se veía que el alcohol no era un problema para preocuparme. A los dos meses de estar de novios, llegué de sorpresa a su casa móvil a visitarlo. Descubrí que vivía en medio de un desorden absoluto, pero pensé que era cosa de ser hombre, soltero y vivir solo.

En la primavera del año pasado, como para la época de mi cumpleaños, Alex llegó a mi trabajo con un anillo y delante de todos los empleados se arrodillo ante mí y me propuso ser su esposa... Allí empezó mi nueva vida, no la que yo soñaba y creía pero definitivamente diferente de la que siempre había vivido. Las lágrimas comenzaron a correr por las mejillas de Luciana quien avergonzada hizo una pausa. Sara tomo sus manos entre las suyas y las apretó suavemente en un gusto de solidaridad. Luciana bajo la mirado y continuo...

Llevábamos solo tres semanas de casados cuando Alex me dijo que yo empezaría a compartir la cama con el perro. Cada noche después de violarme brutalmente, destrozando mi ropa, penetrándome de manera salvaje, haciéndome sangrar, Alex me tomaba desnuda por el cabello y me arrojaba junto a Max, su perro alemán en el piso de la cocina, cerrando con llave la puerta de la habitación, donde se masturbaba de manera insaciable hasta quedarse dormido. Yo me sentía la mujer más humillada y miserable del mundo. Los celos enfermizos de Alex lo llevaron a dejarme durante el día, encerrada bajo llave, sin teléfono, ni medio de comunicación con el exterior. Después de cuatro meses de diario abuso sexual y verbal, Alex salió y olvidó ponerle llave a la puerta de la casa, yo corrí por horas hasta llegar a una estación de policía. Allí, después de contar mi vergonzosa historia, fui puesta en una casa de víctimas para violencia doméstica, ellos fueron quienes me hablaron de usted y allí poco a poco he ido logrando recuperar mi dignidad y el respeto por mi cuerpo. Hoy me siento lista para dar el siguiente paso y dejar de ser una víctima mas de la violencia domestica. Sara paso su brazo por los hombros de Luciana y empezó su labor de legalización para ella.

Luego de terminar los trámites iniciales de información y recopilación de datos, Sara miro discretamente el reloj y sintió un gran alivio de ver su día laboral culminar, había sido un día fuerte donde sus propios recuerdos se entrelazaron con las historias de Rina y Luciana dejándola agotada, pero feliz de saber que su granito de arena ayudaría a algunas de aquellas mujeres a seguir su lucha y su camino hacia la libertad, sabia por experiencia propia que hablar y sentirse escuchada no juzgada, era realmente el primer paso de muchos pasos firmes por venir. Despidió a Luciana en la puerta y la cerro tras de si dispuesta a prepararse para una noche de descanso.

Sara combinada sus labores con charlas que dictaba como relatos de sus propias experiencias, de como el abuso la había rondado por años y de que manera ella había logrado salir adelante a pesar de las situaciones difíciles, estas charlas ayudaban a quienes las recibían pero también tenían un efecto sanador sobre la misma Sara. Durante toda su charla, Sara sintió especial atracción hacia una de las participantes, era una mujer joven pero su rostro develaba una vejez prematura causada quizá por el dolor y los golpes. Yesenia era su nombre y se grabo no solo en la memoria sino en el corazón de Sara quien luego de conocer su historia se prometió ayudar a esta fuerte mujer a seguir hacia adelante…

Mi infancia fue de lo más natural decía Yesenia con un toque de nostalgia en su voz, siempre estuve rodeada de amor por parte de mis padres, quienes conservan un matrimonio bello aun después de 55 años de casados. Con hermanos y hermanas a los que amo y con los que viví tiempos de juegos y peleas. Nada fuera de lo ordinario. A los 23 años quedé embarazada y tuve una hermosa nena, Adry, quien se convirtió en la razón de mis propósitos. Gracias a ella, me convertí en un mejor ser humano. Termine mi carrera de diseñadora y me desempeñé como una excelente mamá soltera. Cuando cumplí mis treinta años y Adry sus siete, conocí a Mateo, un médico soltero, unos años mayor que yo. Por primera vez me sentí enamorada. Y para nadie fue secreto que deseaba formar un hogar junto a él.

Nuestro noviazgo fue maravilloso, el hombre más dulce y tierno sobre la tierra. No solo conmigo sino con mi hija, de quien se ganó el cariño rápidamente.

Al año de un bello noviazgo, Mateo me confesó, que él si había estado casado pero que el matrimonio no había durado más que un par de meses, por lo cual no se sentía cómodo ante el tema, luego de discutir las razones que me dio para dar por terminado su corto matrimonio, yo acepté y entendí que me hubiese ocultado la verdad. Ante mi reacción, Mateo me propuso matrimonio. Yo acepté feliz.

Los problemas empezaron el mismo día que conectamos el computador. Empecé a notar a un Mateo siempre molesto, cansado, ocupado, encerrado en el estudio bajo llave hasta altas horas de la noche. Habían pasado solo un par de semanas, cuando decidí ver que hacía Mateo en el computado. Descubrí con horror que había estado conectado de las 12:47 de la madrugada a las 3:00 de la mañana, mirando páginas de pornografía que mostraban entre otras, sexo con animales, entre hombres, entre mujeres, y escenas de violaciones. Esa noche decidí confrontar a mi esposo. El solo me respondió: "No es asunto tuyo". Y a partir de ese momento nuestra vida sexual fue en decadencia hasta desaparecer por completo. Mi auto estima desapareció junto con el sexo de mi vida, me sentía incapaz de complacer a mi esposo cosa que una pantalla de computador lograba hacer de manera rápida y efectiva. Me sentía humillada y deprimida. A pesar que pensé que estaba siéndome infiel jamás pude comprobarlo, lo cual me llevaba a sentirme aun más infeliz. Una noche, cuando ya nos preparábamos para dormir encontré en el baño revistas de hombres desnudos, lo confronté nuevamente para saber si era homosexual, se burló en mi cara y solo respondió que los compraba para comparar el tamaño de su pene, frente al de otros hombres. Cada respuesta era un latigazo aun mas fuerte para mi condición de mujer.

Mateo empezó a abusarme verbalmente, ofendiéndome o ignorándome de manera tal que era evidente que no solo no me amaba sino que el odio lo cobijaba cuando se dirigía hacia mí. Aquella noche me confesó que ya no me amaba y que yo era el error más grande de su vida por lo que quería el divorcio. No entendí su reacción. Hasta la siguiente mañana cuando Adry me confesó de camino al colegio que Mateo venía tocando sus partes intimas desde hace unos días. El corazón de Sara brinco de angustia y sus manos comenzaron a sudar, ella sabia ya lo que Adri había pasado pero quería que sus oídos no lo oyeran quería esta equivocada, no quería que Adry viviese lo que ella en su infancia tuvo que vivir. Yesenia sin darse cuenta de lo sucedido con la reacción de Sara continuo su relato...Me contó entre lágrimas como ella cerraba sus ojitos y pretendía estar dormida cada noche que lo sentía entrar a sus cuarto para tocarla; primero sobre las sábanas, luego sobre su ropita interior y las últimas noches, metiendo sus asquerosas manos entre sus piernas, mientras se masturbaba. No sé si lo que sentí fue furia dolor, o rabia decía Yesenia apretando sus dientes. Solo sé que si no hubiese llegado a la escuela en ese momento y hablado con las profesoras de Adry, nunca hubiese pisado la cárcel por haber asesinado a ese infeliz, y hoy mi hijita no viviría lejos de mi.

Sara dió por terminada la charla. No sin antes prometerle visitarla en la cárcel donde costaría otra charla pero no partió sin antes prometerle a Yesenia a ayudarla a obtener un status legal que le permitiera tener un empleo e ir en busca de su pequeña Adry y traerla a vivir junto a ella.

Sara manejaba con sus pensamientos retraidos, su memoria se llenaba de flasbacks imágenes de Severo, imágenes de su casa paterna, de su infancia llena de abuso y de necesidades afectuosas, recordaba sus esfuerzos fallidos por ser escuchada y por sus deseos reprimidos de ser salvada de la tormentosa infancia por la que paso. Al llegar a la oficina que le había adjudicado aquella mañana en la cárcel encontró a dos mujeres sentadas esperándola para compartir sus historias y ver sus posibilidades de legalizar documentos.

Azelia? pregunto Sara dirigiéndose a una de ellas, que asintió con una sonrisa en su rostro. Sígame por favor, le decía mientras miraba a la mujer que se quedaba allí esperando su turno de ser escuchada.

Fue en el otoño de año '89 cuando Germán y yo nos conocimos, para principios del año '91 ya yo tenía una panza inmensa en la cual cobijaba a mis gemelos.

Para diciembre del siguiente año, con mis hijos como únicos testigos de mi unión a su padre, nos casamos frente a un pastor, quien por "olvido" nunca envió el acta de matrimonio a la corte para ser registrada, por lo cual años después me enteré que jamás Germán y yo nunca estuvimos legalmente casados, lo cual en un país religioso como el mío, generó muchos problemas y discriminaciones a mis dos pequeños angelitos. Mi esposo jamás fue un hombre dulce o cariñoso, para que le voy a mentir, el jamás alzó o abrazó a uno de sus hijos, pero yo me conformaba con poco. Nunca fui la más agraciada, quizá era más bien fea y desaliñada, así que el hecho que él no usara mi fealdad para ofenderme, me hacía sentir atraída hacia él. Digamos que era una mujer resignada y agradecida de haber encontrado a alguien que se fijara en mí. Sara contemplaba a Azalia, mientras pensaba como las mujeres nos convertimos en nuestro mas terrible juez, juzgando premeditadamente lo que somos ante los ojos de los demás, dejando que nuestra poca auto estima nos denigre y nos lleve a ver cosas que no son reales, y nos hundan en el vacío de la falta de amor por si mismas.

Sara tomaba notas mientras oía a Azelia continuar con su relato.

Pero a los dos años de nuestra supuesta boda Germán empezó a frecuentar bares con compañeros de trabajo y su rutina cambió, dormía hasta tarde, era huraño, ofensivo, y rápidamente pasó de las palabras a las acciones. Mi conformismo empezó a transformarse en miedo y en un abrir y cerrar de ojos me enfrente a una dura realidad: mis hijos y yo estábamos en peligro y debía hacer algo antes que fuese demasiado tarde. Las cosas materiales empezaron a desaparecer de la casa, el dinero empezó a escasear, Germán perdió su empleo de años y mis hijos vivían en la más profunda represión, donde no se les permitía, llorar, reír, jugar, hablar y mucho menos cruzarse en el camino de su padre, quien no solo los ignoraba sino que actuaba con asco y repulsión hacia ellos.

Los insultos, las vulgaridades, los golpes y el abuso hacia mi eran tan fuertes que mi marido quedaba exhausto después de cada paliza que me propinaba, yo en lugar de sentirme frustrada o a dolorida le daba gracias a Dios porque estando Germán en tal estado de cansancio, mis hijos serian maltratados una noche menos. Sara sentía estar oyendo el relato de su infancia, noches de miedo y angustia al sentir a Severo llegar a casa, corredores silenciosos y pesados esperando ver a quien llegaría a golpear, como llegaría a abusarlos a maltratarlos, a tirar a Miranda entre corredores y a sacarlos despavoridos a media noche en busca de refugio en casa del vecino.

Sara trataba de reponerse ante el dolor que asomaba en sus ojos, mientras Azelia continuaba…

Una noche después de una golpiza que me dejo inmóvil por horas tirada en el piso de la alcoba, logré ir gateando hasta la recamara de mis hijos a cerciórame que dormían y no habían despertado en terror ante los gritos de su padre. Allí encontré a Germán totalmente desnudo acostado en medio de mis bebes consumiendo no se qué cochinada de polvo blanco. Como el ave fénix me sobrepuse del suelo y con una ira y fuerza que desconocía tener me lance sobre él, y lo aventé contra la pared. El de un solo brinco salió de la alcoba y mientras yo cerré la puerta del cuarto de los niños llamó a la policía. Para cuando estos llegaron ya Germán, en la cocina, se había rebanado su asqueroso y robusto estómago y se hallaba tirado en el piso dando aullidos de cerdo, al entrar la policía a la casa, yo sostenía el cuchillo en mis manos y encontraba en shock. Hoy desde la prisión donde estoy pagando una condena de catorce años por asalto y violencia doméstica, rezo cada día para que Dios este protegiendo a mis angelitos, donde quiera que ellos se encuentren.

Con sentimientos encontrados Sara sintió dolor por la historia de Azelia, pero a la vez felicidad de poder contarla como una nueva persona mas a quien legalmente podría ayudar a presentar documentos y pruebas suficientes para tramitar un estatus legal.

Con el cabello aun húmedo y temerosa de seguir, Zaida entraba lentamente hacia la oficina empujando con sus manos su silla de ruedas y sin esperar bienvenida alguna comenzó su relato…

Yo no soy de las mujeres que lo piensan mucho en el tema del amor, quizá por eso me va como me va, dijo dejando salir una risa tímida de su boca.

Solo pasaron seis meses desde el día que conocí a Ramón al día que me mude con él a su casa. Para este momento yo tenía cinco meses de embarazo de una relación anterior y tenía una hija de tres años. A pesar que Ramón sabía de mis hijos, esto no fue impedimento para que él me brindara su apoyo y se quedara al lado mío, prometiéndome estar a mi lado hasta que la muerte nos separara. Desafortunadamente en el mismo instante que me mudé con él empezó su cambio, sus celos se volvieron extremistas, al punto que el simple hecho de mirar por la ventana hacia la calle, lo hacía dudar de mi. Mi manera de vestir, mi forma de socializar con los vecinos, e incluso el maquillaje que usaba, se convirtieron en motivos para que Ramón se llenara de ira y se refiriera a mí como "la puta". Al salir juntos en el coche yo debía fijar mi mirada solo al frente, porque distraerme o mirar por la ventanilla del auto ya le daba motivos para ser agresivo, frenaba de manera abrupta sin necesidad, o aceleraba el auto de manera frenética, en algunas ocasiones se pasaba las luces en rojo solo por hacerme saber de su enojo. Yo solo cerraba los ojos y pedía a Dios que siempre estuviera presente para protegernos. Los oídos de Sara no podían dar credibilidad a las palabras, cada cosa que Zaida decía sonaba como una película donde Thomas su ex esposo era un reflejo claro del esposo de Zaida, y ella que estaba allí para brindar consuelo, sentía que sus pies se enterraban dentro de sus zapatos de horror al vivir una vez mas el miedo que le inspiraba Thomas. Veía y oía cada palabra salir de la boca de Zaida, como reflejos de su propia vida.

Ramón poco a poco se volvió intolerante con mi hija, a quien empezó a gritar, llamándola por nombres, para luego pasar a tirarle lo que a la mano encontraba, desde un vaso con agua en su cara, hasta una silla. Mi pobre chiquita que lo veía realmente como a su papá, no entendía el porqué de las acciones y actitudes de Ramón.

Para navidad, llegó mi segundo bebé: un varoncito y con él, mis deseos de ver un cambio en Ramón. A Ramón le encantaba ir de cacería, por lo que decidí comprarle un arma de regalo. No sé en qué momento se me ocurrió semejante estupidez. La llegada de mi hijo, contrario a lo que yo quería y esperaba, llenó a Ramón de mas motivos para sentir resentimiento hacia mí, era una tortura cuando el bebé lloraba por comida en las madrugadas. Una noche, en que no podía calmar a mi hijo, Ramón entró con el arma en la mano, apuntado directamente a mí bebe, yo empecé a llorar y a rogarle que se calmara que era solo un niño que ya pronto se dormiría. Ramón puso el arma en mi frente y con el pulso firme, me hizo una promesa: o me matas tú a mí o yo acabo de una vez con estas podridas criaturas que has engendrado.

A la mañana siguiente, me llene de valor y le dije a Ramón que había decidido que lo mejor era que yo me fuera de su casa y de su lado, junto con mis dos hijos. El lloró, me pidió perdón de rodillas, juró amarme más que nada en la vida, y prometió que las cosas serian diferentes de ahora en adelante, que él solo necesitaba que yo le diera una oportunidad. Yo le dije que él no podía tratarme de la manera que lo venía haciendo, él insistió en que iba a cambiar. Yo no quería estar sola, lo amaba... Si, lo perdoné y me quedé.

Sara sintió como el patrón se repetía una y otra vez, en ella y en cada una de las mujeres que había conocido en su nuevo trabajo.

Decidimos casarnos y retomar nuestra vida como familia. Agregó. Zaida, todo iba bien, hasta que él fue despedido de su trabajo por reducción de personal. En ese momento la situación se puso muy difícil, pasaban las semanas, se convirtieron en meses y él no lograba conseguir trabajo. Finalmente logré que aceptara que yo buscase empleo, con tan buena suerte que en cuestión de días logre ser empleada para una cafetería que pagaba bien y además me dejaba buenas propinas. Digamos que Ramón se adapto rápidamente a nuestra nueva situación y decidió quedarse en casa con los niños y dejar sus intenciones de conseguir empleo. Súbitamente tuve que contratar a alguien con quien dejar mis hijos, porque Ramón decidió que su futuro no era el de quedarse en casa a cuidar niños ajenos. Mis horarios de trabajo tuve que doblarlos trabajando algunas veces hasta 14 horas al día para poder cubrir las obligaciones de la casa y la persona que cuidaba a los niños, mientras tanto Ramón dormía, miraba la tele y tomaba cerveza. Los celos de Ramón se pusieron en su mayor esplendor, acusándome de toda clase de cochinadas con los clientes y el dueño de la cafetería. Una madrugada de camino a recoger mis hijos a casa de la niñera mi auto se descompuso, mi jefe se ofreció a llevarme, recogimos mis hijos y salimos hacia mi casa. Al llegar allí, las luces se encontraban apagadas, yo sentí alivio de pensar que Ramón ya dormía quizá en el sofá con el televisor prendido y con una cerveza en su mano como tantas otras noches lo había encontrado. Lentamente mi niña despertó y camino semi dormida a mi lado mientras en brazos yo cargaba al bebé para no despertarlo.

Al entrar a la casa apenas si había dado unos cuantos pasos dentro cuando la puerta se cerró de un golpe y al unísono sonó un disparo. Yo caí aferrándome a mi bebe, mientras mi hija daba gritos de horror, afuera mi jefe corrió hacia la puerta empujándola, golpeándola, timbrando, desenfrenado tratando de entrar. Como pude gatee hacia el arma y la tome en mis manos, jamás había tomado una, las manos me temblaban yo perdía sangre mis hijas lloraban. Lo último que vi, fue el rostro del hombre cálido con él que había decidió unir mi vida, convertido en un monstruo que cumplió su palabra y estuvo junto a mi hasta que la muerte nos separó. Lo demás ya lo sabe es historia, Ramón murió y yo caí presa por asesinato.

Sara dejo salir un profundo suspiro y como pudo se repuso en su postura para mirar fijamente a Zaida a los ojos, intentando hacerle ver que su vida y la de sus hijas estaban en riesgo de muerte y que quizá lo que hizo en aquel momento era lo único que podía hacer.

Los designios de la vida nos entrelazan con las situaciones que vamos a vivir. Sara jamás pensó llegar a los Estados Unidos a vivir, tampoco contemplo entre sus planes casarse con un hombre con problemas de alcoholismo como los de su padre y mucho menos volver a caer en las garras del abuso.

Pero la vida la llevo a cada uno de esos parajes, y mientras caminaba a paso lento para salir de la cárcel después de un día de intensas visitas, entendió que todo lo que vivió no era mas que la practica para esta nueva etapa de su vida.

CAPITULO SIETE

EXTRAÑANDO LA TIERRITA

No solo somos los inmigrantes los que metemos la pata y aporreamos el idioma. A los americanos que hablan español también les pasan las suyas.

Recuerdo estando en un vuelo internacional, que se dirigía de Houston hacia Colombia, la azafata tomó el micrófono y se dirigió hacia los ocupantes del avión

"Señores pasajeros favor colocar sus pedazos de maletas en el compartimiento superior de asiento" Todos los pasajeros nos quedamos entre confundidos y ofendidos. ¿Cómo que nuestros pedazos de maletas?... Pero si miramos la manera de decirlo en inglés Piece of Luggage: traducción Piece significa pedazo, luggage significa equipaje o maleta.

Claro para esta mujer pedazo y piece era lo mismo. Pero algunas veces en inglés, al igual que en muchos otros idiomas incluyendo el español, una palabra tiene más de un significado y más de una manera de ser utilizado.

La pobre azafata, apenada y entre risitas nerviosas, tomó de nuevo el micrófono para pedirnos una excusa y pedirnos, colocar nuestras maletas (hechas pedazos o no) en el compartimento superior. Jajaaja!

En otra ocasión, en un vuelo que de Estados unidos salía hacia México, el encargado del vuelo, nos pidió tomar la cartilla que estaba en nuestra frente..?

Señores pasajeros por favor leer el folleto que se encuentra en la frente de usted.

In front of you (EN frente suyo, no EN la frente suya) jajajaja!

> *"A menudo me pregunto en qué consiste exactamente la nostalgia. En mi caso no es tanto el deseo de vivir en Chile como el de recuperar la seguridad con la que allí me muevo. Ese es mi terreno. Cada pueblo tiene sus costumbres, manías, complejos. Conozco la idiosincrasia del mio como la palma de mis manos, nada me sorprende, puedo anticipar las reacciones de los demás, entiendo lo que significan los gestos, los silencios, las frases de cortesía, las reacciones ambiguas. Solo allí me siento cómoda socialmente, a pesar de que rara vez actuó como se espera de mí."*
>
> (Tomado del libro Mi País Inventado, Isabel Allende).

Culturalmente hay cosas que nos diferencian a unos de otros, cosas que cuando no son cotidianas en tu entorno se vuelven "anormales", cosas tan sencillas como los jugos. En nuestros países jugo significa: FRUTA+LICUADORA+COLADOR (en algunos casos) = JUGO. En un país tan avanzado, agitado, ocupado y práctico como lo puede llegar a ser Estados Unidos, un jugo se reduce a un empaque de cartón, o en algunas ocasiones un enlatado etiquetado con las palabras jugosas y refrescantes como: MANZANA, PERA, DURAZNO y por supuesto NARANJA.

Las comidas se cambian por horas en la cocina, por 15 minutos en el microondas y en el mejor de los casos 25 min en la estufa, descongelando.

La verdad es que por más que te resistes, te opones, criticas, añoras y extrañas, terminas como todo animal de costumbre... Te acostumbras y hasta le encuentras las ventajas. Con los años hasta te gusta el sabor de lo pre cocido y lo congelado. Pero siempre en el fondo se añora y se sueña con un platico casero hecho por mamá, la tía, al abuela o por las manos de María, o quien sea la empleada doméstica del servicio.

Los adolescentes en los Estados Unidos crecen más rápido, a los diez y seis años de edad muchos ya tienen auto, trabajan medio tiempo, en a los 18 ya viven fuera de la casa con amigos.

En los países latinos los estudiantes estudiamos hasta la vejez, el estudio es una prioridad, el trabajo es una lotería, no muchos se la ganan y salir de casa significa matrimonio, pues no hay nada mejor que vivir en el hotel mamá, donde te lavan, te planchan, te cocinan, y te apapachan.

Ni hablar de los cuestionamientos y el que dirán, que en nuestros países están a la orden del día y todos disfrutamos, mirando, juzgando y criticando. Un tatuaje es símbolo de niño o niña mala, no va con las clases sociales, ni con lo que se considera cultura, a diferencia en Estados Unidos, los tatuajes para los americanos son una manera de revelar su personalidad, el tamaño, los colores y la ubicación, no pre determinan a las personas, y aunque yo jamás me haría uno, admiro la cultura americana que tiene la madurez de no prejuzgar, como sí lo hacemos los latinos. Y si de revelar personalidades se trata, qué decir de los cortes de cabellos, los colores, los tintes, y las orejas, ya un piercing es una cosa insignificante, hoy en día se usan unos aretes redondos que entre más grandes mas a la moda se están, muchos adolescentes e incluso adultos los usan de tamaños desproporcionados, causando dolor a quien los ve pasar.

Diariamente paso por un café a comprar mi taza del día, el muchacho que me atiende tiene una sonrisa angelical, es muy dulce y siempre me saluda como quien se alegra de ver de nuevo a un viejo amigo, que lindo verdad? Ahora lo voy a describir físicamente; lleva unos aretes redondos tan grandes y pesados que sus orejas descuelgan como si estuviesen a punto de caerse, sus labios, siempre van perfectamente delineados y pintados de un negro amoratado que contrasta con su cristalina tez blanca, su cabello es corto, pero lleva una cresta tan alta que le debe tomar horas arreglarse frente al espejo. Al final de cada punta de su cabello negro azabache, resaltan unos visos vino tintos que hacen perfecto juego con sus labios, y en cada brazo lleva tatuado desde los dedos hasta el hombro un abstracto y artístico tattoo. Si, se que mientras lees la segunda descripción haces caras, gestos y hasta te causa risa, eso es lo que hacemos los latinos, juzgamos. No no no no no, mal hecho, aprendámosle a los Americanos, que la fachada no nos cohíba de conocer el contenido. Después de entregarme mi café diario, este muchacho me mira y me desea que la felicidad me atropelle y que retenga la alegría en mis manos. Volveré mañana.

En nuestros países tener casa no es riqueza, pero no tenerla es mucha pobreza. En Estados Unidos no se tiene una casa, se tienen dos y tres y moto acuática y bote y un carro-casa, cada miembro de la familia tiene auto y en el frente de la casa hay carros parqueados desde hace años que no sirven pero que se tienen hay solo por tenerlos, son una manera de exhibición de poder y adquisición. Los mercados se hacen en dos carros de supermercado, que se llenan hasta el tope y la comida que sobra se bota (¡lógico!). Las tarjetas de crédito llegan por correo y sin solicitarlas y al abrir las billeteras se exhiben las 6, 7 ó 8 que se usan, las cuales todas se deben. Tener buen crédito significa tener muchas cuentas, pagar el mínimo de cada una por lo menos y nunca haberse atrasado en los pagos.

Quien en Suramérica dice: Yo tengo casa, está diciendo: Es mía, ya la pagué al banco, no se la debo a nadie, los carros son solo uno máximo de dos por familia y no se cambian cada año, muy por el contrario pasan de ser el carro del año, a ser el de la familia, para terminar siendo el cachivache que todos queremos como un miembro más. Los mercados son con calculadora en mano y de la mitad del carrito no se pasa y si lo hacemos, advertimos con una sonrisa a la cajera: Señorita que no me pase de $X. La tarjeta de crédito es una y luchamos de manera asombrosa con el banco para que nos crea que sabemos manejarla y nos la apruebe, jamás no llegaría por correo, no señor acá las cosas se luchan, no se regalan. Y aunque no tenemos botes, motos de agua, casa-carro, somos re felices, disfrutamos la vida, sonreímos, nos alegramos cuando llueve y se inundan las calles, gozamos con los pitos bulliciosos de los carros, Así somos, llenos de defectos, colmados de impuntualidad, juzgamientos, pasiones, desordenes.... Pero somos felices. Repartimos tanto madrazos como sonrisas, gozamos nuestras limitaciones y abrimos los brazos y nuestros corazones a quien a visitarnos llega. No nos fijamos de donde eres y porque estás aquí. Muy por el contrario con orgullo les mostramos de qué estamos hechos y les hacemos sentir como en su hogar. Como dicen humildemente los Mexicanos, Mi Casa es su Casa. Welcome!

"¿Cómo puedo vivir tan lejos
De lo que amé, de lo que amo?
¿De las estaciones envueltas
Por vapor y humo frío?"

Pablo Neruda

CAPITULO OCHO

El Mentalista

A la edad de quince años, Sara era una convencida de los poderes mentales de su padre. Era increíble la exactitud con que él podía confirmar lo que por la cabeza de Sara pasaba. Quizá por aquella razón, desde muy pequeña Sara decidió no permitirle a su consiente pensar lo mismo que por su subconsciente pasaba.

En la sala de la casa de Severo el reloj de piso marcaba las diez de la noche y su extenso péndulo retumbaba diez veces anunciando la hora.

Cuanto odiaba Sara aquel estruendoso y horrible aparato. Sara leía uno de sus libros favoritos, mientras Miranda veía televisión junto a sus hijos menores en el salón adjunto a la sala de la casa. Era sábado y al día siguiente no había colegios. La casa dormía en paz, gracias a la ausencia de Severo, quien hacia una semana había salido a traer pan. Seguramente de camino a la tienda se había encontrado con una de sus bizcochitos de turno, y había decidió pegarse una escapadita, mientras Miranda tendría que cuidar y atender no solo el hogar sino la empresa.

A pesar de contar con empleadas a su servicio, Miranda trataba de pasar tiempo con sus hijos, lo cual era un completo tesoro para ella pues no podía hacerlo frecuentemente debido a sus largas jornadas de doce y catorce horas de trabajo.

La paz del hogar se vio interrumpida por un golpe seco que sonó un poco intenso y fuerte contra el portón de la casa. Sara de un brinco quedó en pie y en alerta, pensó: ¡El monstruo llegó!... Acto seguido la voz agitada y nerviosa de Miranda la llamó de un grito: "Sara, tu papá llegó borracho". El corazón de Sara empezó a galopar como una corrida de caballos desbocados, ya sabía la rutina, debía correr en segundos al tercer piso de la casa junto con sus hermanitos, abrir la pequeña clavija en forma de ventana que conducía de el baño de su casa al baño de la casa de la vecina, doña Caridad, una bella viejita quien vivía junto a su esposo con quien se había casado 60 años atrás. Sara ya estaba entrenada y por ende sus hermanos, el primero en pasar era Máximo, el contorsionista, Máximo era delgado y ágil, tenia facilidad de aprender en cuestión de segundos, con solo ver, aprendía. A los ocho años ya sabía manejar el auto y sin problema lo conducía cuando iban a la casa de campo en las vacaciones. Cuando Máximo llegaba al baño de la casa vecina, silbaba, Sara sabía que era señal que ya podía enviar a Gabriel, a quien le costaba un poco más de esfuerzo y miedo pasar por tan delgado espacio para invadir la casa vecina.

Gabriel aun se encontraba a medio camino entre un baño y otro, cuando Sara escucho el primer disparo. Sus ojos se llenaron de lágrimas, porque por un instante dejó de oír la voz de sus mamá quien le reclamaba a Severo su descaro de irse por una semana y no comunicarse, por pensarse que llegar lleno de regalos compensaba las ausencias, las infidelidades y los maltratos a los que sometía a su familia.

Lentamente entreabrió la puerta del baño para poner atención y escuchar lo que su padre decía entre dientes y con la lengua totalmente adormecida por tanto licor que había injerido, vocifero: "Señor, mi Dios, ¿porqué me has castigado dándome esta mujer y estos hijos por familia?". Miranda soltó un gemido de dolor y el alma volvió al cuerpo de Sara quien comprobó que su madre, quizá llena de golpes y moretones, por lo menos seguía viva. Al mismo tiempo Serena despertó y rompió en llanto. Sara aterrorizada dejó ir, de un golpe la puerta y corrió de nuevo hacia la diminuta ventana, por donde ya habían pasado dos de sus hermanos. Allí vio a Máximo desesperado haciendo señas con sus manos pidiendo a Sara que pasara junto con la bebé. Pero Sara sabia que el espacio no era suficiente para las dos. Así que decidió ofrecer con sus brazos a través de la ventana a su hermanita, para que Máximo la tomara al otro lado. Las manos de Sara temblaban de horror y miedo de soltar a su hermanita y que esta cayera en el vacío que separaba las dos casas. Pero Máximo con sus dotes de contorsionista estiró su cuerpo llegando casi a tocar los dedos helados y temblorosos de Sara, y tomó a Serena en sus brazos en un pestañear Sara pasó de la tranquilidad de ver a salvo a sus tres hermanos al horror cuando sintió como una fuerza le halaga su cabello impulsando su cuerpo hacia atrás.

Era la mano de Severo, quien al oír el llanto de Serena había descubierto en donde se escondían sus hijos. "¿Donde están mis hijos?" vociferaba mientras de una sola mano halaba a Sara fuera del baño. "Mis hijos" pensaba Sara mientras rendida se dejaba arrastrar sin oponer resistencia alguna. Estas palabras eran confirmaciones de lo que ella desde siempre pensó. Ella no era hija de este monstruo, por eso los maltratos, por eso las golpizas, las humillaciones, y obvio por eso las manoseadas a su vagina, a sus senos aun en crecimiento, a su ser, a su alma, a su cuerpo. Pero de sus pensamientos la sacó el pasar arrastrada por los escalones de la casa, cada escalón se sentía como un latigazo seco y firme, sobre todo su cuerpo, los latigazos terminaron justo al pasar frente al cuerpo de su madre que se encontraba en posición fetal sosteniendo su abdomen, las lágrimas inundaron los ojos de Sara, no podía creer como una noche llena de paz y tranquilidad, había terminado con sus hermanos en el baño de la casa de la vecina y con su madre tendida en el suelo tratando de mantener los pedazos de su cuerpo juntos. Allí la tiro Severo, quien de un grito le pidió a Margarita, la empleada doméstica, que se levantara a prepararle la cena, pues venia cansado y con hambre. Sara resignada cerró sus ojos a la vez que tomaba la mano tendida de su madre y la acariciaba, dándole gracias a Dios que por lo menos aquella noche no la abusaría sexualmente...Solo físicamente.

En la madrugada Sara sintió entre sus sueños, a su padre dando tiros al aire en el patio de la casa, el detonante de cada bala la sobre saltaban, pero no la tomaban por sorpresa. Ya se había convertido en costumbre de Severo disparar al aire, para atemorizar a su familia, y dejarle claro a los vecinos que no le temía a nada, ni a nadie.

A la mañana siguiente Sara salió despacio de la casa junto con Margarita, dejando la puerta entreabierta para dirigirse a casa de la dulce pareja de vecinos, que eran no menos que unos ángeles, siempre de manera silenciosa, sin opinar o preguntar listos a tender la mano y brindar no solo una cama, sino además una caricia de ternura a los rostros de cada uno de estos niños.

"Ya desayunaron", fueron las únicas palabras que salieron de boca de la adorable Caridad, entre tanto veía a su esposo acercarse a la puerta con los tres hermanos de Sara. Sara abrió sus brazos y sus hermanos se acercaron somnolientos hacia ella, ya cansados de la eterna rutina de escape y retorno a la casa. La vergüenza de tanta violencia, inmutaban a Sara de hablar o de siquiera decir Gracias. Lentamente dieron la vuelta y en compañía de Margarita voltearon la espalda a la pareja de ancianos para regresar a casa, no al hogar, sólo a la casa.

Parando Oreja

La mañana del domingo transcurría en un silencio pesado, cargado de miedo y heridas. Los hermanos de Sara encerrados en la alcoba, veían televisión, Y Sara hacia un gran esfuerzo por mantenerlos en silencio, las risas eran murmullos, y los juegos eran de mímica. Ante tanta soledad y silencio, Sara decidió acercarse en puntillas hacia la habitación de sus padres que se hallaba en el nivel más alto de la casa, para averiguar qué pasaba y saber cuando la casa volvería a sonar normal y sus hermanos podrían salir a correr por el jardín. Mientras silenciosamente posaba su oreja contra la puerta, cuidaba sus movimientos para asegurar no hacer ningún ruido que llamara la atención de Severo. Pero por un instante Sara olvidó lo que ya sabía de memoria, Severo leía sus pensamientos y en un movimiento inesperado, la puerta de la habitación se abrió de par en par y antes de que Sara pudiese reaccionar, su padre la tomó por la oreja, halando su cuerpo en contra de la gravedad en movimientos ascendentes. El dolor que sintió Sara era como de un tijeretazo sagaz en su oreja, dolor que tomó sentido al tocarse con sus manos el área que como fogón ardiente hervía en sus sentidos.

De un solo empujón Severo mando a Sara fuera de la habitación y cerró de un golpe la puerta en sus narices. El líquido caliente y rojo que cubrió las manos de Sara no era más que la comprobación que Severo podía leer la mente de Sara, y que si quería ser astuta debía aprender a jugar con lo que su padre leía en ella.

CAPITULO NUEVE

Del Diario de Sara

Yahe, *o ayahuasca, que en idioma quechua significa 'soga de muerto' por su etimología aya 'muerto, difunto, espíritu' y waska 'soga, cuerda', ya que en la cosmovisión de los pueblos nativos el ayahuasca es la soga que permite que el espíritu salga del cuerpo sin que este muera.*

Han pasado tres semanas desde que el escritor decidió marcharse de la casa, de cinco años de amor y de fantasías sólo me queda esta nota que dejó sobre la cama, donde me promete que todo va a estar bien. ¿Pero cuándo?, ¿cómo pasó todo esto, Dios mío? ¿En qué momento mi mundo se derrumbó? ¿Cómo es posible que jamás sospeché, o siquiera imaginé que él era homosexual?, ¿porqué tenía que llegar este muchachito de tan solo 17 años de edad a robarme mi mundo, mi amor, mi pareja, mi posibilidad de ser mamá? Hoy ya tendríamos a la bebé en casa. ¿Porqué me dejaste ilusionarme con la adopción? ¿Porqué permitiste que las cosas llegaran hasta este punto? ¿Por qué cinco años después, me mostraste la realidad?.. Aun me duele el cuerpo de haber pasado la noche tirada en el piso totalmente recogida gritando y llorando sobre la nota que ya no se lee, de tantas lágrimas que derrame sobre ella. Quiero mi vida de regreso. ¡Y la quiero ya! Hoy me llamó su hermano, (él ni siquiera me contesta el teléfono, ¡ Qué agonía!). Dice que si quiero recuperarlo, lo único que tengo que hacer es ir a una dirección que me mandó, ver allí a su sicóloga y hacer lo que ella me diga. Las instrucciones son claras, llevar ropa abrigada, no comer por 5 horas antes de ir, no llevar el auto y seguir las instrucciones sin cuestionar, nada.

Okay, con el corazón palpitando fuertemente y las mariposas de hace cinco años revoloteando en mi estomago, yo voy, yo lo hago, yo no pregunto nada, dile que sí que lo hago. Colgué feliz el teléfono. ¡Por fin! La pesadilla terminaría, hoy el amor de mi vida regresaría a mí, a casa, a nuestro hogar, esto era solo una crisis de pareja, uff nada más, él solamente estaba confundido.

Sin tener nada claro, más que el hecho que al volver en la noche él estaría allí, junto a nuestro hijo de cuatro patas, esperando felices y ansiosos por verme llegar. El, como siempre vendría hacia mí y me alzaría en sus brazos y me diría, "Hola mi nena linda" Gracias Dios, que difíciles fueron pero ya acabaron, estas tres semanas de penuria y dolor. Levanté el teléfono y llame a Máximo, ¿quién mas que no juzgara ni cuestionara, que mi hermano que era un hombre pasado por muchas batallas en la vida, y las propias de el amor?

A eso de las cinco de la tarde Máximo llegó y partimos los dos junto con Eros a buscar el regreso de su papá a casa.

Mientras Eros pasaba su lengua por toda la ventana y ladraba a cuanto carro pasaba junto al nuestro, Máximo me consolaba, hablándome de cosas graciosas tratando de alejar la tristeza de mi mente. En la emisora sonaba una canción que me recordaba el exacto momento en que por ver primera la habíamos oído. Ibamos de domingo a comer a las afueras de la ciudad, él manejaba, y como siempre su mano reposaba sobre la mía, mientras Eros reposaba en mi regazo.

No puedo llevar el celular, interrumpí mis pensamientos, para advertirle a Máximo. No te preocupes de venir a recogerme, pero si quédate en casa esta noche, para que Eritos no se sienta solo. Máximo asintió con su cabeza mientras, apretaba fuertemente mi mano, en señal de apoyo.

Al llegar al sitio me encontré con una casa común y corriente, ni fea ni bonita sólo una casa, allí abrace a Máximo y le entregué las llaves de mi casa y de mi auto, alcé a Eros y le prometí que mami volvería mas tarde a casa. Lo abracé con tanta fuerza que sentí que me aferraba al único y tangible amor que tenía en ese momento; el de mi mascota, el que se había convertido por tres años, en quien llenara mis vacíos maternales.

Al timbrar note que la puerta se encontraba entre abierta. Lentamente la empujé hacia adentro para encontrarme con un abanico de personas, de diferente sexo, edades, niveles sociales, y apariencia física. Era tan reducido el espacio, y tantas las personas que allí estaban sentadas, paradas, recostadas sobre las paredes, que por un momento quise cerrar la puerta y marcharme. Pero ya Máximo se había ido y yo ya estaba allí, Finalmente lo único que tenía que hacer para que el escritor volviera a casa, era estar allí y no hacer preguntas. ¿Qué tan malo podía ser esto? De repente vi a la sicóloga, por fin una cara familiar, aunque también había visto a un joven actor que conocía de nombre pero jamás había trabajado con nosotros, a pesar de no conocerlo, estaba segura que él había llegado allí por sugerencia de el escritor.

"Hola Sara, que bueno que viniste"... Me saludo la sicóloga. ¿Toda esta gente esta acá para terapia contigo? Pregunté inocentemente. No sonrió la sicóloga apretando suavemente mi brazo y acercándose a mi oído. "No te preocupes ya él pagó por tu cupo". ¿Cual cupo pensé? ¿De qué me hablaba, quienes eran estas personas, que pasaba allí? Oh si recordé: no hacer preguntas. Solo le regresé un gesto que pretendía ser una sonrisa, luego la vi como desapareció en medio de la multitud.

Seguía llegando más y más gente, ya el calor y la mezcla de olores, se tornaban desagradables. Así que decidí acercarme al joven actor, que reconocí y decidí buscar complicidad en aquel extraño ambiente. Hola, le dije mientras fundía mis manos en los bolsillos de mi jean, y recogiendo mi cuello hacia mi cabeza en señal de inconformismo. "¿Qué raro todo esto verdad?" respondió él, llevándome a entender que yo no estaba sola en aquel momento tan incómodo. Si, ¿tú sabes que va a pasar aquí? Pregunté rompiendo la regla de no hacer preguntas, pero mi curiosidad me mataba y sentía que no tenía control de la situación, algo que desde muy joven me hacía sentir vulnerable. "No, y creo que ya somos dos, los que no sabemos" dijo dirigiéndome una sonrisa que me hizo sentir acompañada por él en lo que fuese a pasar aquella noche. De repente un hombre vestido en una túnica blanca, bajo por las escaleras, solicitándonos hacer una fila para pagar. ¿Para pagar qué? ¿Para pagar cuanto?, ya entendía el comentario de la sicóloga, la cual aun andaba perdida entre la multitud, pero no me importaba finalmente no la conocía mucho y me sentía cómoda junto al joven actor, que si había llegado allí por sugerencia y gracias al contacto que el escritor hizo para incluirlo en el grupo.

A medida que las personas pagaban recibían un papel, algo así como un tiquete. Yo me limite a mirar y esperar; de repente la sicóloga reapareció trayendo con ella mi tiquete. "Lo entregas al subirte a la camioneta" dijo, alejándose y perdiéndose nuevamente entre la gente. ¿Cuál camioneta?, ¿Porqué estábamos pagando?, ¿A dónde diablos íbamos?, esto ya me pareció no sólo incomodo sino sospechoso.

Ya había oscurecido, había pasado quizá dos horas dentro de aquella casa, el actor me había contado que tenía una relación tormentosa con su novia, que a la vez tenía otro novio, y que lo único que sabía es que estaba allí, para saber la verdad de aquella relación tan dolorosa, y el rumbo que debía darle a sus sentimientos.

¡Que irónico, sonaba como la misma razón por la cual yo estaba allí!

"Vayan saliendo y subiéndose a la camioneta, por favor entreguen el tiquete al conductor antes de subir al vehículo" Replicó el mismo hombre de sotana blanca que había recibido el dinero y repartido los tiquetes.

Un temor se apoderó de mi cuerpo, ¿A dónde me llevaban, y que tal si el escritor hubiese decidido deshacerse de mí, y si esto era un secuestro masivo y casi que voluntario? Ya habían subido todos a la camioneta blanca; éramos quizá unas 20 personas, sólo yo permanecía estancada al piso sin moverme. "No tengo toda la noche señorita" dijo el conductor extendiendo su mano para tomar mi tiquete. "Un momento tengo que hablar con la sicóloga" dije, mientras desesperada buscaba con mis ojos a la mujer que aparecía y desaparecía como acto de magia.

Detrás de mi una voz me hizo brincar de sobresalto; "¿Qué pasa Sara?" preguntó la sicóloga en tono desesperado, al parecer había bajado de un auto oscuro que se encontraba parqueado delante de la camioneta, listo y encendido para guiarnos al destino, cualquiera que ese fuese. No pues que pasa es lo que yo quiero saber, ¿para donde nos llevan y porqué tan tarde, de qué se trata esto, no es acaso una terapia con usted a lo que yo vine?.. Respondí en tono más molesta aun que ella, porque si ella estaba brava, yo estaba energúmena.

La sicóloga tomó su cabeza con sus dos manos, en acto de halarse los pelos de la frustración, respiró profundo quizá contó hasta mil, me miró y con una leve sonrisa me dijo "No te preocupes querida, si tienes dudas ya estábamos prevenidos a que esto podía pasar contigo, eres mujer de poca fe, puedes quedarte y seguir acá rebanándote la cabeza con preguntas, y nada ha pasado, o de lo contrario… (un largo silencio, para agregar)… puedes venir con nosotros, dejar de cuestionar tanto, y tener la respuestas a tus preguntas y a él de vuelta en tu vida. Soltando a la vez sus dos manos y golpeándolas contra sus piernas, me miró esperando mi respuesta. Mientras los pasajeros de la camioneta me miraban por las ventanillas con gesto de interrogación, y el conductor se frotaba las manos tratando de controlar el frío en sus tumidos dedos. Esta bien, fue lo único que avergonzada respondí, y me subí al auto para sentir como mis mejillas se sonrojaba ante la mirada cuestionable de todos, al fondo en la última banca aplastado entre la ventanilla y una mujer gorda cubierta por una ruana vi al joven actor, quien me regaló una suave sonrisa de compasión. Me senté de espaldas a todos junto al conductor, en primera fila, el único asiento disponible, para empezar lo que hasta hoy muchos años después ha sido la PEOR PESADILLA DE MI VIDA.

La camioneta avanzó por la ciudad cruzando en medio del trafico, los ruidos citadinos, los pitos, las alarmas de ambulancias, las voces de gente esperando transporte, hasta llegar a las afueras de la ciudad donde empezamos a recorrer un sendero escaso de luces, por una carretera sin pavimento, y con una vegetación tan tupida que las ramas de los arboles tropezaban contra el techo y las ventanas de las camioneta, produciendo sonidos aterradores, era como que la selva nos comía poco a poco tomándose el tiempo de deleitar nuestros sabores.

Luego de recorrer aquel camino, tapizados de hierba, matorrales, piedras y fango; finalmente nos detuvimos frente a una casa inmensa de estilo marroquí, llena de arcos y columnas, en tonos claros. El conductor se bajó sin decir palabra y los ocupantes nos quedamos pasmados algunos como yo de miedo, otros simplemente de curiosidad.

Pasaron unos minutos y la puerta de la camioneta se abrió de un solo tajo, La sicóloga que a este punto me parecía la mas loca de todos, se dirigió a nosotros, ¿qué tal el viaje? dijo con una sonrisa de oreja a oreja como si hubiese sido el más placentero de su vida, sin dar tiempo a que alguien respondiera agregó:" Por favor bájense, e ingresen a la casa para dar inicio a la ceremonia, gracias". dijo y de nuevo se perdió esta vez entre la negrura y la neblina de la noche. Con una pasividad casi perezosa, empezaron a bajar uno a uno los integrantes, algunos con las nalgas planas del viaje otros con la mirada confusa, los conté, eran 20, bueno 21 conmigo, al bajarse el último que era el joven actor, quien con una mirada que me dio la fuerza para bajar y entrar a la casa.

"Todas las ceremonias de ayahuasca o yahe, se realizan en las noches y puede durar unas 4 horas, durante la ceremonia de ayahuasca el chamán nos guía através de sus icaros (canciones del chamán dada por los espíritus de la naturaleza), después de beber la bebida sagrada, la ayahuasca tiene una acción profunda en el cuerpo, mente, emociones y espíritu, que nos permite confrontar y conquistar nuestros miedos más profundos, revitalizar energías vitales y despertar un mayor nivel de conciencia En la ceremonia se abre una conexión con la espiritualidad que durará toda la vida, la ingestión de la ayahuasca no produce ningún tipo de dependencia, más bien, sana nuestro cuerpo, mente y espíritu. Muchas veces en una ceremonia pueden producirse vómitos, diarreas, sudoraciones y otros efectos. Sin embargo, este proceso es relativo y, a menudo nos encontramos con "la magia" en una sola sesión de ayahuasca, como también podemos hacer varias sesiones con vómitos y diarreas sin entender y no encontrar nada. El reto de la persona es entender el significado real de las visiones que muestra la planta Ayahuasca y utilizar ese aprendízaje en nuestra vida diaria, por lo tanto, antes de realizar una ceremonia siempre recomendamos que la gente no forjar expectativas de las experiencias de los demás, porque no siempre es así, ya que cada persona tiene su propia experiencia con Ayahuasca".

Al entrar en la casa nos encontramos con un espacio vacío, sin muebles, lo único que había donde seria la sala y el comedor, eran colchonetas azules de ejercicio, tendidas en el piso. Frente a cada una había una manta y un rollo de papel higiénico. Al estar ya todos ubicados dentro de la casa, el mismo hombre que había anunciado a "El maestro" anteriormente, nos pidió de nuevo hacer una fila frente a una olla gigante de barro negra, de la cual salía humo espeso y gigantesco; junto a ella había vasos desechables diminutos, "el maestro" se paro junto a la olla, y de frente a la fila que poco a poco empezaron los participantes a hacer, uno a uno iban tomando de manos del hombre un vaso con el liquido que sacaba de la olla, y a la vez que la gente tomaba el liquido abranzandolo con sus dos manos el hombre les rozaba la cabeza y los hombros con unas ramas recogidas en forma de arreglo floral, al unísono con su ritual, repetía una y otra vez unas palabras, en un idioma que solo el entendía, tiempo después me entere que era quechua un idioma que practicaban los indígenas...Era un chaman, y allí estaba yo, en medio de una ceremonia de yahe, algo que jamas había oído en mi vida, yo participando en la ceremonia indígena mas antigua que existía.

Al llegar mi turno me vi casi forzada a tomar el liquido, con solo rozar la punta de mi lengua sobre el contorno del vaso, sentí un deseo incontrolable de vomitar; pero en cuestión de milésimas de segundo, alguien tomo con fuerza mi cabeza desde atrás sujetándome mientras el asistente del chaman me forzaba a beber el contenido del diminuto vaso. Mi única reacción fue la de mantener cerrados mis labios, pero ya tenia líquido bajando por mi garganta de manera rápida y quemando a medida que penetraba en mi cuerpo. Trate de escupir lo que ya había entrado pero en lugar de eso mas liquido entro; colándose por los orificios de la nariz, y ahogandome, sin pensarlo mas mi cuerpo reaccionó, comencé a llorar, a gritar y a forzar para que me soltaran. El grito del chaman, me atemorizó aun mas. "¡Sueltenla! si no quiere salir de la oscuridad en que vive es su decisión, es una perdedora, no merece estar acá entre los elegidos". Estas palabras me llenaron de temor, de dolor y de rabia, allí estaban de nuevo las palabras de mi padre, en labios de un extraño; "Es una perdedora". Lentamente me dirigí a la única colchoneta que se encontraba vacía. Mientras caminaba hacia ella veía como las demás personas reposaban o dormitaban, todos se veían plácidos y relajados, por un momento pensé, que el chaman podía tener razón, quizá yo no era más que una gallina con temor a relajarme, y permitir conocer algo nuevo, una nueva técnica de relajación quizá, pero algo dentro de mi insistía en estar a la guardia y prevenida a lo que podría estar por venir. Pasaron quizá unos diez minutos de total silencio, podía oír los latidos de mi corazón, finalmente empezaba a relajarme cuando algo me hizo literalmente brincar y dar un aullido de terror. Algo se colaba por mis desnudos pies hacia arriba, al recojerlos sentí como aquello ascendía de igual forma siguiendo y llegando a mis pantorrillas. Aterrorizada abrí los ojos para ver al chaman con sus matas en forma de arreglo de flores recorrer mi cuerpo hasta llegar a mis rodillas. Al verme con los ojos abiertos observando, paró su ritual y me lanzó una mirada fulminante y retadora. Se alejó murmurando quien sabe que cosas en lengua quechua.

Poco a poco me acosté nuevamente para relajarme y dejar que la noche transcurriera.

El sueño se empezaba a apoderar de mi mente y el cansancio del día hacia sus efectos en mi cuerpo. Pero poco duro mi estado de somnolencia, cuando se vio interrumpido por sonidos desagradables, que como una ola crecían y se hacían mas cercanos a mi. No lograba entender de qué se trataba, hasta que pude determinar que era el sonido de uno de mis grandes temores, era vómito, gente vomitando junto, cerca, al lado, detrás de mi. Ahora tenia lógica el rollo de papel higiénico que reposaba justo a los pies de cada colchoneta. En cuestión de segundos varias personas empezaron a llorar, otras emitían raros sonidos, como si se hallaran en algún tipo de trance, otros torpemente se levantaban de sus colchonetas y daban tumbos por el salón. Una mujer joven que vestía una enorme ruana, comenzó a darse cabezazos contra una de las columnas del lugar.

Todo pasaba tan de prisa, gente andando, llorando, gritando, implorando, otros riendo a carcajadas, y muchos, muchos vomitando... De repente el lugar se infestó del maloliente y nauseabundo olor, yo quería vomitar de oler, de ver, de repugnancia, pero no podía. Desde niña le había cogido pavor a vomitar, me daba la sensación de ahogo, de no poder respirar. Desesperada ante esta locura, decidí tomar la manta que reposaba al pie de mi colchoneta y cubrir mi cara, para no ver tan horrorosa situación ¿Cómo yo me había metido en esto, en qué momento cambié una noche en mi casa, con Eritos por la locura que allí de manera voluntaria estaba viviendo?... Como pude en la oscuridad, desdoblé la manta y la tiré sobre mi rostro para no ver más, pero de manera inmediata tuve que arrancarla de mi rostro, estaba impregnada del mismo olor, de quien sabe cuantas personas que habían pasado por aquel lugar dejando de rastro el olor de su vómito.

Desesperada sin saber como escapar de aquella noche sin control, decidí cerrar mis ojos, y pretender dormir, y orar para que la noche terminara pronto. Y allí fue cuando en verdad pasó lo peor...

Al cerrar mis ojos, los sonidos retumbaban mis oídos, los quejidos, las lamentaciones, los pasos, los golpes. Sin pensarlo mas apreté mis ojos con toda la fuerza posible, creyendo así poder evitar tanta locura junta. Pero en lugar de eso, los sonidos recobraron vida, tenían eco, las lamentaciones, se entremezclaron con carcajadas diabólicas que retumbaban en mi cerebro. El olor nauseabundo me cortaba la respiración, y mi estomago revuelto por el poco liquido que había recibido, quería devolver todo lo que contenía. Lentamente mis pensamientos se vieron asaltados por una luz blanca intensa que entraba por el rabillo de mi ojo izquierdo, era una imagen clara: Una puerta fuerte negra y gigante de madera maciza, se abría por si solo de manera lenta y misteriosa, dejando entre ver esta luz, era una luz intensa, con brillo propio, al sentir aquella luz, mis ojos sintieron la curiosidad de aproximarse a ver que escondía tan intensa imagen; pero de un brinco mi corazón latió con temor, aquella luz, era mas potente que yo, y me halaba hacia su interior, un sentimiento de horror se apodero de mi ser, era como si la luz pudiese absorberme, absorber, mi cuerpo, mi mente y mi espíritu. Algo allí, dentro de mi, en mi cerebro intentaba apoderarse de mi ser. El pánico me apodero, y abrir mis ojos sin pensarlo. A mis pies un hombre de barba, totalmente descompuesto y baboseando me miraba satánicamente, mientras alzaba sus pies en una marcha incansable sobre el charco que vómitos que yacía a sus pies frente a mi colchoneta.

No pude cerrar los ojos, la luz me esperaba para atraparme, en una dimensión desconocida de la cual no creo hubiese podido salir por mi misma, no podía cubrir mi rostro el olor nauseabundo de la manta, me aceleraba la sensación de trasbocar, no podía mantener los ojos abiertos, las escenas de locura, me horrorizaban. Ya había entrado la madrugada, y algunos yacían tendidos en el piso, otros acurrucados lloraban silenciosamente; decidí caminar, mis huesos se sentían adormecidos del frío que penetraba por ellos. Aquello fue doloroso, ver tanta desgracia humana, tanto dolor, tanto enfermo, porque para estar allí, debíamos estar locos, o en el mejor caso.. enfermos en busca de algún tipo de medicina o respuesta a nuestro mal.

En el salón conjunto encontré al joven actor, estaba sentado como un niño perdido, su melena desordenada y su camisa raída como por las garras de un animal, quizá en animal que habitaba dentro de el. Sin miedo me arrodille frente a el, y tome su rostro entre mis manos, el hizo una mueca creo que intento sonreír; una lagrima lenta y triste bajo por su mejilla y se perdió en su bello mentón; con sus manos tomo las mías, la apreto sobre su rostro y rozo su cara por nuestras manos juntas. Yo me senté a su lado, lo las cerca que el cuerpo me permitió, y allí en silencio; nos hicimos compañía hasta que el día llegó.

Lentamente y en profundo silencio como si nos hubiesen dado instrucciones, salimos de la casa y frente a la camioneta hicimos una fila, para subir uno a uno y regresar a la ciudad, dejando allí, mas que una noche infernal. La sicóloga apareció; se sentó junto a mi, y me tomo de la mano, con una actitud que asusto. En sus ojos había alegría, un destello de tranquilidad espantosa. "No te preocupes, vas a mi casa, para que descanses un poco", dijo entre cerrando su puño contra el mío. En aquel momento sentí que iba a ser víctima de un secuestro, y mi cuerpo sintió de nuevo la sensación de vomitar.

Curiosamente el recorrido de regreso fue mas corto que el de ida, en cada luz roja que la camioneta paraba, sentía la sensación de escapar, de bajarme corriendo, pero mi cuerpo y mi mente se habían congelado, no podía moverme, ni siquiera voltear a buscar ayuda con los ojos. Al pasar por debajo de un puente, la camioneta se detuvo, la sicóloga tomó de nuevo mi mano, esta vez para halarme mientras a la vez abría la puerta deslizante del vehículo, sin decir palabra, bajó llevándome con ella. Allí, esperaba un auto rojo, normal, común, no tenia vidrios oscuros, no era un auto raro, era un auto normal.

Se sentó junto a mi en la parte trasera del vehículo, mientras un hombre que luego supe era su esposo, lo manejaba, ellos hablaban animadamente, del día tan bello que hacia, de lo que había preparado su esposo para la cena de los niños, de las travesuras de su perro la noche anterior al dañar un par de medias. Yo pensaba, ¿qué pasó, me soñé lo que acabo de vivir o esta mujer no estaba allí?

Estando en esas cavilaciones, mi mente empezó a notar algo diferente... Algo pasaba con mis sentidos, los sonidos y los aromas se intensificaron, era como si me hubiesen metido dentro de un amplificador, todo se oía, se veía y se olía en magnitudes exageradas, como si yo pudiese tener un volumen de receptor alto al cual no podía reducir. El terror empezó a apoderarse de mi nuevamente, los pitos de los carros sonaban dentro de mi cabeza no fuera del auto, los olores de sus esposo recién levantado y el sudor de su cuerpo, hastiaban mi nariz, las imágenes de todo alrededor se veían distorsionadas. nuevamente las nauseas se apoderaron de mi cuerpo, y en un incontrolable sentimiento de tristeza empecé a llorar, pero no lloraba yo, lloraba mi dolor, gritaba, golpeaba en techo del auto, sentía dolor físico, mi cuerpo estaba en crisis. "Fresca, déjalo salir", fueron las palabras rimbombantes que taladraban mi cerebro, quería morderla, halarla, tirarla fuera del auto, pero ella me dominaba. Agotada cerré los ojos, me rendí ante el dolor, el olor, el sonido, el cansancio.

Al abrir los ojos, no supe en donde me encontraba, era un techo desconocido, una cama dura, y mal hecha, una mesa de noche vieja de madera, con libros, papeles y un teléfono. Intente sentarme y tomarlo para llamar, a alguien a quien fuera. pero el dolor de cabeza me noqueo y caí de nuevo sobre el tieso colchón y la cama antigua en la que quizá la sicóloga o su esposo me habían colocado.

Entendí, que mi cuerpo se negaba a hacerme caso, decidí poco a poco recobrar la posición sentada en la cama, y tomar el teléfono. Con un gran esfuerzo y luego de unos minutos que me tomo una acción que normalmente haría en segundos logre tomar el teléfono, y marque lentamente el único numero que me sabia... El mío, el de mi casa. mientras rogaba porque mi hermano estuviese en casa, y respondiera; no sabia que día era, no sabia que hora era. Finalmente marque el numero, pero no paso nada, no sonó ocupado, no timbro, solo no paso nada. No entendía que pasaba, por Dios, necesito ayuda, solo atine a pensar, y caí nuevamente sobre la cama, sin poder controlar mi cuerpo.

Allí tendida con la mirada perdida y el auricular en mis manos, note que el teléfono no tenia cable. Deje salir mis lagrimas ya sin mas control, no había nada que controlara. Todo una vida de control, de auto control, y allí tirada en una cama desconocida, en un lugar desconocido, no controlaba nada, que mierda había pasado?....

Un sonido ensordecedor, me hizo abrir los ojos. Una figura distorsionada, me miraba desde el pie de la cama, y algo decía, lentamente se acerco a mi, haciendo recoger mi cuerpo de temor a ser lastimada. "Despierta bella durmiente". Al acercarse pude ver su rostro, era la sicóloga, sobre saltada logré recogerme contra la pared alejándome lo más posible de su contacto.

"No te asustes, acá te vamos a cuidar, hasta que te sientas mejor. Ya llamo él a ver como te había ido, esta muy orgulloso de ti, voy a llamarlo, para que puedas hablarle" Me dijo mientras como si fuese mi madre, me rozaba su mano por mi cabello, de manera ascendente y descendente "No quiero hablar con él", fue lo único que atiné a decir. En cuestión de doce horas el amor que le tenía se convirtió en miedo; las ganas desesperadas de verlo, se convirtieron en deseos incontrolables de no volver a saber nada de él. ¿Cómo me había hecho esto? ¿Porqué yo había vuelto a confiar en él?.

Con un gesto de desaprobación, la loca de la sicóloga, me dio una mirada fulminante, dejo de rozar mi cabello y salió del cuarto, cerrando tras de si la puerta. Allí transcurrieron horas, cada sonido de la casa retumbaba con un eco que jamás habla imaginado pudiese sentir, quizá producto de la droga, el bebedizo que tome la noche anterior, mis sentidos se hallaban alerta al doscientos por ciento, todo olía, sonaba, se palpaba y se veía en una dimensión de distorsión absoluta. Aun mi estómago se hallaba rebotado, sentía hambre, pero a la vez unas ganas horribles de vomitar, pero el sentimiento de asfixia de ahogo que me llenaba, me forzaba a cubrir mis boca con las dos manos. Que asco, me daba yo misma, como había podido caer tan bajo, el miedo me cobijaba, mientras las lágrimas no dejaban de correr incansablemente por mis mejillas. En la guerra que case con mis sentimientos, ellos ganaron, me derrotaron y caí profundamente dormida.

El ruido de unos pies caminando cerca de mi me despertaron de un sobresalto, allí junto a la cama, mirándome como a bicho raro, había un niño, quizá tendría unos doce años, era gordo y panzón, tenia un pequeño robot verde y negro de juguete entre sus manos y sus gafas dimensionales, se enfocaban en mi cuerpo. Me miraba con curiosidad pero a la vez con desaprobación. No importaba, la verdad yo tampoco aprobaba del todo su redonda figura. "Esta es mi cama" me dijo sin dejar de analizarme, como quien acaba de cazar un bicho raro. "Lo siento, acá me dejó tu mamá" le dije sin dejar de sentirme incómoda con su presencia. Traté de levantarme rápidamente, pero todo dio un giro de ciento ochenta grados y caí tendida como una rana de nuevo en su cama. "¡Mamá!" gritó el enano poco amigable. Yo estaba en el segundo piso de la casa, lo supe porque escuche unos tacones desafinados correr por una escalera hacia la puerta de la habitación.

"Oh, buenas noches bella durmiente", dijo la mujer...noches, como noches pensé, apenas si me quedé dormida. ¿Qué hora es? atiné a decir. Son las siete y diez. Necesito hacer una llamada le dije en tono demandante y molesta conmigo misma por haberme dormido por tanto tiempo. "Claro, quieres bajar conmigo a la sala, estoy preparando la cena", sin pensarlo le respondí "Yo no pienso comer acá, si lo que usted bebe casi me mata, no quiero imaginar lo que cocina". Inmediatamente se hizo un silencio sepulcral, su hijo que jugaba haciendo sonidos con su robot, quedó congelado y me miro con desprecio. "Quiero decir, no tengo hambre, gracias". Ella pasó sus manos por su cabello echándolo hacia su espalda, y respondió. "Esta bien, igual no hice suficiente, como para ofrecerte" y comenzó a caminar hacia el hall que llevaba a la escalera. Como pude me incorporé de la cama y la seguí silenciosamente, agarrando el pasamanos y sosteniendo mi cuerpo contra la pared para evita perder el equilibrio.

Los veinte minutos que pasaron antes de que mi hermano llegara por mi fueron uno de los momentos mas incómodos y largos de mi vida. Al ver las luces del auto acercarse a la casa, brinqué del sofá, me sentí rescatada, abrí la puerta y sin decir nada salí de allí.

Al subirme al auto, mi perrito me besaba como si supiese lo que sentía, el dolor y la vergüenza que me embargaban, mi hermano sólo me abrazo, y dijo; "Ya vas a estar bien".

El miedo, la inseguridad, y las pesadillas, de aquella experiencia, me llevaron a tomar mi carro, mi mascota y manejar por diez horas hasta llegar al refugio donde siempre hemos de terminar los humanos...En casa de mamá.

CAPITULO DIEZ

LLEGAN NOTICIAS

Sara llevaba quizá dos meses, casada con Thomas, su vida lejos de ser pacífica y amorosa como ella pensó seria al tomar aquel paso, era una vida de restricciones y de temores. Las pesadillas habían vuelto. Sara sentía estar viviendo la pesadilla de estar de nuevo junto a su padre, un hombre alcohólico y abusivo; solo que esta vez, estaba era con su esposo, un esposo que erróneamente había elegido para ser el compañero de vida.

El teléfono sonó. Thomas se encontraba durmiendo su última borrachera, y Sara se apresuró a contestar antes que el timbre lo despertara. Los mejores momentos de Sara junto a su esposo se habían convertido precisamente en aquellos en los que él dormía. Hello? musitó en tono bajo. Era Milagros, quien le pedía que fuera a verla, necesitaba hablarle en persona y lo antes posible.

Algo extraño aceleró el corazón de Sara y sin pensarlo, tomó las llaves de su auto y salió, sin pensar en las consecuencias que le traería salir sin avisarle a su esposo.

Al llegar a casa de Milagros se encontró con una casa silenciosa, los niños no salieron como de costumbre, corriendo a abrazarla y llenarla de besos. Los hijos de Milagros, se habían convertido para Sara en el motivo de alegría y en la cristalización de su sueño de ser mamá. Compartir con los cuatro pequeños, era el momento de felicidad que le robaba a la vida, cada vez que le era posible ir a ver a su amiga.

Sara intuía que algo pasaba, pero no lograba discernir de qué se trataba. Por primera vez, Milagros atendió la visita de Sara en la sala, sentándose junto a ella y mirándola a los ojos, era algo extraño, sentirse en plan de visita, generalmente Milagros la atendía en la cocina, mientras hablando preparaba la cena de su familia o simplemente la subía al carro, y se visitaban mientras recogían niños de clases de fútbol, llevaban otros a clases de béisbol, recogían la ropa de la lavandería. Nunca Milagros tenia tiempo solo para "visitar", siempre su día estaba lleno de cosas por hacer. Luego de divagar, y hablar de cosas sin importancia Milagros juntó sus rodillas a las de Sara tomó sus manos y en voz pausada le dijo: "Sara, tienes que viajar lo antes posible a tu país, tu familia te necesita junto a ellos." Sara sintió un dolor en el pecho y su corazón se aceleró de nuevo. Milagros respiro profundo y continuo "Tu hermano Gabriel, se encuentra en el hospital desde hace dos semanas y ha entrado en coma, debes ir."

Los días siguientes transcurrieron en medio de averiguaciones de tiquete de aviones, de vuelos. Milagros consiguió que el tiquete de regreso de Sara, que ya había vencido hacía un mes, fuese re instado, así Sara no tendría que preocuparse de no tener el dinero en el momento para viajar. Milagros habló con Thomas, y sin saber la pesadilla que Sara vivía junto a él, le pidió que viajara con Sara, que no la dejara sola en este momento. Thomas se llenó de excusas y decidió no viajar, lo que para Sara resultó ser una buena noticia, en medio de tanto dolor.

"Alo, mami, ¿qué pasó? Milagros me habló y me dice que tú le llamaste para que me diera la noticia, ¿qué pasa con Gabriel?, ¿Porqué esta en la clínica, porqué esta en coma, cuando pasó, porqué no me habían avisado, en qué clínica esta, qué dicen los médicos?, Dios mío no entiendo." Miranda solo atinó a responder… "Mi amor, te necesitamos acá, ven cuanto antes por favor."

Sara tomó el vuelo de la media noche. Era la primera vez que regresaba desde que se desterró de su propia patria, huyendo del dolor de la traición y de la pérdida de su bebé en adopción. Nunca imaginó regresar tan pronto y en tan difíciles circunstancias, había viajado a pesar de la oposición de un esposo controlador, celoso e inseguro, viajaba con la angustia de no saber si sería capaz de manejar la situación, viajaba con la pregunta que por todos los meses que llevaba viviendo en Norteamérica se había hecho… Volvería a ver al amor de su vida?

Solo dos semanas atrás había sido navidad. Sara recordó que su madre le comentó que Gabriel se encontraba de visita en la ciudad, y que estaba yendo a unos controles médicos por una gripa que estaba muy acostumbrada, y llevaba meses acompañándolo. Ni el mismo Gabriel imaginó que los síntomas de aquella gripa, no eran más que el preámbulo a su camino hacia el cielo.

Histoplasmosis

Epidemiología Patogenía

La infección por Histoplasma capsulatum habitualmente se produce por vía respiratoria. Cuando los gérmenes llegan al alvéolo pulmonar son fagocitados por los macrófagos. Se reproducen localmente, luego siguen la vía linfática hacia los ganglios hiliares y mediastinales y a través del conducto torácico invaden el torrente sanguíneo diseminando en los distintos tejidos y órganos. Parasitan especialmente los órganos del sistema mono-histiocitario (pulmón, hígado, bazo, ganglios linfáticos, estructuras linfáticas del aparato digestivo).

El organismo virgen de infección reacciona inicialmente mediante una respuesta inflamatoria inespecífica a polimorfonucleares y luego con linfocitos y macrófagos. Estos fagocitan los gérmenes sin destruirlos y permitiendo su desarrollo.

Ante la presencia de los gérmenes el organismo desarrolla inmunidad específica de tipo celular que determina la formación de granulomas y conduce al control de la infección. Los hongos que persisten en estado latente, tardíamente pueden reactivarse si por cualquier causa se deteriora la inmunidad celular.

Si el paciente es un inmunodeprimido la infección primaría no puede ser controlada y evoluciona directamente a enfermedad la que puede adoptar diferentes grados de gravedad.

Raramente la puerta de entrada es cutánea produciéndose una lesión local y adenopatías regionales.

Del Diario de Sara

Tal vez el no saber qué me esperaba era lo que más me aterrorizaba, qué estaría pasando con mi hermano, porqué mi madre no me había llamado y había pedido a Milagros que me diera ella la noticia. ¿Desde cuando mi hermano estaba en coma, cómo lo estarían tomando mi madre y mi hermanos?.... Eran tantas las preguntas acerca de mi familia, cómo tantas eran las de mi vida personal. ¿Qué iría a pasar a mi regreso? Ya Thomas me había amenazado con encontrar mis pertenencias en la calle al volver. Por otro lado no sabía si iba a poder resistirme a llamar al escritor, a verlo. En el fondo tenia la esperanza que quizá él ya haya hubiese reaccionado, y que ya no tenga que preocuparme de regresar a un país que no es el mío y que no siento mío.

Al llegar a casa encontré a mi mamá destrozada por los nervios, Serena totalmente ausente como si fuese una niña autista, Máximo se había ido de la clínica de rehabilitación donde se había internado voluntariamente para luchar contra el demonio de las drogas, y Severo allí estaba, más loco que nunca, hablaba de las épocas en que éramos ricos, había olvidado por completo la crisis en que caímos, y como lo perdimos todo. El, además de lo material, parecía haber perdido la memoria. No recordaba que hacia años atrás había abandonado a mi madre por correr tras la amante de toda la vida, (favor que nos hizo, al marcharse). Respondía a su teléfono con el nombre de la empresa que hacia años atrás había perdido tras la crisis económica que aporreó a mi país. Todo era triste, desolador, yo era quizá en medio de tanto drama, la que debía tomar las riendas de mi familia, y guiarlos para que la locura y el dolor no nos acabaran.

Gabriel era un ser de luz, amoroso, con una risa que contagiaba a quien lo oyera, su sonrisa era la ventana de su alma, pura y sincera. ¿Qué había pasado con él?... Allí, tendido en una cama de cuidados intensivos, totalmente hinchado, con sus ojitos casi desvanecidos de su rostro, conectado a aparatos para respirar, para orinar, para mantener el hilo de la vida, lo veía tras un cristal que me separaba de él. No lo podía abrazar, no podía correr a contarle todo lo que yo estaba viviendo. Junto a mi estaba Máximo, destrozado como jamás lo había visto, su llanto salía por ojos y nariz, sus manos y rostro se aferraban al cristal, dejándolo lleno de sus huellas de dolor. Su cuerpo se escurría sin control hacia el piso, su dolor era tal, era tan infinito, que el mío se vio obligado a desaparecer para consolar el dolor que a mi hermano embargaba.

Esa misma noche, por sus propias palabras, me enteré que el dolor se mezclaba con la culpa dejándolo vacío y exhausto de tanto llorar.

La última conversación de Máximo con Gabriel, había sido una agresiva pelea de palabras, donde Máximo dijo palabras que jamás hubiese querido haber pronunciado, y ahora no sabía si la vida le cobraría esas palabras con la vida de su único hermano varón.

A la mañana siguiente, y después de una noche de absoluto insomnio, me levanté a cumplir con la cita que tenia con el médico encargado del caso.

"La situación es crítica, su hermano se encuentra en un estado de coma inducido, estaba reteniendo líquidos porque uno de sus riñones ya no trabaja y el otro trabaja sólo a media marcha. Lo tenemos bajo diálisis y hemos

logrado que la inflamación de su cuerpo baje considerablemente. El hígado también se ha visto afectado, tenemos que estarle suministrando sangre de manera diaria, pero el tipo de sangre al que él pertenece, nos ha dificultado un poco las cosas, es un tipo de sangre específico y no compatible con otros. Le recomiendo ir a la cruz roja a ver si tienen provisiones, también puede mirar entre familiares y amigos, para que vengan a una prueba y determinar si son posibles donantes. Los pulmones están afectados por micosis pulmonares, que son infecciones difíciles de combatir. La condición de su hermano, se llama Histoplasmosis, es producida por el contacto con excremento de murciélago y de palomas. Necesito que firme esta forma para que a partir de este momento, usted sea el puente entre el cuerpo médico y su familia, debemos contar con usted las 24 horas del día, deberá estar disponible para asistir a reuniones del comité médico, y para que nos autorice la toma de decisiones. ¿Alguna pregunta?."

Todo sonaba irreal, por mi mente corrían imágenes de las fotos del último viaje de Gabriel, fotografías en plazas Italianas rodeado de palomas, sosteniendo algunas entre sus brazos, en sus manos. Imágenes que se atropellaban entre si, mostrándome los posibles lugares en que había adquirido este virus que me lo estaba matando. Veía un grupo de personas dentro de una cueva en algún lugar de Europa y él, feliz con su sonrisa iluminando la fotografía. Oía su voz animado contándome por teléfono sus planes, que realizaría el viaje de su vida, iría a Londres, Italia, España, Francia, entre otros países, lo oía hablándome por teléfono en francés, con tono burlón y sofisticado. El viaje de su vida… El viaje que le arrancó la vida.

Era difícil saber qué me tenia mas consternada, si el autismo y mutismo en que Serena se había sumido a raíz de su tristeza, para ella Gabriel siempre representó su figura paterna, él era quien jugueteaba y la consentía. Pasaron de ser hermanos a ser amigos.

Quizá lo mas difícil era la condición de nervios de mi madre. Estaba inconsolable, triste, lloraba todo el tiempo, temblaba, no dormía, pasaba como un alma en pena las noches, sólo oraba y lloraba y nada ni nadie la consolaba.

O lo peor de enfrentar era quizá era Máximo, con sus desapariciones para consumir drogas y alcoholizarse para así poder, por un momento, olvidar sus remordimientos y su culpa interior por haber dicho cosas que no sentía, en medio de una pelea ridícula que lo tenía sumido en un sentimiento de culpa y dolor infinito.

O quizá era la situación tan triste y sorprendente de ver a un padre deshecho por el dolor, con el cansancio reflejado en su rostro, sus pensamientos no eran coherentes, y las palabras que salían de su boca me llevaban a pensar que esta vez y por siempre, había perdido el juicio y el hombre elegante, autoritario, bien vestido y siempre afeitado que fue durante toda su vida, era ahora solo una sombra delgada e incoherente.

No había tiempo para mi, para mi dolor, para mis propios demonios, solo había tiempo de correr y correr, correr por medicamentos, correr por sangre, correr para cuidarlo en la unidad de cuidados intensivos, correr a consolar a mi familia que se resquebrajaba ante mis ojos y por disfuncional que fuese, era mía, era mi familia, me pertenecía y no podía dejarla deshacerse frente a mis ojos.

"Mañana lo vamos a despertar, pueden verlo a través del cristal y según como responda, podrán entrar de uno en uno a pasar un tiempo con él. Deberán usar una mascarilla, guantes y una bata sobre la ropa. Son medidas preventivas pues su hermano no tiene defensas, en este momento un estornudo de alguien podría matarlo. Una vez este estable lo pasaremos a una habitación privada, con visita restringida. ¿Tiene alguna pregunta?"... Había pasado una semana desde que llegué. Una semana hablando con mi hermano por ocho horas al día, siempre he escuchado que hablarles a las personas en coma es bueno, que los anima, los motiva y de alguna manera ellos te oyen. Una semana colocándole su música favorita, una semana masajeando sus pies inflamados, una semana limpiándolo, y mirándolo, esperándolo, amándolo.

El teléfono sonó. Serían las nueve de la noche. El grupo de vecinos, amigos y familiares que se reunía cada noche en nuestra casa a orar por Gabriel, apenas estaba partiendo cuando el teléfono sonó. "¿Sara?" Era la enfermera jefe de la sala de cuidados intensivos. Otra vez a correr, pensé. Ya sabía que estas llamadas tarde o en la madrugada, sólo significaban una cosa: emergencia.

"Necesitamos que vaya hasta el hospital central, ellos tienen un medicamento, es alemán, solo hay cantidades mínimas en existencia, y acá en la ciudad solo este hospital las tiene. Necesitamos que vaya y recoja dos cajas, busque al encargado de la farmacia, y pídale que revise la orden que les enviamos por fax. Hemos intentado comunicarnos pero ya ve, que a estas horas no responden los teléfonos. "Okay", fue lo único que agobiada atine a responder, "Oh Sara, por favor apúrese, el hospital cierra a las diez". Me quedé con el auricular en la mano, mientras el tono de colgado sonaba al

otro lado. No tuve tiempo de cenar y recordé que tampoco lo había tenido para almorzar, saqué de la maleta el efectivo que aun me quedaba, que ya no era mucho, le di un beso a mi madre, y salí corriendo a la calle a tomar un taxi. Las calles estaban desoladas, tristes y apagadas, eran un reflejo de mi, el dolor me tenía sumida en una oscuridad que no me permitía ver la salida a tanto dolor. "Quédese con el cambio señor!" Me bajé del taxi para encontrarme frente a un edificio blanco, lleno de carteles del sindicato, estaban en huelga, reclamaban salaries y un trato justo a sus empleados. No veía por donde entrar, todo era papeles, grafittis y soledad, sino hubiese comprobado el nombre del hospital en lo alto del edificio, hubiese pensado que estaba en el lugar equivocado. Seguí la reja negra y extensa que daba la vuelta a la calle, buscando encontrar la entrada. Allí estaba, me pareció eterna la llegada. A lo lejos, dentro del edificio, un guardia de seguridad oía la radio, yo oía la música que el oía, pero él no oía nada de lo que yo gritaba. Finalmente desesperada empecé a golpear la reja con las llaves de la casa, y mi alboroto superó el de su radio.

Sin moverse un centímetro de su silla, levantó la cabeza y me hizo un gesto de que ya el lugar había cerrado. !NO! Le grite, "El de la farmacia me esta esperando, es un asunto de vida o muerte", le gritaba mientras miraba el reloj del fondo de la caseta del guardia. Eran las nueve y media, tenía media hora, lo iba a conseguir, lo había logrado, había llegado a tiempo, solo faltaba que este hombre se parara y me abriera el portón que estaba protegido con un enorme y oxidado candado. Finalmente y como contando sus pasos, se acercó a la reja que nos separaba, "¿Y con quién dice que se viene a ver?", luego de explicarle la importancia de entrar, me dejó seguir, me dijo que las oficinas andaban en huelga, así que no sabía si fuese a encontrar aun a alguien dentro del lugar. "Es en el piso doce, pero el elevador esta fuera de servicio, le toca coger escalera arriba" Agregó. Corrí, corrí y corrí, como jamás lo había hecho, era una literal carrera contra el tiempo. "Mira Gabriel como corro, ves como me subo los escalones, en tandas de cuatro, es lo máximo que dan mis cortas piernas, pero no importa, sigue acá conmigo, mira que lo vamos a lograr", le decía en voz alta a Gabriel para asegurarme que de alguna manera me oyera, sonreía, tenía una sonrisa de oreja a oreja quería transmitirle mi positivismo, sentía que él estaba allí subiendo los escalones junto conmigo. Finalmente llegué, rendida, con la lengua en la mano, pero llegué. Después de gritar por todo el piso doce, concluí que allí no había nadie, toque a la puerta metálica llena de corrosión y con pintura desgastada, llamé y nadie respondió.

Cada nuevo día era una aventura, nunca sabría qué pasaría, pero tenía que estar preparada a enfrentar el siguiente día con el mismo ánimo y sin permitir que la frustración o la pena me embargaran.

Pasaron un par de días antes que la medicina fuera remitida a la clínica donde mi hermano la requería. Durante ese tiempo no salió del coma, ni de cuidados intensivos. Los suministros de sangre empezaron a escasear, cada vez era más difícil cumplir con todas las exigencias de la situación. Finalmente Gabriel fue poco a poco traído de nuevo hacia nosotros, a medida que despertaba sus ojos se abrían lentamente, su carita aún inflamada por la retención de líquidos, daba visos de vida, y con la vida de él, nos volvía la vida a nosotros. Al girar su rostro hacia nosotros, solo una cosa hizo… sonrió, su sonrisa bella apareció débilmente en su cara, iluminando las nuestras, y llenando nuestro corazón del sentimiento más motivador… Esperanza.

Al llegar la noche, lo trasladamos a su habitación. No más cuidados intensivos, las cosas iban mejor. Mamá logró dormir sin ayuda de pastillas tranquilizantes aquella noche, Serena y Máximo descansaban en sus cuartos y yo, por primera vez, me permitía dejar correr las lágrimas sobre mi rostro. Gracias vida, Gracias Dios, gracias por una noche más, gracias por un nuevo amanecer.

Al día siguiente, no alcancé a llegar a su cuarto en el piso de la clínica, cuando mi teléfono sonó. Era el médico encargado del caso de Gabriel. Con él trabajaba un equipo de especialistas el cardiólogo, el nefrólogo, el neumólogo, hematólogo y unos cuantos más todos tratando de descubrir la causa, por la cual Gabriel no tenia defensas, el motivo por el cual la histoplasmosis estaba formándose dentro de su cuerpo, comiéndose poco a poco sus órganos vitales. "Necesito que pase por el consultorio antes de ver a su hermano."

Tomé de nuevo el elevador para ver al médico, mis piernas no respondían a la velocidad de mi cuerpo, era como ver una película, donde en cámara lenta pasaban todos los momentos, en que mi autorización, había sido requerida para tomar decisiones en la salud, en el cuerpo, y en la vida de Gabriel.

"Tome asiento":.. dijo el médico, sin levantar su mirada de los papeles que revisaba.

"Esta mañana en consejo médico determinamos, que a raíz de las complicaciones que esta teniendo su hermano, lo mejor sería realizarle una prueba de SIDA, para poder determinar si es positivo. La histoplasmosis

diseminada es frecuente en infectados por el virus, una característica es el elevado y frecuente número de lesiones y la mala respuesta al tratamiento. Su hermano empieza a presentar además lesiones cutáneas, las cuales va a ver hoy cuando vaya a verlo, "este preparada", me dijo, mientras por un segundo levantó la mirada de los papeles, para mirarme por encima de sus gafas. Estas lesiones están presentes también en su paladar y laringe. Necesito que me firme la autorización para practicarle la prueba de Elisa, en la mañana. "¿Tiene alguna pregunta?" Me preguntó mientras enfocaba su atención en mí.

"¿Tiene alguna pregunta? Cuantas veces escuché y cuantas más tendría que escuchar aquellas frías tres palabras de boca del médico. Para él era otro caso, un paciente y nada más, para mi era mi hermano, era su vida de lo que hablamos. Podía haber sido un poco menos médico y más persona al describir lo que pasaba y aun peor, lo que podía pasar.

"No, ninguna" dije, firmando tristemente la hoja que ponía frente a mí para autorizar el examen. Me levanté exhausta y me dispuse a salir de su consultorio. "Ah, una cosa más" agregó, esta vez mirándome; "Vaya preparando a su familia", la situación no es para nada alentadora". Tomé la perilla de la puerta y la giré, salí, dejando su puerta abierta, esperando así, abrir esperanzas a este caso.

Al llegar a la habitación, me encontré con un Gabriel despierto, motivado, y positivo, su voz se perdía entre los tubos que tenía conectados para respirar y para recibir alimentos. Hablamos de todo y no hablamos de nada, tenía que adivinar sus palabras que eran débiles y sin sonido. Finalmente se decidió y lo dijo: "¿Qué me pasa, qué tengo?', me preguntó. Mientras repetía en voz alta su pregunta, le pedía a Dios fuerzas para no deshacerme, para transmitirle paz y tranquilidad. "Nada" le dije, "Solamente una infección, que no han determinado, pero ya estas mejor y vas a estar aun mucho mejor." Le dije mientras besaba su frente y acariciaba su cabello.

Aquel día, el sol brillaba para toda la familia, noticias alentadoras, pensaban ellos. Gabriel despertó del coma, ya salió de cuidados intensivos, hablaba y sonreía, qué podía ser mejor que aquellos signos de recuperación. Esas eran las palabras de mi familia, todos sentían una profunda alegría, las cosas estaban mejor...

''El examen salió positivo, voy a darle hoy la noticia a su hermano, pero quiero que usted esté presente, por si él requiere apoyo emocional, la verdad no sabemos si él está enterado de su situación, o si va a ser una sorpresa para él".

Hay momentos muy difíciles que quedaron grabados en mi memoria, momentos de dolor propio y otros de dolor ajeno. El dolor que vi en el rostro de Gabriel, mientras sus lágrimas caían en silencio al oír la noticia y su suave apretón a mi mano, me llenaron de impotencia, de tristeza, de rabia, de frustración.

"El virus se desarrolló a raíz de la histoplasmosis, pero ha estado anidado en su cuerpo por unos diez años, por lo menos" Dijo el doctor, mirándolo y hablándole con un dejo de dulzura. Cuanto apreciaba yo esto! Sabía que no era la manera en que daba las noticias, pero algo lo había logrado conmover, y su manera de hablarle a Gabriel, a pesar de ser médico, era también cariñoso. Gabriel tendría once años de edad, según los cálculos del médico, cuando el virus se implantó en su cuerpo. "¿Cómo había pasado?, ya no importaba, ahí estaba y estaba cobrando la vida de mi pequeño hermano. Mi hermanito, se iba, se nos iba, y su rostro de dolor, me dejaba saber que partir no estaba aun entre sus planes.

El camino a casa fue más corto de lo usual, sentía que apenas si me había subido al carro, cuando ya me tenía que bajar. No quería, no quería acabar con las ilusiones de mi familia, no quería ser yo quien tuviera que dar la noticia, no quería ser yo quien de un tajo terminara con la ilusión de una incipiente recuperación. Mi madre se negaba a creerlo, mis hermanos se abrazaban consoladores y mi padre se cogía la cabeza con desespero e impotencia. Y yo... fuerte como un roble, cumpliendo mi deber: consolar a los míos.

Los días que vinieron fueron tristes, silenciosos, en la búsqueda de las parejas de Gabriel para darles la noticia, para que lo vinieran a ver, para que oraran por él, para que se hicieran la prueba.

"¿Carla?, hola mira, no me conoces, me llamo Sara y soy la hermana mayor de Gabriel. Te llamo porque Gabriel, esta hace más de un mes en la clínica, a penas hace unos días despertó del coma, no se si quieres venir a verlo y debes saber que luego de una prueba de HIV, salió positivo." No paré, no hice pausa, no quería perder el impulso de poder decirlo por segunda vez, era como que cada vez que lo decía me sentía empujándolo hacia un abismo gigante. Al día siguiente, en el primer vuelo, llegó Carla. Desde ese momento y hasta siempre, tomó la mano de Gabriel y lo cobijo con sus besos.

Había pasado una semana, desde el día que Gabriel se enteró de su situación. Una enfermera lo cuidaba de día y otra de noche, pero Carla y yo nos turnábamos para estar siempre alli, volteándolo sobre la colchoneta que le habíamos agregado a su cama, para evitar que las llagas que se estaban formando en su cuerpo fueran demasiado dolorosas, le hablábamos, cantábamos, hacíamos chistes, lo consentíamos, lo manteníamos limpio y bonito, como él siempre había sido. Una noche, cuando me disponía a salir de la clínica, me llamaron de las oficinas, no el médico o la farmacia, como era ya habitual.

"La cobertura de los servicios médicos de su hermano, se vencen mañana en horas de la tarde, va a ser trasladado a la clínica de caridad. Realmente, solo hay que tenerlo bajo cuidado médico por un par de días y se lo entregarán, no hay nada médicamente hablando más por hacer. Cuando le den de alta, deberán llevarlo a casa, tiene que tener cuidados especiales, tomar sus medicinas a tiempo, evitar el contacto con otras personas que puedan causarle infecciones, deberá contratarle los servicios de una enfermera para que le ayude en cosas básicas como comer, ir al baño, y además que le proporcione sus medicinas a tiempo, fuera de eso solo les queda esperar."

"¿Esperar?, ¿Esperar qué?, ¡Qué crueldad!", como era posible que lo fueran a mover. Apenas si había salido de cuidados intensivos. Traté por todos los medios que lo dejaran allí hasta que le dieran de alta. Intenté pagar, sobornar, manipular y hasta rogué que lo dejaran allí. Los servicios de caridad eran algo inaceptable. Mi hermano no, yo movería cielo y tierra pero de allí no lo sacarían.

Al terminar la tarde del día siguiente me vi bajando por el ascensor de la clínica, sosteniendo la bala de oxígeno con una mano y tomando la de Gabriel con la otra. Fue la primera vez que subí a una ambulancia. Qué dolor, qué momento tan duro, tan silencioso, tan desolador. Gabriel recorrió por última vez vivo las calles de la ciudad donde decidió morir.

Antes de salir de la clínica, Gabriel tomó mi mamo y dejó escapar una lágrima que recorrió su mejilla. "NO me dejes morir" dijo, mientras yo con el alma destrozada lo desplazaba de un centro médico a otro.

Al llegar lo colocaron en una camilla oxidada y deteriorada. A medida que lo movían hacia un salón lleno de pacientes, el ruido de las ruedas de la camilla rechinaba como en señal de protesta. No era allí donde debía estar. Aquel lugar lleno de infectados y enfermos no era el apropiado para alguien sin defensas. "Señorita, no le puede asignar de una vez la habitación, por favor, si lee la historia de él, verá que no puede estar rodeado de personas que puedan transmitirle una infección" Le dije a la enfermera mirándola con ojos de súplica, mientras Gabriel, movía su cabeza de lado a lado, para ver el sitio. Un lugar oscuro y frío, rodeado de paredes en azulejo verde claro y azul. Junto a él una señora de unos ochenta años, temblaba bajo una manta en la camilla continua, a su lado se paseaba una mujer delgada y pálida que llevaba en una mano el suero mientras con la otra halaba lentamente un tubo del cual colgaba una bolsa de sangre. El paisaje era desolador, gente tosiendo, llorando y quejándose. Mujeres, ancianos y hombres con cara de desolación, todos parados, sentado o acostados, todos en la misma situación de Gabriel... Esperando por un cuarto. "Yo se la situación clínica de su hermano, pero no tenemos habitaciones disponibles. Mire, acá hay pacientes esperando una cama hace días, además su hermano requiere una habitación solo, esperemos a ver si algún paciente sale hoy". Esto me dijo mientras se retiraba dejándome allí, en medio de todos los gérmenes que rodeaban a Gabriel.

Al finalizar el día nos asignaron por fin una habitación. Tanto Gabriel como yo nos sentíamos exhaustos, no habíamos probado bocado durante todo el día, él resignado cerró sus ojos desde el atardecer, yo ansiosa caminaba de un lado a otro, rodeando su camilla, como evitando que cualquier otro enfermo se pudiese acercar hacia él.

Entre la tramitología, los papeles, las firmas y las instrucciones subimos a la habitación pasadas las diez de la noche. Lo que allí vimos me llenó de dolor. Este no era el sitio para Gabriel. Una puerta de madera roída en las puntas nos llevó a lo que era su habitación, una cama metálica vieja y maltrecha con unas sábanas roídas de tanto ser lavadas, las paredes envejecidas y ausentes de pintura rodeaban la habitación que solo contaba con un lavamanos y medio espejo roto, el cual cubrí rápidamente con una de las sábanas para que Gabriel no se viera el rostro de nuevo inflamado por la retención de líquidos. Igual él no se podía poner en pie, no podría llegar hasta el espejo que se ubicaba justo al frente de la inmunda cama, que le habían asignado.

Mi único consuelo, era que junto a su habitación estaba el cuarto donde los médicos descansaban, y en frente se encontraba el puesto de las enfermeras. Si Gabriel tenía una emergencia durante la noche seria atendido de inmediato, o por lo menos ese era el consuelo con que lo dejaba allí... abandonado. Pedí quedarme junto a él la noche, solo necesitaba una silla, eso era todo lo que mi cuerpo cansado pedía. Pero no aceptaron mi petición. "Acá hay dos enfermeras de noche, no se preocupe el va a estar bien", desanimada y cabizbaja salí casi a la madrugada hacia casa.

La noche transcurrió en un pesado silencio, todos en casa dormitábamos, pero ninguno dormía. El dolor de haber tenido que trasladar a Gabriel de un sitio limpio, aseado, con servicio de enfermera privada y con un grupo de médicos a su disposición hacia aquel lugar tan lúgubre, nos llenaba a todos de un dolor y temor infinitos.

Era la mañana del dos de febrero, el día de la candelaria, ese día se celebra en la religión católica los cuarenta días después del nacimiento del niño Jesús, y es allí cuando es presentado a la iglesia.

Yo me dirigía al hospital cuando el teléfono sonó; "Por favor consiga otra unidad de sangre, su hermano se puso muy grave", me decía la enfermera de turno, mientras por mi cabeza corrían de nuevo, como en una película, todas las imágenes desde el día en que Milagros me dio la noticia, hasta aquel momento. "¿Qué hago, adonde voy, dónde la recojo?", era un sin fin de preguntas que me hacía, el pánico por primera vez desde que esta locura comenzara se apoderaba de mí, no sabía qué hacer. "Señor, de media vuelta, vamos a la clínica", me dirigí al taxista, mientras llamaba a casa. Al otro lado de la línea contestó la empleada del servicio. "Dígales a todos que se vayan ya para el hospital, por favor es urgente", fue lo único que atiné a decir, mientras mis manos empezaron a temblar incontrolablemente y un grito se atoraba en mi garganta, quería gritar, bajarme del taxi y correr, quería despertar, quería que Gabriel viviera.

El teléfono volvió a sonar, era del hospital, "De media vuelta de nuevo señor, vamos al hospital". Le dije soltando le teléfono y dejando mis manos libres, mi cabeza recostaba sobre el espaldar de la silla. Así regresé al lugar donde Gabriel nos esperaba.

La fila para entrar al lugar era infinita, personas peleaban con el portero para que les permitiera la entrada, otros empujaban y gritaban. Me fui derecho hacia él sin respetar la fila, exigiéndole dejarme pasar. En minutos estaba de nuevo en el piso que había abandonado en la madrugada, haciendo lo que Gabriel me había pedido no hacer... Dejándolo morir.

Al llegar al piso no alcancé a entrar a la habitación, cuando alguien tomo mi brazo, "Venga conmigo", me decía el médico que el día anterior había recibido el caso de mi hermano. "No se sienta culpable, por no haber conseguido la sangre, el cuadro médico de él es muy complicado, con la sangre solo le compraría unas horas más de vida, los riñones pararon de funcionar, el sistema respiratorio está totalmente afectado, y la medicina que le damos está dañando el hígado." Rodeó mi frágil cuerpo con sus brazos y me sostuvo mientras me permitía llorar, fracasé, no pude, no fui capaz de salvarlo.

Mi hermano dormitaba cuando entré en su habitación, yo sostenía su mano, mientras rogaba a Dios por salud, en la sala de espera del piso, mi familia junto a Carla hacían lo mismo.

Ruega por nosotros madre misericordiosa...

Ya había entrado la tarde cuando la enfermera se aproximó a nosotros. "Creo que es hora, entren a despedirse, déjenle saber que está bien, que puede descansar, él necesita saber que ustedes quedarán bien", dijo mientras bajaba la mirada y silenciosa se dirigía a la puerta de la habitación, abrió la puerta y sin hablar nos hizo una señal para ingresar al cuarto. Como si tuviéramos instrucciones, nos ubicamos cada uno alrededor de su cama, mientras en un extremo mi madre, y en el otro mi padre tomaban de sus manos. "Está bien Gabrielito, vamos a estar bien." Le decía mi madre mientras hacia una mueca imitando una sonrisa. Todos le mirábamos con ternura y ya lo extrañábamos, era un momento inmaculado lleno de sentimientos, no había espacio para rencores, para reclamos, para nada más que lo que realmente nos une a los humanos y nos hace mejores.. El Amor.

"En esta habitación tenemos un cuadro critico de histoplasmosis," decía un medico medianamente mayor, mientras miraba una tabla de resultados, y entraba a la habitación seguido de un grupo de estudiantes de medicina. Quizá ocho tal vez diez, no lo sé, la ira me nubló los ojos, el dolor de mi familia, el último adiós a Gabriel, se veía empanado por el ingreso de un grupo de extraños, para los cuales nosotros no éramos más que familiares del enfermo, y el enfermo era ejemplo para sus estudiantes. "Salga inmediatamente de aquí", grite sin controlar la fuerza de mis pulmones, el hombre aterrado por mi voz, levanto su mirada y dio media vuelta seguido de sus alumnos. Que poco puede significar el dolor de otros, que rápido nos dejamos enfrascar por la vida, y perdemos la importancia de lo vital, de la parte humana.

A las seis de la tarde. Gabriel de mi corazón, cerro sus ojos, en mis sueños siguen abiertos, y su risa contagiosa aun retumba en mis oídos de vez en vez.

Es maravilloso lo que la muerte puede lograr, logramos amar mas, dejamos de ver lo malo de las personas, recordamos cosas que quizá parecieran insignificantes, valoramos mas a las personas que siguen a nuestro lado.

A mi la muerte me permitió llevar en brazos, en una caja de veinte por veinte, el cuerpo de mi hermano, convertido en tibias cenizas. Aun me veo allí, en la calle, con su cuerpo en mis brazos esperando un taxi, para llevarlo a donde el decidió quedarse, a casa junto a mamá.

Un dos de Febrero el niño Jesús fue presentado a la iglesia. Un dos de febrero Gabriel se presentó ante Dios y allí sigue, desde allí nos cuida, se convirtió en mi ángel, en nuestro ángel.

Te sueño aun junto a mi, manejando el auto, riendo a carcajadas contagiosas, contándome la última novela, te veo con tu camisa a cuadros, tu fino reloj de fondo azul y un paquete de cigarrillos en la mano. Te veo en mis sueños amado Gabriel. Descansa en Paz.

LAS COSAS QUE NO HICISTE

¿Recuerdas el día que te saqué prestado tu auto nuevo y lo golpeé?

Pensé que me matarías, pero no lo hiciste.

Y recuerdo la vez que te obligué a venir a al playa y tu dijiste que llovería, y llovió.

Pensé que me dirías: Te lo dije; pero no lo hiciste.

¿Te acuerdas la vez que coqueteé con todos los muchachos para hacerte poner celoso, y lo logré?

Pensé que me dejarías pero no lo hiciste.

¿Te acuerdas la vez que regué salsa de fresa en el tapete de tu auto?

Pensé que me golpearías, pero no lo hiciste.

Y ¿recuerdas la vez que olvidé decirte que el baile era de gala, y tú llegaste en jeans?

Pensé que te irías y me dejarías allí, pero no lo hiciste

Si, recuerdo muchas cosas que no hiciste. A cambio de eso me amaste, me cuidaste y me protegiste.

Hay muchas cosas por las que quería recompensarte cuando volvieras de Vietnam.

Pero no lo hiciste.

Extraido del libro; Vivir Amar y Aprender de Leo Buscaglia

CAPITULO ONCE

MUÑECOS DE PAPEL

Del Diario de Sara

A los veinte cinco años, lo confirmé médicamente: no iba a poder tener hijos, no iba a cristalizar el sueño de ser madre. No iba, según el decir de la sociedad, a ser cien por ciento mujer. Desde la adolescencia grité a los cuatro vientos que no quería ser mamá, y la ley de la atracción cumplió mi mandato, un mandato erróneo porque en realidad lo que no quería era traer un hijo a este mundo sin saber si iba a poder protegerlo. Protegerlo de pasar por una niñez de abusos como fue la mía. El escritor y yo empezamos a planear lo que sería el proceso de adopción de "nuestra nena", la que ambos queríamos como a nada en el mundo. Por lo menos eso era lo que yo pensaba. Todo el proceso de adopción fue ágil, reuniones, papeles, exámenes, todo andaba a toda marcha, sólo serían nueve meses, el mismo tiempo que demora una mujer en parir un hijo, demoraría yo en tener a mi nena, sería un embarazo del corazón, a propios y extraños les compartía mi felicidad, mi rutina de vida cambio. Mis metas y objetivos tomaron un color rosa, mi casa se re-decoró, los espacios se redistribuyeron, y las ansias no daban espera a que llegara la pequeña a transformar la relación de dos, por la relación de un hogar. Cuando aquella triste tarde recibí la llamada confirmando la homosexualidad de mi pareja, vi como mi castillo de naipes se derrumbaba ante mis ojos, entendí que el sueño que creía de dos, era solo mío. Y que con el me marcharía para siempre de la vida del que erróneamente creí el príncipe de mis sueños.

El destino me llevo fuera de mi país de mi mundo, de mi gente, mis amigos, mi entorno, y me coloco en otro país una ciudad fría de clima y de gente, de una religión que reinaba sobre todo el lugar, haciendo de este un sitio extraño para mi, donde jamás logre sentirme parte de integral. Pero fue allí en aquel desértico lugar que conocí a Milagros, y con ella a sus cuatro hijos, los cuales poco a poco y de manera tímida empezaron a llenar mi vida, y a darle sentido al porque el destino me había arrojado en un lugar tan diferente al mío.

Cuando los hijos de Milagros llegaron a mi vida, la mayor tenia doce años de edad y la menor ocho, poco a poco mas rápido con unos que con otros, nos empezamos a conocer, a valorar y a querer. El tiempo me enseño que mi destino estaba en aquel lugar porque allí estaban ellos, esperándome, para darme amor de hijos y permitirme jugar a ser su segunda mamá, como cariñosamente en la infancia me llamaron.

Con los hijos de Milagros tuve la oportunidad, de tener niños, y adolescentes, que luego se convirtieron en amigos. Con ellos vivi los conflictos de la infancia, los amores de la adolescencia, las graduaciones escolares, y hasta los matrimonios.

Llegó Matías…

Cuando sonó el teléfono sentí gran alegría al oír la voz de mi hermano Máximo al que no veía desde que me había desterrado de mi patria por voluntad propia. "Vas a ser tía", escuché que decía al otro lado de la línea, mientras mis sentimientos se revolvían entre felicidad y ansiedad. Máximo se había ido a vivir a un pequeño pueblo cerca de la ciudad, para evitar las tentaciones de las grandes ciudades, y alejarse de las drogas y el alcohol, demonios que lo seguían donde quiera que fuese. Hacía solo unos meses había conocido a quien fuese la mamá de su primogénito. Ella una mujer humilde y de campo a la cual yo solo conocía de nombre. "Y estas feliz?" fue lo único que pude decir ante la noticia que recibía.

Matías llegó a este mundo y yo viaje a su encuentro, ya lo amaba, y quería sentirlo en mis brazos. Fui su madrina de nacimiento, y como tal me tome la responsabilidad en serio, los años han ido pasando y Matías sigue siendo junto con mis demás muñecos de papel, una alegría para mi vida, y un confort para mi alma.

Tres años después...

Sin haber sido planeado llegó Felicitas a nuestras vidas, mi hermana Serena se había mudado a estudiar inglés donde yo vivía. Allí conoció a quien fuese el padre de mi muñequita adorada. Felicitas tuvo una llegada difícil a este mundo, luchó mucho para poder salir del vientre de su madre, el cual quedó deshecho luego de doce horas de parto, y tres meses de recuperación. Juntas y de me manera silenciosa creamos el pacto de amarnos y protegernos mutuamente.

A partir del nacimiento de mi sobrina entendí que jamás estaría sola, pues hasta los últimos días de mi vida, ella estaría presente. Felicitas, llenó nuestras vidas de amor unión y alegría, logro que Serena y yo nos uniéramos mas como familia, mágicamente tocó el corazón del príncipe quien se derrite ante ella, quien logra que su escudo, su coraza de hombre europeo calculador y metódico, queden en el garaje. Al entrar a casa mi esposo era solo sonrisas y alegría, planeaba como preparar la siguiente receta de galletas, buscaba en la sección de niñas por trajes de princesa, contaba las anécdotas que Felicitas a sus compañeros de oficina y el camino a casa de la guardería, donde a las cuatro muy puntual llegaba a buscarla, eran el momento mas esperado de todo su día, sus días se convirtieron en días dulces llenos de caricias y de abrazos. Los míos se convirtieron en los momentos mas felices que la vida me ha brindado.

Cada día tengo la fortuna de ver a Felicitas crecer, convirtiéndose en una niña dulce amorosa y con carácter definido, la veo famosa montada en grandes escenarios, ella quiere ser doctora, a la vez que bombero. Le apasiona el arte, el teatro, la mímica, el baile, la danza, el ballet, la actuación, cantar y pintar. Es una Hadita que llegó a este mundo cargada de sabiduría y amor para dar. Todos los días me enseña algo, desde palabras en inglés que me deletrea para que yo las repita, hasta lecciones de vida y de bondad.

"Tía, mi abuelita es la única que sabe "todísimo", ¿sabes porqué?... Porque esta muy vieja".

"Tía, te estas portando mal y se me esta acabando la paciencia te voy a tener que castigar".

"Tía, se me esta saliendo la piedra"

"Tía, voy a hacer una llamada(de su celular de juguete) por favor quédate calladita"

"Tía, démosle un juguete a la niña "pobra", yo tengo muchos"

"Papito Dios, no dejes que mi tío Máximo se vaya a la cama con hambre".

"¿Sabían que ustedes son los mejores tíos de todo el mundo?".

"En mi mundo todo es perfecto".

"Ya se, tengo una idea "excelentísima".

"No hay pero que valga".

"Hoy es un día maravilloso".

Son algunas de las frases con que nos sorprende día a día, llenando de alegría y risas nuestro diario vivir.

los años me han llevado a aprender muchas cosas, y una de ella es que definitivamente, es que al que Dios no le da hijos, el diablo le da sobrinos. Y yo finalmente después de intentar por todos los medios posibles el ser mamá, encontré en mis sobrinos, ahijados, e hijos de mis amigas la felicidad que sólo los hijos dan, los hijos prestados, los que disfruto incansablemente, los que me dejan sin energía pero con una sonrisa plasmada en el rostro.

Gracias Valery, Juan Da, Diego F, Juan J, Felicitas, Makas, Juliethe, Nessy, Alexandra, Joshie, Johnny boy.. Y todos los que me han regalado por uno o varios momentos la felicidad que se siente el ser Mamá.

Los hijos de Cuatro Patas

La primera vez que un tratamiento de fertilización no tuvo éxito, el escritor salió corriendo de la clínica, y solo lo volví a ver en la noche al llegar a casa. Contrario a mis predicciones de que estaría haciendo, como estaría calmando su dolor ante el nuevo no que nos daba la vida al deseo de ser padres, él llegó feliz, con una sonrisa y sus manos en su espalda cargando algo que me movía y le causaba dificultad mantener escondido. "Te presento a nuestro hijo", recuerdo fueron sus palabras y mis ojos se llenaron de ternura convertida en lágrimas. Allí estaba, en mis brazos un hermoso bebe peludo y juguetón, lo bautizamos "Eros" un nombre que reunía nuestros propios nombres, luego me vine a enterar que ese era el nombre del dios del amor, mi eros, el eros que me llenó de lametazos de amor, de caricias que arañaban, el mismo que en su infancia se comía mis zapatos, y me escondía la ropa interior. Eros se convirtió en el centro de atención de nuestra vida, de la casa y de los que nos rodeaban. contaba con su propia empleada, una empleada a la cual se le dio como tarea principal; quererlo, jugar con el, sacarlo a sus paseos diarios al sol, era tal el amor que generaba este pequeñín que todos le hablábamos, lo incluíamos en las vacaciones. Eritos como cariñosamente le decíamos, correteaban feliz por toda la casa al oírme llegar, yo era su mami, su amiga de juegos, su mejor compañía, y el todos los días me lo hacia saber. En los días de tristeza donde el dolor se apodero de mi alma, por la dura realidad que vivía ante la traición y el desamor, el estuvo allí día y noche, en mi cama, junto a mi, llorando mis penas, acariciando mi cabeza, y secando mis lagrimas. Aveces pienso que sin que el hablara yo lo podía escuchar, su sensibilidad le permitía, transmitirme consuelo ante tanto dolor.

El día que decidí tomar el volante y manejar por diez horas entre caminos llenos de curvas matorrales, y camiones. Solo el, estuvo allí sentado junto a mi como mi copiloto. Eros fue quien caminó junto a mi paso a paso por la reconstrucción de mi vida, el recogió conmigo los pedazos que el desamor dejo en mi. Pienso que el dolor mas grande que sufre una madre después de la muerte de un hijo, es el que siente su corazón al dejar a sus hijos a un lado del camino para continuar sin ellos, por un tiempo o de manera definitiva.

Al tomar la decisión de viajar a Norte América, también tomé la decisión de dejar a Eros en casa de mi madre. No sabia a donde iba, en que condiciones viviría, como seria la vida en un país ajeno al mío. Así que por el bienestar de el, se quedaría en casa de mi madre hasta que yo pudiese decidir qué rumbo iba a tomar mi vida, y como lo integraría a él, de la manera mas rápida, y menos traumática. Como lo extrañe, que falta me hizo, lloraba pensando en su ausencia y sonreía al recordar sus picardías y su amor incondicional. "mami, pon a Eritos al teléfono, quiero hablarle", le dije aquella tarde a mi madre que me oía al otro lado de la línea. "Es que lo sacaron a pasear", "es que se durmió", "es que esta en su cita del baño". La semana se llenó de "es que".. Y finalmente la verdad salió de sus labios... "Mijita es que Eritos se perdió hace tres días. La puerta de la casa estaba abierta y se salió. Hemos colocado avisos en los árboles con su foto, lo hemos preguntado por los alrededores, estuvimos en la emisora y pusimos una recompensa, pero nadie llama y él no aparece". Mi corazón paró por una fracción de segundo, y las imágenes de los dos corriendo, jugando, durmiendo, viendo una película, caminando por el parque, empezaron a correr como una película a toda velocidad por mi mente. "Bueno mami, la llamo mañana". Sólo eso pude decir.

Los días pasaron y se hicieron eternos, hasta que finalmente a las dos semanas de desaparecido, y tras haber empapelado la ciudad con su foto y sus datos, alguien llamó a casa de mi madre. "Señora, nosotros tenemos a

Eros, no se preocupe él esta bien, lo tenemos en una casa amorosa, y mis hijos lo adoran, él va a estar bien". Eso fue todo lo que la secuestradora atinó a decir. La rabia y la impotencia me embargaron, y en el dolor sucumbía mi corazón. ¿Con qué derecho, una persona decide tomarse para si una mascota que tiene dueño que lo busca, que lo ama?, en mi país la tasa de secuestros es una de las más altas del mundo, yo jamás pensé que a mi me tocaría ser víctima de semejante horror.

A la mañana siguiente salí corriendo y compre un identificador de llamadas, y lo envié de manera expresa a casa. El envío costo una fortuna frente al costo del aparato, pero era la única manera que veía de poder identificar quien, tenia y en donde a mi hijo. La mujer nunca más volvió a llamar.

Han pasado doce años, muchas cosas pasaron por mi vida, mis amigas tuvieron hijos que son como sobrinos, nacieron mis sobrinos que son como mis hijos, pero jamás el lugar y el amor de Eritos podrán borrarse de mi vida.

Niños cayendo del Cielo…

Temblorosa levante el auricular del teléfono para llamar a mi esposo; mi amor, hay una mujer que no puede seguir teniendo a su bebe, el bebito solo tiene dos años de edad, y su madre me lo ofreció, en adopción..¿Qué opinas? Preguntaba por teléfono mientras con mis dientes raía mis uñas de tajo haciéndolas sangrar. La angustia y la ansiedad ante la posible respuesta del príncipe me tenían en ascuas, no tuve la valentía de preguntarle esta mañana frente a frente, no me sentía capaz de ver sus profundos y clamados ojos azules, diciendo algo contrario a lo que yo ansiaba escuchar.

Ella dice que lo podemos tener solo este fin de semana, a ver como nos sentimos, ¿qué opinas?… El silencio fue lo único que quedó por un momento entre los dos hasta que él respondió pausadamente: "Averigua qué talla de pañales usa y qué formula láctea toma, tenemos que ir y comprar un par de cosas antes de recogerlo". Así simple directo y sin drama, como todo un europeo me dio la respuesta que dejaba entre ver su alegría y aceptación ante mi propuesta.

Es solo por el fin de semana a ver como nos va, no te preocupes que si no estas de acuerdo, yo entiendo y no pienso en insistir, pero si me parece interesante que hagamos la prueba… "Ya te dije que si" respondió y cambio de tema. Faltaban solo dos días para el fin de semana, la mujer vendría a mi oficina el viernes y me dejaría al bebe, yo estaba con el corazón hinchado de la felicidad, las manos temblorosas de pánico y llena de ansiedad. En la noche nos fuimos de compras, de padres primerizos, miramos cunas, compramos teteros, juguetes, y ropa, solo era un fin de semana, pero no debía faltarnos nada, abrazos espontáneos salían de mis brazos corriendo hacia los de mi pareja, sonrisas de complicidad llenaban nuestros rostros, y al cabo de dos horas, estábamos listos para recibirlo, sólo por el fin de semana.

El viernes llegó y con el mis deseos de alzar en brazos al pequeñín que nos acompasaría y nos llenaría de ternura y felicidad.

"Señora, lo he pensado mejor, vine para que conociera a mi pequeño, pero no lo voy a entregar, he decidido luchar con él y por él. Perdóneme".

Mis ojos solo atinaron a bajar la mirada, y a entregarle las cosas que para el pequeñito habíamos comprado la noche anterior. "Me alegra por usted, y por el bebé", le dije mientras una vez mas la desesperanza cubría mi corazón.

Por un par de semanas, se avivó el dolor de no ser madre, no importa cuantas veces crees que ya lo has superado, la verdad es que vuelve y te toca, y con sólo una rozada junto a ti, te noquea dejándote boca abajo y rendida. No fueron días fáciles, no fui una persona fácil por unos días.

Y llegó el Bebé…

Aquella noche, nevaba incansablemente, lo venía haciendo hacia dos días, la nieve no paraba, la neblina cubría los cielos, el hielo transparente y resbaladizo hacia los autos patinar sobre las calles. Eran días fríos, para mi eran aun más fríos. Recuerdo que estaba bajo los brazos fuertes y amorosos de mi príncipe cuando el timbre de la puerta sonó. ¿Quien podría ser aquellas horas de la noche, y en aquella endiablada y fría noche? Al abrir la puerta me encontré con Stella, mi socia de trabajo, con su rostro empapado y la nieve colándose entre sus cabellos. Mil ideas pasaron por mi mente en un instante. ¿Porqué esta mujer estaba frente a mi, a kilómetros de distancia de su hogar? ¿Qué había pasado? ¿Qué le había hecho su esposo? Pero no alcancé a musitar palabra o tan siquiera a hacerla seguir cuando de su grueso abrigo, asomo una oreja blanca y peluda, que temblaba de frío, y de miedo. Así llegó Bebe a mi vida, su nombre se lo dio la vida misma, se convirtió en mi bebe, en el hermano menor de Eritos, y en nuestro hijo.

Han pasado los años, bebe camina despacio y pausado. Sus días se van durmiendo y contemplando al gente pasar por la ventana, pero a pesar de su vejez, él para mi sigue y siempre seguirá siendo eso... Mi Bebe.

Las crisis de ser mamá, son como las olas del mar, para las mujeres que somos infértiles. Aveces vienen en forma de oleaje agresivo y fuerte que te deja exhausta y tirada a la orilla. Otras veces son olas suaves que te arrullan te llevan y te traen manteniéndote en un letargo absoluto, pasamos por tantas etapas. Sentimos rabia contra el mundo, cuestionamos a Dios, caemos en duras depresiones, hacemos fertilizaciones, procesos in-vitro, intentamos adoptar. Algunas lo logramos de una u otra manera cristalizamos el sueño de ser madres, otras nos resignamos o aprendemos a vivir con nuestra realidad. Finalmente a su momento cada una de nosotras encontramos la razón por la cual los hijos no salieron de nuestro vientre, pero de una u otra manera los hijos llegan, dicen que padre no es el que engendra si no el que cría. También dicen que madre solo hay una. Yo creo que madre es quien nace con la pasión y el sentimiento profundo de dar, y dar sin condiciones, y madres somos todas las mujeres que de una u otra manera adoptamos o inventamos lazos maternales, con los hijos cósmicos que nos rodean. Yo fui madre no una, sino muchas veces, tengo no uno si no docenas de hijos. Ninguno es mío, pero ¿quién dijo que los hijos son de quien los tiene?

CAPITULO DOCE

Recogiendo los Frutos

Para Sara trabajar, y ser independiente eran cosas que no solo disfrutaba, sino que además había aprendido desde muy pequeña a incorporar en su vida, para ser libre en tomar decisiones y no depender de absolutamente nadie. Su vida profesional escalo de manera firme y rápida, sus inicios comerciales en la adolescencia la llevaron a convertirse en una persona con capacidades de negociación, y contrario a su vida personal, en el ámbito laboral era una mujer sociable, que se mezclaba fácilmente con directivos y altos ejecutivos. Su carrera como abogada la llevo a posiciones laborales de dirección y responsabilidad, a los veinte cuatro años era una prominente gerente con mas de sesenta personas bajo su cargo y supervisión, Sara tenia la facilidad de anticiparse a las situaciones y estar preparada para enfrentarlas con diplomacia y acierto. Desde muy joven aprendió dos cosas que rigieron su vida: Que la ley es la ley, aunque no sea justa lo aprendió en sus primer año de leyes en la universidad, y que si hay un problema, entonces hay una solución. Y con estas dos premisas llegó a ocupar cargos directivos, y de gran responsabilidad durante toda su vida... Gran parte de su vida.

Aunque su vida estuviese pasando por crisis a nivel personal, su desarrollo profesional siempre la mantuvo a flote, se dio sus mañas para no permitirle a la una interferir en la otra. La vida profesional de Sara se desarrollaba en viajes, juntas de negocios, reuniones sociales de trabajo, propuestas de negocios, análisis de resultados, estudios de posibilidades de expandirse en el mercado laboral. La imagen que proyectaba era la que había decidido vender; una mujer capaz de controlar los detalles, y llevar su vida al estilo que había elegido, nadie sabia de sus oscuras pesadillas, y sus noches llenas de temores, ni de su incansable deseo por demostrarse a si misma que no era como Severo le había inculcado; una perdedora, sino muy por el contrario una mujer fuerte, inteligente, y capaz de superar cualquier obstáculo, por grande, por doloroso y por difícil que este fuera. Todo lo que profesionalmente logro, lo logro gracias a sus ganas y su auto motivación; y fueron esas mismas razones las que la llevaron a ser una pionera de su propia vida al llegar a Norte América.

Empezar de nuevo, empezar de cero, reconstruir su corazón después de auto desterrarse de su país; aprender como un niño a hablar de nuevo, en un idioma desconocido, aprender a caminar, por unas calles que no eran las suyas, no era su entorno, aprender a vivir con el síndrome del emigrante del "Yo era" "...yo era profesional, yo era ejecutiva, yo era capaz, yo era admirada". No fue fácil, y las circunstancias del lugar donde llegó no hacían las cosas mas llevaderas, empezar de abajo empezar de nuevo, empezó a ser una realidad en su nueva vida, y tuvo que aprender a conjugar el verbo yo soy en presente, y dejar el pasado como lo que era, y guardarlo en lo mas profundo de su mente y de su corazón.

Sara empezó a aprender a hablar de nuevo, a construir poco a poco y día a día su vida, empezó de nuevo poco a poco y lentamente a creer, creer en la la gente, en la vida, en si misma, y vio como todo el potencial que creía había tenido en el pasado, estaba allí, presente, en su vida, esperando por ella para retomarlo. Empezó desde el escalón uno, renació como persona, descubrió otro lado de la vida, descubrió que el mundo no era solo lo que ella creía haber vivido y haber visto, miro con otros ojos y encontró una nueva realidad; solitaria y dolorosa, llena de duelos y perdidas, pero al fin y al cabo era su realidad, y una mañana cualquiera como el ave Fénix; renació desde las cenizas, y empezó su vuelo hacia otra etapa de su vida.

Mucho Gusto, Sara!

Luego de la partida de Gabriel, Sara tomó el vuelo de regreso a lo que ahora era su nueva vida, destrozada y sin motivación alguna, veía los días pasar por su lado sin dejar nada ni tomar nada de ella. Empezar a trabajar sería su única manera de escapar a tanto dolor, y de permitirle a nuevos pensamientos entrar en su mente. "Es un hotel hermoso Milagros, lo están promoviendo para contratar personal, no se que pueda yo hacer sin hablar inglés, pero voy a ir a presentarme, la peor diligencia es la que no se hace", le dijo animada a su amiga Milagros, quien conocía del dolor que embargaba el corazón de Sara, y la situación de abuso que esta vivía junto a Thomas.

Contrario a las predicciones de Milagros y de la misma Sara, esta logró conseguir trabajo, su actitud y espontaneidad, enamoraron a su entrevistador quien decidió darle una oportunidad. Le habían dado la posición de "Greetings", y por bonito que el título sonaba, Sara no tenía idea de que se trataba ni que debía hacer, solo sabía que en una semana empezaría a ser la "Greetings" del hotel más bello y lujoso de la ciudad. La sonrisa volvió a sus labios, el saber que tendría una razón para salir del cochinero en que vivía con Thomas, que tendría que arreglarse y manejar al centro de la ciudad donde los edificios intentaban rozar con las nubes, y la gente caminaba de un lugar a otro intentando tomar el tren, la llenaban de ilusión y alegría. "No se como se dice eso pero se escribe G-R-E-E-T-I-N-G-S", le decía emocionada a Milagros por teléfono, mientras miraba por al ventana para asegurarse que Thomas no llegara y la descubriera al teléfono, con quien según él, era su amante. Entre risas, y nerviosismo Sara escuchaba atenta a Milagros, quien orgullosa le explicaba a su amiga el significado de su nuevo trabajo, su primer trabajo en otro país. La alegría de Sara no duró más de un par de semanas, donde aburrida y sintiéndose desperdiciada laboralmente, se dedicaba a abrir y cerrar la puerta del hotel a cuanta persona, o personalidad pasaba por allí. Su día se iba entre sonreír y decir: Buenos días, buenas tardes, Buenas noches. A las dos semanas decidió que no quería seguir pasando ocho horas del día todo los días como una lora repitiéndose a si misma, a personas que iban y venir ignorando su presencia. Allí fue su primera renuncia, primera de muchas que vinieron seguidamente, "Le agradezco la oportunidad, pero no puedo pasarme solo abriendo y cerrando una puerta todo el día", le explicaba en su limitado inglés a su supervisor, quien empeñado en no perder aquella sonrisa de su equipo de empleados la movió a la posición de "Hostes". "Milagros, no lo vas a creer, me cambiaron de cargo, ahora seré una Hostes…¿Tú sabes qué es eso?". Sara dejó de abrir y cerrar la puerta principal del hotel para pasar a sentar personas hambrientas que llegaban al restaurante del hotel, en busca de un lugar tranquilo y exquisito para sus cenas de negocios o de placer. A diferencia de sus primera experiencia laboral de dos semanas esta no alcanzó ni siquiera a una cuando Sara decidió de nuevo renunciar a un empleo que no le exigía ningún tipo de esfuerzo, más que el de caminar de acá para allá, sentando personas. Por segunda vez su sonrisa la sacó de aquel lugar de tedio y la llevó a otra posición, esta vez Sara seria "Concierge". A pesar de estar estudiando inglés, cuando su compulsivo esposo se lo permitía, seguía sin entender de qué se trataba su trabajo, ni que debía hacer, pero a este punto imaginaba que nada diferente a esforzar los músculos de la cara para sonreír todo el día, y caminar de acá para allá, de arriba abajo, o de lado a lado. "Milagros, ya no sé como renunciarle a este señor; cada vez que lo hago, él solo halaga mi sonrisa, y me da otra indescifrable posición en el hotel, ahora soy C-O-N-C-I-E-R-G-E, ¿Qué carajos es y de donde a donde debo caminar?". Contrario a lo que Sara creía iba a escuchar, su amiga le explicó sus responsabilidades: de ahora en adelante no caminaría, estaría parada en un mismo lugar, frente a un escritorio, donde las personas acudirían en busca de ayuda, de direcciones para ir a sus sitios de interés, debería decirles qué rutas tomar, cómo manejar dentro de la ciudad, rentar sus limosinas, conseguir las niñeras que cuidarían a sus pequeños, reservar sus cenas en costosos y exclusivos restaurantes, asesorarlos, en qué hacer en sus días libres, y muchas otras actividades, que sonaban como música para sus oídos. Por fin iba a usar algo más que sus pies y su sonrisa para trabajar. Los días empezaron a pasar de una manera veloz, entre aprendizajes y nuevas palabras que se fueron añadiendo al lenguaje de Sara quien cada día aprendía algo nuevo, no sin antes meter la pata, tratando de adivinar de que le hablaban o que le pedían. Trabajar en aquel lugar para Sara se convirtió en su sueño de hadas. Era un lugar bello, lleno de jardines colgantes, con maderas traídas desde África, pisos traídos de Italia, almacenes llenos de cosas bellas, gente bien vestida y que olía rico. Los días de vivir encerrada en una casa a medio construir, con paredes sin pintar, y baños sin inodoros habían pasado a un segundo plano, y de ocho a cinco, soñaba con que vivía en aquel hermoso castillo donde ella era la princesa, y se lo disfrutaba al máximo, para poder cargar con la pena de vivir su realidad, una realidad de alcoholismo y abusos por parte de su esposo, un esposo obrero de construcción, lleno de planes para una casa que poco a poco se caía de vieja y de destruida. Cada nuevo día era un nuevo reto, una nueva palabra por aprender, nuevas caras por ver, y mucha gente por saludar. "Hola, ¿me puede rentar un auto para esta tarde, por favor?", "Claro respondía Sara en su improvisado, pero mejorado inglés, ¿A nombre de quien señor?... El rostro del hombre de color pasaba de café a morado, sin transición alguna, y sus orejas se crispaban listas para dejar salir humo, de la ofensa tan grande había sido víctima por parte de Sara, "¿Usted no sabe quien soy yo?, ¿no sabe mi nombre? El hombre indignado se resistía a creer que esta mujer no lo conociese, siendo él un famoso jugador de basketball conocido a nivel internacional. Finalmente y molesto hasta la medula el hombre replico "Yo soy Michael, Michael el jugador de basketball". Sara sólo atinó a extender su mano que daba quizá a la cintura de aquel inmenso y furioso hombre, y usando el arma infalible de su sonrisa, respondió "Mucho gusto Michael, yo soy Sara".

Con los meses Sara ascendió en su trabajo, cambio de posición dentro del hotel, muchas mas veces, hasta llegar a ocupar un cargo medianamente importante, se convirtió en la asistente del manager del departamento de limpieza, de nuevo tenia gente a su cargo, daba ordenes, solucionaba problemas, era admirada, era de nuevo Sara. De allí empezó su carrera profesional nuevamente, arrancó de ceros, en un país, en un lenguaje y en una cultura ajena a los propios, pero como siempre surgió y salió adelante; trabajo como consejera de desempleados, se encargo de la revista en español de eventos especiales de la alcaldía, hasta que tuvo dos años después su primer contacto de nuevo con las leyes. En todo el sentido de la palabra la ley llegó a ella.

Sara pasaba sus días entre sus dos empleos y su estudio, llenaba cada minuto de su vida, para no permitirle al dolor de su realidad, interferir, en uno de los empleos Sara se desempeñaba como asistente legal, manejaba casos de familia, divorcios, custodias, ordenes de alejamiento, su entorno ya no era el palacio hermoso, pero era una oficina, un escritorio, unos compañeros de trabajo, una vida fuera de aquella casa llena de dolor, abusos y miedos. Y en las tardes y por un par de horas iba a la alcaldía como voluntaria. "Sara, te vas a encargar de vender los pin de la bandera, van a venir bomberos, policías, personas que trabajan con entidades del gobierno, a comprar, cuestan cuatro dólares, lleva un control de cuantos vendes, y reportas las ventas al final del día, entendido?" Preguntaba el alcalde, quien le tenia especial cariño, a Sara, quien no contaba con muchos amigos en aquel lugar. Acababa de pasar la tragedia del once de septiembre, no solo Nueva York estaba consternada con la magnitud de los daños y las vidas perdidas, sino el mundo entero, todos hacían campañas, vendían cosas, donaban dinero, para ayudar a las familias de las víctimas y a los sobrevivientes. "Understood Sir", respondió Sara feliz de poder de alguna manera ser parte de la solución a tan doloroso problema que embargaba al país. Eran las cuatro de la tarde, hora en que Sara debía salir corriendo para alcanzar a su clase de inglés, al otro lado de la ciudad, y como todo pasa en el ultimo momento, entraron a su oficina en grupo bullicioso y sonoro, siete bomberos, venían a comprar los pins, no tenían el dinero completo, se pasaban monedas de unos a otros, mientras bromeaban al respecto, Sara fingía una sonrisa que era mas bien una mueca, llena de nerviosismo, el tiempo no le daba para vender cobrar, registrar entregar y estar en clase a las cinco, especialmente en días como aquel en que la nieve azotaba sin piedad el pavimento convirtiendo las calles en pistas de patinaje en hielo. Metiendo la plata en diferentes bolsillos de su pantalón mientras entregaba las vueltas y los pin, Sara decidió terminar en la mañana de formalizar la venta, finalmente era la primera en llegar a la oficina, y ya había pasado un cuarto de hora, atendiendo a los simpáticos bomberos. A clase llegó tarde, no hubo manera de convencer al profesor que le dejara entrar, así que salió para su casa, donde el borrachín de su marido la esperaba con un rosario de ofensas. Exhausta, Sara cayó tendida en la cama, no sin antes colocar de nuevo todo el dinero junto para hacer la transacción en la mañana. Ya en su puesto de trabajo en sus labores diarias, llegó el alcalde a su puesto de trabajo junto con un par de policías. "Sara acompañemos por favor", Sara tomo la bolsa de los pin y los siguió hasta un salón de corte desocupado, donde el alcalde se retiro y los dejo a solas junto con Sara, "Cuantos pin van a querer?" pregunto Sara sonriendo a los oficiales. Estos se miraron entre si, y le pidieron tomar haciendo haciendo lo que en principio para Sara no fue mas que una charla informal. ¿Cuantos vendes al día?, ¿Cuantos vendiste ayer?, ¿Dónde colocaste el dinero? ¿Qué control llevas de las ventas?, ¿Tienes papeles?, ¿Tienes permiso de trabajo?, ¿Estas legal en el país?, fueron algunas de las preguntas con que, sin abusos ni maltratos bombardeaban a Sara, quien pasó de sonriente a preocupada, tomando coraje para finalmente preguntarle al oficial de qué se trataba aquel interrogatorio. "Ayer alguien reportó al alcalde, que tú te llevas el dinero de las ventas". "¡Qué! ¿Quién? ¿Cómo puede alguien ser tan retorcido de mente para pensar que yo me voy a robar cuatro dólares, que van para las víctimas?, preguntó Sara con lágrimas en sus ojos, y empezó lentamente para asegurarse de usar las palabras adecuadas, para explicar lo que había sucedido el día anterior. Todo se aclaró, la policía creyó en su versión, pero Sara indignada y humillada, decidió tomar una caja y como en película Americana, meter allí sus pertenencias y salir por la puerta mayor. Nunca más volvió, ni miró hacia atrás, al fin y al cabo, la vida es para guerreros y ella era una de esos.

Los días pasaban, los meses se juntaban, la monotonía y la falta de dinero, sofocaban a Sara. Ella quería cambiar, romper con tanto abuso por parte de Thomas, ya no era solo abuso sexual y emocional, ahora le dictaba qué ropa vestir, a qué hora llegar, y cómo ser, estaba poco a poco perdiéndose a si misma, perdiendo su identidad, y no sabia como escapar a aquella situación. Los cursos de inglés, terminaron, su trabajo era solo de medio tiempo, no tenia amigas mas que Milagros, que entre marido, hijos, casa, trabajo, iglesia y mascotas pasaba sus días plenos de actividades, y lejana de tener tiempo para las lamentaciones de Sara.

Con el pasar de los años, la vida nos da algo que no se obtiene si no con el tiempo: la experiencia. Y fue esta misma la que le enseño a Sara a ponerle tiempos a todo en la vida, se permitía llorar y lamentarse, pero esos permisos tenían tiempos estipulados, podía ser menos pero jamás mas. Fue así como decidió que ya era hora de terminar con aquel circulo de poder control en el que vivía junto a Thomas, su trabajo era reconocido y bien pago, su salario, era mucho mejor que cuando había legado por primera vez al país, su inglés estaba mejorando a pasos agigantados, pero su corazón seguía lleno de dolor, de perdidas y de duelos, sin elaborar. Fue así como decidió ese año de una vez y por todas, separarse del hombre que a imagen y semejanza de Severo hacia de su vida un calvario lleno de temores y lagrimas. "Es que tengo una amiga, que esta acá bajo turismo, y su esposo le prometió que la va a pedir ante inmigración pero el la maltrata, le prohíbe verse con su única amiga, porque según el ella es homosexual, y son pareja, le revisa el tamaño de su vagina para comprobar si se ha estado acostando con otros hombres en el trabajo, la sigue en el auto cuando va hacia el trabajo, la llama todo el día, al punto de causarle problemas con sus jefes, la bota de la casa cada que puede porque sabe que ella no tiene familia, ni a quien acudir, la empuja, la grita, la humilla, pero no le pega ¿Se puede considerar eso abuso?', para cuando Sara terminó su breve explicación de la situación de "Su amiga", sus ojos estaban inundados de lágrimas, y su voz se empezaba a resquebrajar. Stella tomó su mano, le miró a los ojos y le respondió; "No tienes que vivir en ese infierno; yo te voy a ayudar, no hay razón para que vivas así, y no vas a quedar sin protección legal". Allí comenzó el nuevo camino para Sara; demostrando legalmente como sin ser golpeada físicamente, era maltratada y sus cicatrices iban por dentro.

Al cabo de los meses, no sólo consiguió su residencia legal sin necesidad de seguir con un abusador a su lado, sino que encontró en Stella una nueva amiga, confidente y socia de negocios; juntas iniciaron lo que seria el emporio que las llevaría a destacarse como una firma de abogados capaces de llevar asuntos migratorios con gran éxito, y aunque Sara no podía legalmente representar a los clientes, si podía llevar los casos y trabajar de la mano junto con Stella, juntas crearon su pequeño imperio, contrataron otros abogados, se extendieron, compraron oficinas, y lograron alcanzar el tan anhelado Sueño Americano.

CAPITULO TRECE

ESPEJOS

"El propósito del espejo es revelar que tu cara esta sucia; pero el propósito del espejo no es tu lavar tu cara. Cuando te miras al espejo y ves tu cara sucia, tu no tocas el espejo he intentas lavarlo con un liquido limpia vidrios para limpiar tu rostro. El propósito del espejo es el de hacerte ir en busca de agua".

Donald Grey Barnhouse.

Tenemos momentos en la vida, en esta misma se pone de frente a nosotros, recordándonos eventos, imágenes, y situaciones del pasado, como si volvieran de manera clara y nítida a nuestras vidas, aveces los De Ja Vu, vienen como un flash y en segundos pasan frente a nuestros ojos. Y otras tantas; la vida nos pone frente a personas y situaciones, iguales o muy similares a las propias, para dejarnos ver la realidad, lo que somos, como nos proyectamos, podemos ver y sentir de otros, los que muchos ven y sienten de nosotros mismos. Algunos lo vemos como una película que pasa frente a nuestros ojos, otros en cambio logramos reconocer espejos. Espejos por donde quiera van reflejando en otros nuestra propia imagen, nuestro propio yo.

Sara tenia esos momentos en que con solo mirar una situación, su memoria se transportaba a momentos de su propia realidad.

Estaba de pie en la tercera fila de la iglesia, oraba con sus ojos cerrados, pidiendo a Dios por fortaleza y sabiduría; agradeciéndole por la vida, las cosas bellas, y las pruebas que dejaban enseñanzas. De repente sus pensamientos se vieron interrumpidos por las pícaras risas de una pequeña niña que se encontraba en la segunda fila de la iglesia justo a espaldas de ella, Sara abrió poco a poco sus ojos, y permitió que los espejos al transportaran a otros tiempos. La chiquitina tendría unos cuatro años; y juguetona se escondía tras su hermanita mayor, que no tendría mas de doce, la chiquita reía en silencio, la mayor con cariño acariciaba sus trenzas negras y largas, colocando su dedo índice sobre sus labios pidiéndole hacer silencio, y guardar respeto al lugar sagrado, mientras cariñosamente la colocaba en su regazo y le acomodaba los cordones de su zapato. En los recuerdos apareció Serena, los ojos de Sara se nublaron de ternura, quiso abrazar de nuevo a su hermanita con quien jugaba a las muñecas. Serena a pesar del paso de los años era y seguía siendo la muñeca de Sara, juntas compartieron los teteros, y las primeras palabras de Serena. Sara aprendío a cambiar pañales gracias a ella, le vio gatear, le tomo la mano al caminar y extendió sus brazos de alegría al verla correr. Serena había sido mas que su hermanita, había sido su muñeca favorita, con quien jugaba a ser mamá. Y el paso de los años no había cambiado eso.

Sara cerró de nuevo sus ojos con una sonrisa en los labios, dando gracias por Serena a la vida, y pronosticando la vida de cuidados y compañía que estas dos pequeñitas frente a ella tenían por delante. Silenciosamente se persignó, dio media vuelta y salió de la capilla, rumbo al resto de su vida, una vida maravillosa. Sara tenia todo lo que deseaba: una vida financiera estable, un trabajo que le gustaba y la llenaba de satisfacción, un hogar junto a su mascota y su europeo, que de vez en vez era complementado con las risas, los juegos y las alegrías que Felicitas traía a sus vidas. Sara se sentía afortunada pues la vida le había dado comodidades, viajes, dinero, amor y la posibilidad de ayudar a quienes la rodeaban. No podía pedir nada mas. Contaba con el cariño de su familia, era admirada en su trabajo, manejaba una independencia absoluta en su trabajo, viajaba el mundo a su antojo, y su esposo estaba allí, con ella a lo largo del camino. Sara salió instantáneamente de sus pensamientos al oír el timbre de su teléfono, y mientras con una mano abría la puerta de su auto, con la otra hacia malabares para responder el teléfono, mantener el bolso y mover el cabello que caía sobre su rostro. Era una mañana de primavera, tibia y con brisa que animaba a cualquiera a caminar o manejar por ahí perdiendo entre las calles.

"Alo, ¿Edith?...", al otro lado de la línea su amiga de toda la vida, le contaba con detalles como Rosario, había sido nuevamente hospitalizada en la clínica siquiatra. Luego de cuarenta minutos de conversación, Sara se despidió de Edith parqueó el auto y entró a su hogar.

Para Sara, al igual que para sus amigas, resultaba inexplicable el comportamiento de su amiga Rosario quien fue durante los años de colegio, la mas feliz, la sonriente, la que planeaba las fiestas, la que les recordaba los cumpleaños, y la que veía el lado bello de la vida. Su padre era su pilar, su héroe, el hombre de su vida, razón que había provocado los celos irracionales de su madre, quien no soportaba la cercanía y el amor que hija y padre se profesaban mutuamente. Con el paso de los años Rosario, se caso y salió de su hogar paterno, pero el amor con su padre seguía siendo uno de sus grandes tesoros, y su madre por mas que lucho, jamas logro romper aquel nexo ni siquiera aun después de muerto el padre de Rosario.

Una mañana de domingo como cada semana, Rosario llegó a casa de sus padres donde terminaba su recorrido de ejercicio matutino. Sorpresivamente no encontró quien le abriese la puerta. Después de timbrar y golpear insistentemente, decidió pedir la llave de emergencia que desde años guardaba su vecina. Sorprendida por el olvido de sus padres, decidió entrar a esperarlos, seguramente no se encontraban muy lejos y pronto regresarían a tener el desayuno juntos como cada domingo era costumbre. Algo pasaba y por mas que abría la cerradura, no lograba abrir la puerta; algo la atascaba y en vano fueron sus esfuerzos por abrir una puerta que se resignaba a dejar que Rosario se encontrara frente a frente a una dolorosa realidad.

Ante sus intentos fallidos de tirar la puerta decidió recurrir a ayuda y junto con los vecinos logró finalmente entrar al apartamento. Rosario cubrió su boca para evitar que el alma saliese detrás del gemido que se escapó de su corazón.

En posición fetal, con el rostro amarillento, y las babas escurriendo por su camisa, estaba él, su héroe, su padre, tirado en el piso semidesnudo y con cara de horror fijaba los ojos en los de ella, suplicando ayuda.

Un infarto fulminante se llevó al padre de Rosario. A partir de ese momento ella se apagó como una llama y jamás logró volver a encender. El dolor de su pérdida la acompañó de por vida y por mas que tuvo momentos de lucidez, la vida la cubrió con el manto de la enfermedad y allí comenzó la que por años seria su incansable lucha en contra de su desorden mental. Por la mayor parte de su vida adulta tuvo que recurrir a prescripciones médicas para lograr mantener su estado emocional y ser "normal", su espejo le mostraba devastadoras imágenes de manía, extremo dolor producido por su enfermedad y su existencia se convirtió en una montaña rusa, llena de rabias, dolor, histeria, tristeza y depresión. Como podía alguien tan feliz y alegre, con un esposo maravilloso, madre de un hijo dulce y cariñoso, pretender dormir por días, y llorar por noches enteras. ¿Qué falta de sensatez y agradecimiento con la vida llevaba a Rosario a vivir internada en clínicas, o sepultada en vida en casa? Su vida profesional se acabó, su carrera se vio troncada y afectada por sus actos de locura e histeria, su hijo se refugio irónicamente al igual que ella lo había hecho años atrás, en el padre, un padre dulce y amoroso que se convirtió en el todo de su hijo. Su esposo a la vez se entregó de lleno a su trabajo, y a ser el pilar y ejemplo de un hijo carente de mamá a causa de su enfermedad. Que difícil le resultaba a Sara y a Edith entender que pasaba en el mundo de Rosario, quien se convirtió en sinónimo de inestabilidad y dolor.

Preciosa era una mujer que le hacia honor a su nombre, portaba una de las mejores figuras y tenia un rostro angelical, se destacaba sobre el núcleo de mujeres que frecuentaban el club de manera diaria. A simple vista era una mujer que contaba con todo lo que pudiese desear cualquiera; un esposo atractivo y emprendedor hombre de negocios, que le mantenía una que otra tarjeta a su nombre para que Preciosa se diera los gustos que deseaba. Unos hijos bellos y saludables que contaban con una independencia total y absoluta y una agenda llena de cosas por hacer, sus días se iban entre tiendas, y el internet comprando de manera casi diaria y compulsiva cuanto antojo se le presentaba, no importaba el presupuesto su marido hacia años había entendido que lo único que le daba momentos de felicidad a Preciosa era ir de compras.

Pero a pesar de contar con todo lo que una mujer pudiese desear, Preciosa era un ser desolado y vacío. Las pastillas para dormir eran su mejor amigo y aliado fiel. Sus hijos crecieron viendo una madre llena de contradicciones. A veces una mujer capaz de dormir por días enteros, otros divagando como alma en pena por las paredes y otros tantos feliz y regocijada con la vida. Poco a poco su círculo de amigas se redujo a su familia cercana, el teléfono dejo de sonar, el club se volvió una tarea pesada, la calle se convirtió en su enemiga y la tristeza la empaño, el dolor de la depresión la llevaron a alejarse del mundo, su casa se convirtió en su refugio, y su vida perdió sentido ante sus ojos.

Nunca jamás nadie logró entender sus cambios de ánimo, sus esporádicos momentos de felicidad compulsiva, ni sus días de dolor y agonía. Poco a poco Preciosa se convirtió en víctima de sus extremas emociones, llevándola a perder lo único real que en la vida tenia y el ser con que contaba… su esposo, quien una mañana de otoño cansado de tantos años de cambios y abandonos, decidió cerrar la puerta tras el y salir en busca de un amor real, menos egoísta, mas real.

Para Dolores, el cuento de la pobre viejita era un reflejo de su propia existencia, "Erase una vez una pobre viejecita, sin nadita que comer..." Las lamentaciones la acompañaban en su diario vivir, su porte y elegancia hacían de ella una mujer que atrapaba miradas a su paso, vivía su vida en medio de recuerdos de su primer amor, y descuidaba a quien a su lado de manera fiel y honesta estaba. Amaba el arte en todas sus expresiones, pintaba, cantaba y era una poetiza consumada. Pero la falta de auto estima y amor por si misma, terminaron por derrumbarla, y ni el cariño de su familia, ni los temores a la locura lograron sacarla flote de su vida de dolor. Cada nuevo día encontraba una razón mas para no ser feliz, para quejarse de lo que no fue, de lo que la vida no le dio, y pasaba por encima de las bendiciones que la rodeaban. Su belleza física era inigualable, su elegancia le hacia caminar entre nubes, sus múltiples dones eran admirados por quienes a su lado pasaban, pero ella no lograba ver el fondo de su ser, no comprendía el material tan especial y bello del que había sido hecha, jamas logro ver su belleza interior, y su exterior se fue apagando lentamente hasta consumirla lejos de quien era colocándola frente al espejo de la tortuosa y dolorosa soledad.

Juzgar es quizá uno de los vicios mas grandes y frecuentes de los seres humanos. Nos deleitamos juzgando y analizando la manera de ser de todos cuantos nos rodean, olvidamos nuestra propia carne y debilidad, nos perdemos en criticas y cuestionamientos vanos e injustos nos creemos superiores y mas inteligentes que aquellos que nos rodean, y nos tomamos la atribución de cambiar sus vidas y maneras de vivir con solo opinar. Que lejos estamos de ser justos y de usar la inteligencia para entender que cada ser es un mundo, cada uno llevamos una vida a cuestas, una historia, un pasado que nos afecta el presente. Sara no estaba muy lejos de verse reflejada en cada uno de aquellos espejos.

CAPITULO CATORCE

Buscando respuestas

Sara tenia veinte años y ya sabia que algo no funcionaba bien dentro de su mente, sus repentinos momentos de ira y descontrol la llegaban a asustar. Quizá por eso y en busca de ayuda, decidió complementar sus terapias del sicólogo y le pidió a su esposo de turno que fuera con ella en busca de respuestas. "Quiero ir a ver un psiquiatra que me ha recomendado mi doctor, pero tengo miedo de ir sola, ¿vienes conmigo?" Le preguntaba Sara al bohemio su primer esposo, mientras servía la cena. A la mañana siguiente y en compañía de su marido, Sara se presentó en el hospital mental de la ciudad. Era un lugar inmenso, pero a la vez vacío, no se veía ni un alma rondando los extensos pasillos, el sicólogo de Sara le había transferido su archivo al doctor Bautista, un eminente psiquiatra de la ciudad, quien luego de meses de tener por meses su nombre en la lista de espera había decidido tomar el caso de Sara.

A medida que Sara pasaba por los corredores, veía con curiosidad todas las puertas cerradas, y sentía el olor nauseabundo de la locura rondando por los pasillos del lugar.

Luego de recorrer el lugar primero con su mirada y caminar de un lado a otro sin lograr ver a nadie, decidió tomar la mano de su esposo y sentarse a esperar ansiosamente que alguien viniese por ella.

Del diario de Sara

Mis nervios me están haciendo pasar por malas jugadas, hay días en que el ruido de una mosca me irrita al punto de querer matar a quien primero se me atreviese en el camino, he empezado a oír ruidos y a ver sombras donde no hay nada, estoy asustada. En mi cabeza divagan en creyendo voces, voces que me hablan todo el día pasivamente, luego aceleradamente, me dicen cosas. A veces no me dicen nada, sólo repiten como eco mis pensamientos. Necesito ayuda para saber que me pasa y como lo puedo manejar, necesito tener el control de mis emociones. El sábado me deprimí mucho, sentí que mi vida ya no tenia sentido, estoy cansada de vivir, de respirar. Por estar pensando bobadas, se me derramó la leche en la estufa. ¡Ah! como odio cuando se me derraman las cosas soy una idiota, una torpe. Escucho las voces de mi padre, gritándome "¿Es bruta o es tonta?", grr como odio esas palabras, esa maldición, esa predicción. De un sólo impulso tiré el tarro de vidrio de granos de maíz contra la pared. El llanto es inconsolable ¿Quién habita dentro de mi, quien me hace sentir tanto dolor y tanta rabia?, recogiendo los pedazos, me he cortado, pero no me molesta, se me acaba de ocurrir una idea... Me voy a cortar, en las películas se cortan las venas de la muñeca, y la muerte se ve tranquila, no sufren, solo pierden energía, pierden sangre, pierden la vida. Eso es lo que voy a hacer, y lo voy a hacer ya, antes que me arrepienta, antes que llegue el bohemio y me detenga.

No soy buena ni para acabar con mi vida ya llegó el, y me descubrió, tendré que intentarlo de nuevo después. No! tengo que buscar ayuda.

¡Qué ironía! La depresión me hace sentir con ganas de morir y aquí estoy en una sala de espera de un manicomio, que avecinda con la morgue, quizá los locos salen de acá para allá y nadie se entera. "Señorita, llevo un buen rato sentada esperando al médico, usted sabe si me van a llamar o si voy a otro lugar a buscarlo, tenia cita a a las cuatro y han pasado quince minutos y nada." Le dije a la enfermera que salió de una de las oficinas, "Venga conmigo", me dijo atentamente y yo muy obediente la seguí. Entramos a la oficina de la cual había salido, se colocó el estetoscopio y me empezó a chequear mientras murmuraba una canción infantil. Tomó mi pulso, tomó un baja lenguas y revisó mi garganta. A lo lejos y con un inmenso eco se oía la voz de otra mujer, no se que decía, bueno no supe que dijo, pero de repente entró al consultorio con una jeringa inmensa en la mano, y sin darnos tiempo a musitar palabra, se la clavó en el brazo por encima de la ropa a mi enfermera. "¿Cuantas veces te tengo que venir a buscar para suministrarte

tu medicamento?", decía irritada la otra enfermera molesta. Yo no entendí nada, hasta que empecé a analizar a mi enfermera de la cabeza hasta los pies, para encontrarme que calzaba unas sandalias, y bajo su bata llevaba una pijama. ¡Ah Dios! acá empezó la locura. "Sígame", agregó la enfermera sin siquiera mirarme, caminé de prisa tras ella, por los extensos corredores, me faltaba la respiración, si esta mujer no baja el ritmo, voy a tener que empezar a correr tras ella. Por un momento perdí de vista a la enfermera, creo que he tomado el corredor equivocado. A lo lejos veo una mujer en la esquina junto al muro voy a preguntarle por donde cogió la enfermera, la de verdad. La mujer murmura algo a baja voz, no logro entenderle, pero decido interrumpirla. "Disculpe, vio pasar por acá a una enfermera, es que la perdí de vista, y..." ¿Dónde están mis hijos?" me preguntó con tono triste mientras empezó a caminar alrededor mío en circulo. "¿Donde están mis hijos?" me preguntó de nuevo mientras subía el tono de su voz, y agitaba su cabeza lentamente. No se. Le respondí, no he visto niños por acá. "¿Dónde están mis hijos:? Me gritó a la cara mientras con sus manos halaba violentamente su cabello. No supe que hacer, ¿Qué hago?, ¿Estará loca? ¿Habrá perdido a sus hijitos? "¿Qué pasó con usted no quería ver al medico?" Escuché la voz de la enfermera irritada que hablaba a mi espalda. Si, pero es que esta mujer... No pude terminar la frase, cuando la enfermera me tomó por la mano halándome a continuar por el corredor sin musitar palabra, mientras a lo lejos oía los gritos de dolor de la mujer, que seguía preguntando por sus hijos.

Al llegar al consultorio del médico, ya estaba lista para salir corriendo de aquel lugar, yo no estaba loca, esto era un error, yo no debía estar allí. ¿Dónde estaba mi esposo? acababa de caer en cuenta que cuando salí del consultorio de la loca, él ya no estaba en la sala de espera. "Tome asiento", escuche una voz, lo analicé de arriba a abajo antes de siquiera pensar en sentarme ¿Quién es usted? Le pregunté al hombre que me miraba por encima de sus anteojos, mientras mantenía sus manos en los bolsillos de la bata blanca percudida que llevaba puesta. Soy el doctor Bautista", "El psiquiatra" agregó, mientras con una sonrisa amigable me estiraba la mano para saludarme. Después de hacerle un recuento de mi vida y mi infancia, incluyendo los abusos de mi padre, mi hazaña al haberle propuesto matrimonio al bohemio para poder salir de la casa, mi dificultad de tener una vida sexual normal y mis extremos cambios de emociones, terminé en un charco de llanto. Me miró fijamente y me pidió acompañarlo. Caminamos en silencio y a la par por los corredores, en el fondo tenia miedo de pensar a donde me llevaría, aunque me daba seguridad estar junto a el. Subimos por una ancha escalera en forma de caracol, él caminaba con sus manos en la espalda, yo caminaba con las mías en los bolsillos tras él. Paramos frente a un puerta blanca, saco una llave de su bolsillo, la coloco en la perilla y la giro. Era una habitación con tres camarotes y sin mesas de noche, al fondo había una ventana que daba sobre un muro del edificio continuo; sentada sobre la ultima cama y mirando hacia la ventana que no daba a ningún lugar, estaba una niña, tendría unos doce años, con nostalgia me acorde de mi misma. La niña, tenia una bata blanca, igual a la de la primer loquita que vi y creí era enfermera. Mientras el doctor me hablaba yo me sumía en mis pensamientos mirando aquella niña sentada de espaldas a nosotros y frente a la ventana. Nunca nos voltio a mirar ni siquiera se movió, su rostro era de tristeza, tanta que no podía ni llorar.

"Quería que viera las instalaciones, y las habitaciones", me dijo el médico.

Con los ojos recorrí el lugar, era deprimente, las paredes eran de azulejos verde azuloso, los pisos eran de color blanco al igual que la puerta, y las camas se sentían frías, impropias, sin dueño. En un silencio aun mayor volvimos a su oficina, donde en detalle me explico lo que significaban diferentes tipos de condiciones mentales. "Me gustaría que te internaras; claro voluntariamente, por un par de días, para poder analizarte y hacer una serie de pruebas y así poder determinar el tratamiento mas conveniente en tu caso." "Gracias doctor" repliqué, yo lo llamo cuando este lista para hacerlo, extendí mi mano, salí casi corriendo del lugar… Jamás regresé.

Depresión vrs. Ansiedad

Depresión = Pasado - Pérdida
Ansiedad = Futuro Desconocido

Cuestionario del cambio Desordenado de Temperamento

1. Ha habido periodos de tiempo cuando usted no es usted y...

Se siente muy alegre, muy emocionado que otras personas piensan que usted no se esta comportando como normalmente lo hace y puede terminar metido en líos? SI ❑ NO ❑

Se pone muy irritable y empieza peleas y discusiones con otros? SI ❑ NO ❑

Se siente mas auto confidente de lo normal SI ❑NO ❑

Duerme mucho menos de lo habitual y no le hace falta el sueño SI ❑ NO ❑

Habla mas y mas rápido de lo usual SI ❑ NO ❑

Sus pensamientos van a toda prisa y usted no puede controlarlos SI ❑ NO ❑

Se distrae fácilmente con cosas alrededor suyo que le causa problemas para concentrarse SI ❑ NO ❑

Tiene mas energía de lo usual SI ❑ NO ❑

Se mantienen mas activo o hace mas cosas a la vez de lo usual SI ❑ NO ❑

Se ve mas más sociable que de costumbre, por ejemplo llama a su amigos en medio de la noche
SI ❑ NO ❑

Se ve mas interesado en el sexo de lo usual
SI ❑ NO ❑

Hace cosas que los demás consideran demasiado arriesgadas SI ❑ NO ❑

Gasta dinero hasta verse en problemas financieros SI ❑ NO ❑

2. Usted marco SI, en mas de una de las anteriores preguntas y respuestas varias de ellas ocurren en el mismo periodo de tiempo.
SI ❑ NO ❑

3. Que tanto problema le causan en su habilidad de trabajo, en su familia, con el dinero, o en asuntos legales, el entrar en peleas o discusiones.

❑ No le causa problema
❑ Un poco de Problema
❑ Moderado Nivel de Problema
❑ Serios Problemas

Este cuestionario ayuda a determinar si un paciente tiene un desorden bipolar.
En orden para determinar si un paciente da positivo para desordenes bipolares, tiene que:
Responder SI a no menos de 7 de las 13 preguntas de la primer parte.

Responder SI a la pregunta número dos y tener por lo menos moderado o serios problemas en la respuesta a la pregunta número tres.

Extraído del libro "The Dialectical Behavior Therapy Skills Workbook for Bipolar Disorder.

-Sheri Van Dijk, MSW-

Si usted da positivo en esta prueba, contemple la posibilidad de hacerse una evaluación de diagnóstico comprensivo con un profesional.

Depresión	Dysthymia	Euthymia	Hypomanía	Manía
	✓	✓	✓	
	✓	✓	*Bajo Nivel de Manía*	
	✓	*Comportamiento Normal*		
	Bajo nivel de de presión			

CAPITULO QUINCE

CUANDO TE CAES...
DEL SUELO NO PASAS

Las cosas empezaron a salirse de control, cuando la boca de Sara decidió no hacerle mas caso a su cerebro y empezó a decir cosas sin sentido ni lógica, cosas que ella misma sabia que estaban mal, pero que no lograba controlar. Rebelde como si fuese un adolescente, su cerebro empezó poco a poco a funcionar de manera ilógica y sin sentido.

"Cuando lleguemos a la corte, el cura le va a pedir hacer un juramento a la verdad antes de tomar asiento", explicaba Sara a sus clientes en la etapa final del proceso. "¿Cual cura, licenciada?" preguntaba confundido su cliente, quien había puesto toda su confianza y ahorros en que Sara haría un excelente trabajo para lograr la aprobación de su caso migratorio. "NO, quiero decir el cura" repetía Sara sin poder darle crédito a sus oídos. Le ordenaba a su cerebro decir Juez, pero en el transcurso a su boca, la información se perdía. "Disculpe, el cura, quiero decir el cura le pedirá hacer el juramento".

Sara se llenó de vergüenza y decidió posponer la preparación del caso, mientras el cliente molesto y confundido se retiraba de su oficina.

Luego de controlar su rabia con si misma, decidió hablar con Stella su socia y comentarle lo ocurrido. "¿Crees que estés bajo mucho stress?" Le preguntaba Stella un tanto preocupada por su amiga. "No lo creo, la verdad no tengo motivos para estar estresada, pero si preocupada por esta situación". Habían pasado sólo unos días desde que Sara tuvo que interrumpir otra reunión con sus clientes para ausentarse por unos minutos al baño para tratar de calmarse y organizar su mente. Había olvidado por completo como se hacia el procedimiento que llevaba nueve años haciendo, no lograba recordar qué se hacia, qué requería, qué debía saber para determinar los pasos a seguir.

A la mañana siguiente de camino al trabajo lloró de impotencia, no entendía que pasaba, hacia solo unas semanas, había olvidado donde vivía, no recordaba donde era su casa, la misma que por doce años venia habitando, recordó con dolor su impotencia la tener que llamar al príncipe quien paciente, y lleno de amor como siempre, le acompañó en la línea hasta verla llegar a casa. ¿Cómo era posible, que solo ayer, hubiese tomando las llaves del auto para salir y no hubiese podido recordar para que servían las llaves, que tenia que hacer o donde la debía poner?.

"¿Tía yo no voy hoy al colegio?", escuchó tras de si la voz de Felicitas. "¿Qué haces en el carro mi nena?" preguntó Sara totalmente confundida. "Pues nada, esperando que me lleves al cole". ¿Cómo era posible que algo tan obvio como dejar a su sobrina en el colegio como cada mañana antes de llegar a su oficina, se le hubiese pasado por alto?. "Perdona mi amor, venía elevada, ya nos regresamos".

Las vacaciones de Sara se acercaban, así que tomó la decisión de no hacer nada drástico hasta pasar unos días de descanso, quizá, Stella tenia razón, a lo mejor era solo stress, y los olvidos, los dolores de cabeza, el adormecimiento de sus manos y los demás síntomas no fuesen mas que producto que una situación de stress laboral. La mejor decisión por ahora, era no tomar decisión alguna. Y así lo hizo.

Del Diario de Sara
Días de Sol

No logro entender mis propios sentimientos. Algo duele dentro de mi, y no me permite dejar de llorar, siento pena de mi misma. ¿Porqué me siento tan triste?, ¿qué pasa conmigo?, Han pasado seis horas desde que nos montamos en este avión, aun me falta el mismo número de horas para llegar a hacer la conexión, siento rabia y dolor, me irrita la voz de la mujer que va a mi lado, ¿porqué no se callará?, cierro mis ojos y pretendo dormir para alejar su chillona voz de mi mente, pero las lagrimas me delatan y no dejan de salir poniéndome al descubierto.

La luz que pasa por la ventanilla me llega fuerte y directo a los ojos. Ya hace varios días que noto que la luz se siente brillante y arde, los ruidos rozan mis nervios, siento mis sentidos mas despiertos, los movimientos me irritan, Me siento maníaca. ¿Qué me pasa?...

De un sobresalto interrumpo mis pensamientos, mi príncipe toma mi mano entre las suyas y me hace brincar de mi asiento. No me pasa nada, le digo, engañándolo, que le voy a decir que me pasa cuando ni yo se que carajos es.

Ha sido como siempre un viaje largo, cruzar de un continente a otro nunca es cerca, esta vez fue mas largo. Corremos tomados de la mano por los largos corredores, el aeropuerto Charles de Gaulle que esta en reparación, no sabemos hacia donde correr, subimos y bajamos escaleras. Mis piernas no dan mas, el corazón lo siento en la boca, mi cabeza da vueltas, quiero gritar, quiero parar, ¡Sáquenme de esta montaña rusa! Déjenme bajar.

Finalmente llegamos a nuestro vuelo de conexión, solo serán tres horas y media mas y llegaremos.

Llevo dos días durmiendo mal, las pesadillas con ratas me sobresaltan, me siento cansada, quiero dormir. La química de mi cerebro me esta haciendo pasar por momentos raros y desconocidos, aveces me pone triste y depresiva como en el primer vuelo; otras me pone acelerada, hablando al cien por mil, y con ganas de comerme el mundo de un solo tajo, como en este momento. Nunca se a donde me van a mandar mis sentimientos, me siento como una bola de ping pong, voy de acá para allá, no lo controlo, Wow, me mareo que alguien pare la montaña rusa, me quiero bajar. Este viaje ha sido muy largo, hemos cambiado de zona y la hora ha cambiado drásticamente. Hace seis horas era de día, era medio día, ahora de noche, entrada la noche, se que yo cambio de dirección pero no se a donde voy.

Mi cuerpo se siente paralizado del cuello hacia abajo, mi mente corre a mil por hora, me siento cansada. ¿Qué me cansa mas mi cuerpo cansado mi mente deportista? No lo se... Hemos llegado, uff gracias a Dios.

Fue un viaje largo, agotador, mis emociones subían y bajaban sin control alguno, he empezado a temblar mas seguido y a sudar mas a menudo. Me frustra ver como mi lengua va por un camino diferente al de mi cerebro, y en vano le doy ordenes de obedecer y decir lo que quiero expresar. Lo que a continuación narro lo repito de las palabras que salieron de boca del príncipe, se que son verdad porque el no miente, pero yo... No lo recuerdo.

Es de tarde, y hemos salido de casa de su padre a caminar por ahí, hace frío y me abrigo, tengo hambre y buscamos un lugar donde comer; tomada de su mano entro al restaurante, algo que él dice me molesta, no se que fue, él no lo recuerda, discutimos, yo me pongo furiosa, pierdo el control, grito, salgo del lugar, él me sigue, vamos de regreso a casa, sigo molesta, no quiero verlo, ni que me siga, manoteo para que no me tome de la mano, quiero que me deje sola, que me deje en paz, empiezo a caminar hacia la vía rápida, los autos pasan dejando un halo de agua que roza mis piernas, comienzo a caminar mas rápido, casi que quiero correr.

Un autobús de servicio público se estaciona en la parada de la vía rápida a recoger pasajeros, corro a tomarlo, me quiero subir, me quiero ir, no se a donde va el autobús, no se hacia donde voy yo. De repente su mano me hala y me alcanza a bajar del autobús, me toma de la mano para empezar a caminar hacia la casa, yo me suelto de su mano, comienzo a llorar y temblar, grito, le grito, lo grito, "NO me toque, DEJEME en paz, quiero a mi esposo, DONDE esta mi esposo", le grito a la cara, mientras le doy puños con mis manos cerradas sobre su pecho. Estoy desesperada, estoy asustada. Camino a su lado más calmada, sin mirarlo, sin mirar, no me interesa mirar, no se si vienen o van los autos, estoy agotada me doy por rendida. Hemos llegado a casa, discutimos de nuevo, no soy yo, no se quien es el. Tengo sed, le pido un vaso con agua y lloro, lloro en silencio, es un llanto lleno de dolor, de cansancio. Tengo hambre y se lo digo, pero no como, no quiero comer. Sudo y tiemblo notoriamente, me siento en la sala y tomo el vaso con agua. Lentamente me coloco de pie y salgo hacia la habitación, me acuesto, duermo... Hasta mañana. Amaneció... No recuerdo nada, solo siento sed, me duele la cabeza; él me cuenta lo sucedido, yo no doy crédito a mis oídos, solo se que salimos a comer.

Fueron unas vacaciones confusas, llenas de olvidos, plagadas de dolores de cabeza, movidas por mis movimientos temblorosos, mojadas de mi sudor continúo. Vamos de regreso a Estados Unidos; es hora de visitar al médico.

Visita al Neurólogo

Paciente de 39 años de edad, se presenta por problemas de memoria, e intensos dolores de cabeza.

Historia de la Enfermedad: Paciente tiene historia de migraña durante toda su vida. Recientemente presenta dolores de cabeza intensos que NO son migraña, mareos, visión borrosa, perdida temporal de la memoria corta, sensación de adormecimiento en sus manos y en su cabeza. El fin de semana, paciente se encontraba en un asado, hablando con amigos, ella comento que tenia familiares en España, pero no pudo recordar quien era su familiar, o en que lugar vivía. Olvido la comida en la estufa. También se encontró manejando su auto, sin recordar hacia donde se dirigía, luego de manejar un buen rato, llamo a su esposo por señales para volver a la casa. Sin entender porque derramo a propósito una soda sobre la cama.

La paciente recientemente siente tristeza y llora fácilmente, su temperamento cambia de manera fácil al igual que su personalidad.

Paciente es abogado de profesión y trabaja en firma de abogados de lunes a viernes.

Paciente se encuentra en menopausia química desde hace tres años.

DIAGNOSTICO: *Amnesia Global Transitoria*

Disfunción del lóbulo temporal, en el área que se almacena la memoria reciente. Durante este evento, no se puede recordar recientes eventos. Y usted se puede describir como repetitiva o confusa, ya que el archivo de memoria no esta trabajando en ese preciso momento. Todo lo que sucede en estos lapsos de tiempo no va al cerebro, por lo tanto es como que nunca le pasaron. Usualmente pasa ya que no llega suficiente sangre al lóbulo temporal. Una explicación alternativa es un daño cerebral, donde el lóbulo temporal recibe descargas eléctricas, y los recuerdos se borran, Usted no necesariamente pierde la conciencia.

Pasos a seguir: La paciente deberá someterse a un TIA (Examen para determinar la perdida aguda y focal de la función cerebral o monocular). Igualmente se ordena CT.

Empezar a tomar Depakote 500 mm, una por día, en horas de la noche, para controlar los dolores de cabeza.

Tomar diariamente una aspirina de niños para prevenir derrame cerebral.

RESULTADOS

Se encontraron manchas blancas no especificadas en el examen, pueden ser MS; derrames, o simplemente rasguños por algún tipo de daño, Lo que se sabe es que personas con estas manchas, tiene el doble de chance de derrames. (Generalmente pequeños derrames, no necesariamente un derrame grande). comparado con personas que no tienen manchas. Estas manchas definitivamente no son derrames, en su caso son pequeños; no hay razón para alarmarse, esto NO es lo que esta causando sus problemas de memoria.

SE RECOMIENDA UN ULTRASONIDO DE LA ARTERIA CAROTIDA.

SE RECOMIENDA BUBBLE TEST.

Pasaron cuatro horas, desde el momento en que Sara ingresó al consultorio de la neuróloga a la cual había sido remitida de urgencia por su medico, al momento de salir de allí iba llena de temores y formulas médicas. A partir de aquel momento, todo fue pruebas, exámenes, inyecciones, pastillas, citas medicas, y mas citas medicas.

No entiendo que sucede, le decía Sara a Stella, mientras por segunda vez recurría a ella, en busca de ayuda a respuestas que ella conocía desde años atrás, pero que su memoria no le otorgaba, colocándola en una situación vergonzosa, y dudosa frente a sus clientes. "Me preocupa tu salud", le repetía Stella mientras con solidaridad y paciencia le ayudaba a recordar lo que ya bien sabia.

Los dolores de cabeza habían cesado, Sara podía atender a sus obligaciones, casi de manera normal, pero su demás síntomas no disminuían. Las citas con la neurólogo siguieron por meses, tratando de descubrir que sucedía en su mente.

Del Diario de Sara

Esta tristeza esta acabando conmigo, mis ojos viven nublados, las lagrimas siguen cayendo, algunas veces porque alguien pasa de lado y no me saluda, otras veces, porque me siento sola en este mundo, aveces son lagrimas de rabia al mirar hacia mi infancia, otras son de vergüenza al sentir que no soy suficiente mujer para hacer de mi príncipe un hombre pleno a nivel sexual, como quisiera ser capaz de sentir deseo, de no avergonzarme de mi cuerpo, de no reprimirme como mujer. Pero no puedo la vergüenza y la suciedad me invaden. Ayúdame Dios a ser una esposa normal, tengo miedo de perderlo. Estoy preocupada, el fin de semana lo pase en el hospital, mi familia me llevo por urgencias, tuve otro episodio… No lo recuerdo.

Lo que a continuación describo lo tomo de las palabras que salieron de boca de Serena, quien me contó lo sucedido, aquella tarde de sábado familiar…

El príncipe no estaba junto a nosotras aquel día que decidimos llevar a mi madre y a Felicitas a almorzar, yo ya me sentía un poco mal, con dolor de cabeza, y mis manos adormecidas y temblorosas; no participe mucho de la conversación en el restaurante pero mi silencio paso inadvertido por mi familia, nada fuera de lo común, solo escuchaba y miraba a mi alrededor. De repente con la misma rapidez que me llevé un bocado a la boca, con esa misma rapidez lo escupí sobre el plato sin la mas mínima señal de modales. Me tomé la cabeza con mis dos manos, sentí que me electrocutaban por la parte de atrás del cráneo, y el dolor agudo e intenso me sacó de ahí en adelante de la realidad. "Alcanzaste a enviarle un mensaje de texto a tu neurólogo", me narraba Serena, mientras continuaba "Te llevamos de inmediato a urgencias por orden de tu médico; pero al llegar allí, ya no reconocías nada ni a nadie, no sabias quien era yo, y mirabas con los ojos perdidos y desorbitados. En cuestión de segundos, salió un grupo de enfermeros, nos pasaron de inmediato, te acostaron en una camilla, y te conectaron a varios equipos, mientras a la vez te colocaban suero. Yo le narraba al medico lo sucedido en el restaurante, mientras tu le preguntabas, en donde estaba el Príncipe, el doctor te cuestionaba acerca de nuestra relación, de quien te había llevado a la clínica, y tú me señalabas con el dedo mientras decías no saber quien era yo. Decidieron llamar a un especialista que te tomara de nuevo los exámenes que por meses te venia haciendo la neurólogo, para descartar un derrame cerebral. Al llegar tu esposo, lo señalabas sonriente mientras repetías una y otra vez que el era tu príncipe, todo un europeo. Sonaba hasta cómico, oírte repetir la misma cosa una y otra vez, pero lejos de ser gracioso, era triste ver como no reconocías a tu familia. Allí te dejaron toda la tarde en control, con uno y otro aparato conectado a tu cabeza y a tus brazos. Te hicieron pruebas de todo tipo y al final diagnosticaron que no tenían diagnostico, no sabían que te había pasado y te remitieron de manera inmediata a ver a tu neuróloga a primera hora el lunes. Fui contigo a verla, te cubría un manto de tristeza y de frustración y los dolores de cabeza no cesaban. Al final de una larga consulta y de repetir lo sucedido, la neuróloga, solicitó los resultados de tus exámenes, la clínica respondió sin preámbulo alguno, que los habían extraviado, nadie los tenia, no el medico, no la enfermera, no la clínica. A lo que frustrada decidiste...Dejar asi".

¡Como desearía poder desaparecer! Deseo ir a dormir en la noche y nunca mas volver a despertar. Esta tristeza es mas grande que yo, me estoy perdiendo a mi misma, y no logro hacer nada para retenerlo, No me quiero perder, no quiero olvidar lo que se, no quiero no poder abrir la puerta de la oficina porque la tembladera no me deja insertar la llave, no quiero decir babosadas, que nadie entiende, algunos se ríen de las estupideces que salen de mi boca; yo lloro, no quiero que mi lengua se divorcie de mi mente. No quiero llorar mas. Ha pasado casi un año desde que me montaron en esta montaña rusa en contra de mi voluntad. ¡Me quiero bajar!

Socorro me llama todas la semanas, esta preocupada por mi. No nos vemos desde el colegio, desde que amorosamente me recogió aquella noche, para llevarme a su casa. Como va tu libro? fue lo primero que me pregunto, mi libro, lo había olvidado, hace mas de veinte años, se lo dije: "Algún día voy a escribir un libro". Mi príncipe a decidido llevarme a Tenerife. Allí vive Socorro, él piensa que me hará bien ver a una amiga tan querida, ir a la playa, alejarme de esta locura, dejarla atrás, huir, huir de ella huir de mi. Si, si quiero ir, vamos. Le dije abrazándolo fuertemente contra mi.

Los días han sido maravillosos, caminamos por la playa, he vuelto a retomar mi pasión por la fotografía, ando con mi cámara y todo mi equipo de arriba abajo, tomando bellas fotos, que mundo tan bello el que tenemos, que milagro es la vida, las plantas, las flores, el sol, que hermoso es ver la luna salir y abrigar la noche. Tomar de la mano a mi príncipe y caminar alrededor de la playa es indescriptible.

Socorro se ve igual. No le han pasado los veinte tantos años, sigue siendo juguetona, risueña, anda metida de cabeza en la ley de la atracción, atrae felicidad, atrae alegría, como te quiero Socorro de mi corazón.

Los siguientes sucesos fueron narrados por mi príncipe y Socorro, y los describo tal como los escuche.

Manejamos de camino a la pequeña ciudad donde nos encontraríamos con Socorro, ella tomaría el autobús desde Santa Cruz, y la encontraríamos en la estación a la hora señalada. Mi cabeza comenzó a darme problemas y los dolores se intensificaron, junto a una nausea continua. "¿Te sientes bien?" me preguntó el príncipe al ver mi cara de incomodidad. Me dolía la cabeza, me sentía mareada, la sed y el hambre me hacían sentir débil.

Socorro no llegó en el primer autobús, el siguiente tardaría unos cuantos minutos, así que nos sentamos en un café a descansar y tomar algo, antes de reunirnos con ella a almorzar. Tenia los horarios locos con la medicina, con el cambio de día a noche y de noche a tarde ya no sabia cuando me debía tomar la medicina, y algunos días simplemente... Se me olvidó... No la tome.

Socorro se bajó del siguiente autobús, nos abrazamos como siempre llenas de emoción y con incredulidad ante el hecho de estar allí la una frente a la otra después de tantas décadas. Caminamos alrededor de la playa, reímos y empezamos a hablar de las época de colegio, aun me sentía mareada y con dolor de cabeza, pero no iba a permitir que este monstruo que no había podido develar, me arruinara los momentos de felicidad. Tomadas de la mano, abrazadas, riendo y dándole gracias a la vida por un día tan especial, llegamos todos al fin a cenar. Era un restaurante inmenso, y felizmente encontramos que éramos los únicos clientes para atender.

No se que paso, todo paro allí, lo que relato a continuación no es mas que el resumen de los hechos descritos por el príncipe.

Hablábamos animadamente, tomando una copa de vino, cuando el príncipe interrumpió nuestra conversación para preguntar a mi amiga por su hija de diez años. ¿HIJA?, respondí yo entre burlas. De que hablas si Socorro no tiene hijas, la matarían las monjas y la echarían de inmediato del colegio, respondí yo mientras miraba a mi príncipe con cara de asombro." Ella vive acá en Tenerife y tiene una hijita, mi princesa". Agregó él mirándome con ternura y apretando sutilmente mi mano con la suya. ¿De qué hablas?... Jajaja, no, ella vive en Bogotá, sólo vinimos por las vacaciones, respondí yo convencida de mi respuesta. ''¿Y tu hermana y su hijita Felicitas, dónde viven?, me preguntaba mientras Socorro abría sus ojos y miraba enmudecida tal escena. ¿Mi hermana? ¿Tú conoces a Serena?, es una pesada, me toca siempre correr a buscarla a la salida del colegio porque nunca llega a tiempo y aveces nos deja el transporte, y a mi es a la que regañan en casa. "Claro que la conozco y a su hijita también". Jajajaaja! reí sonoramente, ¿cual hija? si Serena sólo tiene ocho años.

En un abrir y cerrar de ojos, me había transportado en el tiempo, y me hallaba veinte tantos años atrás en mi vida.

Terminamos de cenar y al levantarnos de la mesa, me aferré en un abrazo a mi príncipe, y le besé suavemente en los labios, mientras me tomaba la cabeza de nuevo con mis dos manos, por el dolor que empezaba a disminuir gradualmente.

Nos abrazamos con Socorro y nos despedimos, la tarde caía, y ella salía de regreso a su casa y nosotros al hotel. De regreso en el camino no hable, me sentía exhausta y dormité hasta llegar una hora después a la habitación para acostarme y dormir hasta la mañana siguiente.

Las vacaciones terminaron, y de regreso a casa, mi príncipe me narraba entre risas nerviosas y preocupación, los eventos del día anterior. Yo lo oía y lejos de reír, me llené de temores, de angustia. ¿Qué me pasaba?, ¿Porqué la cabeza me estaba jugando una mala pasada?, ¿Cómo era posible que temblara como una anciana, qué mi cabeza se congelara como un témpano de hielo, que mi lengua no obedeciera las ordenes de mi cerebro, y que la trsiteza y el llanto, se hubiesen apoderado de mi. Los momentos de pérdida de memoria me llevaron a tomar la decisión... Al regreso a casa cambiaría el neurólogo experimental, por un psiquiatra que me diera una respuesta a tantas preguntas.

Me voy para mi país, le dije a Stella, quien no daba crédito a sus oídos, ni a mis palabras. "Pero, si acabas de llegar. ¿Porqué no intentas cambiar de neurólogo, o de medicina, o busca un psiquiatra? Pero búscalo aquí. Las cosas no andan bien con la oficina, la economía no despega, las clientes no pagan, no hemos recibido casos nuevos, este mes no se como vamos a cubrir los salarios ni a pagar la cuota del edificio, por favor piénsalo con calma". Me dijo, poniéndose de pie y saliendo un tanto molesta de mi oficina. Tenia razón, mis días desde hacia varios meses, estaban enredados entre citas médicas y olvidos imperdonables en el trabajo. Desesperada, me encontraba entre la espada y la pared. ¿Mi salud o mi negocio?, decidí hablar con mis mejores amigos: mi madre y mi príncipe. ''La salud es lo más importante mijita, sin salud no hay nada, y esa no se compra con ningún dinero, piénsalo bien y decida lo que su corazón le dicte" me dijo mi madre, siempre lista a oír y si se le pedía, a dar un consejo. ''Si no confías en los médicos de acá, ve, hazte un chequeo, ve solo por un par de días, yo se que Stella lo va a terminar entendiendo". Me dijo mi príncipe como todo lo que me decía: Corto y concreto, como el dermatólogo, directo al grano.

No me animaba aun a hablar con Stella, pero no hizo falta alguna. Aquella mañana de lunes entro a mi oficina, "¿Tenés un momento?", era su manera de iniciar las conversaciones. "Para ti siempre lo tengo", era mi manera de responderle. Desde hacia nueve años cuando con cariño y sin interés alguno había tomado mi caso de inmigración, nos habíamos convertido en más que amigas, éramos hermanas por elección, de diferente madre y padre, de diferente nacionalidad y cultura, pero finalmente hermanas. ''He estado pensando en nuestra conversación acerca de tu salud, y pienso que si no te inspiran confianza los médicos de acá, y quieres ir a tu país por una segunda opinión, debes hacerlo. Me sentí asustada cuando me dijiste que te ibas, porque la oficina no va bien, tú lo sabes y estando juntas por lo menos podemos discutir y tomar decisiones, pero creo que debes ir". Esa era Stella, una mujer no sólo bella por fuera sino por dentro, capaz de poner sus necesidades de lado, para suplir las necesidades de quienes le rodeábamos. "Gracias por entender, te prometo que no me demoro, solo voy veo al medico y me regreso, igual tu sabes que cuando viajo, ando con mi computador por todo lado, y voy a seguir trabajando en los casos, y en contacto diario con la oficina, gracias por entender". Le dije mientras me ponía de pie para darle un abrazo lleno de agradecimiento a ella por su entendímiento, y a la vida por haberla colocado en mi camino.

Pasaron dos semanas, antes de mi partida, llevaba itinerarios listos, citas programadas, todo seria cuestión de un par de días y estaría de regreso.

De camino en el avión, decidí adelantar trabajo, mandar e mails, crear notificaciones, programar teleconferencias, pero el entusiasmo duro poco, porque la cabeza me dio una mala jugada y olvidé en que casos venia trabajando y no pude adelantar nada, frustrada y molesta conmigo misma, decidí cerrar el computador y usar esas horas para cerrar los ojos y relajarme, tratando así de espantar el hielo que azotaba mi cerebro y las punzadas que picaban sin remordimiento alguno mi cuello y mis nervios.

De un apretón de manos me recibió el neurosicólogo con el que hacia ya una semana venia intercambiando correos en cuanto a mis síntomas. "Sara, después de revisar todos los exámenes que le han hecho, y de recibir sus reportes en cuanto a su cambio de salud, quiero hacerle un par de preguntas claves, para determinar si mi pronostico es correcto". NO LO PODIA CREER, tantos meses, en vano, tanta medicina probada, tantas citas al médico, y jamás me dijeron nada diferente de puede ser esto, o quiza es aquello, no es certero. Y este médico en menos de cuarenta minutos me decía que tenia un pronóstico por confirmar. Dispare le dije, entusiasmada, pregunte lo que quiera Doc.

Tan rápido como me entusiasme, así de rápido me confundí. ¿Qué tenían que ver mis respuestas a aquellas preguntas, frente al hecho de mi enfermedad?

''¿Ha vivido, usted algún episodio traumático en su niñez, ha tenido pérdidas de seres amados en su vida, las cuales no halla elaborado un duelo? ¿Ha habido algún cambio radical en su manera de vivir que la halla afectado negativamente?

En menos de diez minutos, mis ojos se nublaban por las lágrimas y a grandes rasgos y con sorpresa narré la pérdida de mi inocencia ante los abusos de Severo, la pérdida del amor y la confianza con la infidelidad abrupta y dolorosa por parte del escritor, la pérdida de mi nena en adopción, mi auto extradición a los Estados Unidos, la culpa y el dolor por la pérdida de mi hermanito Gabriel, los abusos por parte de mi ex marido alcohólico y abusador, y la lista continuaba. Con sorpresa me encontré en medio de un dolor profundo que creía superado, era tan difícil saber que dolía más. El médico sólo me daba por respuestas silenciosos si-si-si.

Lo que pasaron no fueron como yo pensaba un par de días, fue una semana, de citas médicas, de exámenes y de controles, al final de la semana, y en cita especializada por referencia del neurosicólogo, llegué al siquiatra.

CAPITULO DIEZY SEIS

Bipolar ¿Quién, Yo? No, ¿Y Tú?... Visita al Siquiatra

"Sara, cuando los duelos no se elaboran, y las personas hacen lo que tu has hecho a lo largo de tu vida; seguir y no derrumbarte, afrontar las situaciones, como yo soy fuerte y esto no me va a tumbar, la vida sigue. Estas simplemente acumulando dolor, traumas, perdidas y tarde o temprano la vida los cobra. Nunca elaboraste el abuso del cual fuiste víctima por parte de tu padre, te violo en lo mas sagrado; en tu inocencia, en tu infancia y el dolor de ver que el hombre que te debía proteger del mundo, fue el primero en abusarte y abandonarte te siguen persiguiendo hasta el día de hoy, y hasta que tu no te enfrentes cara a cara con estas experiencias te auto perdones y empieces a sanar hasta ese momento no podrás ser libre". Continuaba..." Tú no te hiciste daño sola, por lo tanto no podrás sanar sola, el soporte es esencial en cualquier proceso de sanación. El aislamiento juega un role fundamental en el abuso sexual infantil. Muchos niños nunca se perdonan lo que les paso sienten que fue su culpa, muchos acuden a un mayor para contar su situación y no se les cree, y no les dan el apoyo adecuado. Una vez el niño se hace adulto continua aislado, ese aislamiento se ve mas adelante en la manera en que manejan sus relaciones interpersonales, con amigos, compañeros sentimentales, y compañeros de trabajo. Esto es solo una pequeña parte de lo que tienes que aprender a sanar en ti y en tu sexualidad".

Mientras el médico hablaba, la mente de Sara viajaba por sus memorias, se veía a si misma contándole a la tía Remedios lo sucedido, oía a sus padres discutiendo ante la confrontación que Miranda le hizo a Severo, se veía en los años de colegio comprando cariño y amistades, luego en sus empleos, en su vida laboral, en la universidad, alcanzaba a oír la voz de Milagros recriminándole no ir a bailar, irse de primera de cualquier reunión social, y sentirse mas obligada que agradecida a las invitaciones a socializar. Recordaba como cada una de sus parejas rogaban por sexo, mientras ella oraba porque no lo pidieran, sentía repugnancia al recordar como sus amigas de toda la vida contaban con detalle sus necesidades sexuales, mientras ella hacia un intento por no reaccionar ante los comentarios que la asqueaban. El medico la saco de sus pensamientos con una ultima frase: "Sara una vez alguna situación dispara el desorden bipolar, esta empieza a progresar y a desarrollar su propia vida, es decir; en otras palabras una vez el ciclo comienza, sicológica y físicamente la enfermedad se activa".

DIAGNOSTICO: Bipolar II

Enfermedad mental que envuelve periodos de depresión severa y por lo menos un periodo de hypomania. (Bajo nivel de manía), Personas con bipolaridad dos tienen severos cambios en sus emociones pero nunca han estado cien por ciento maniacos. Personas con este tipo de bipolaridad no requieren hospitalización ni presentar síntomas psicóticos con el tiempo, un numero pequeño de personas con bipolaridad dos, se pasan a la bipolaridad una debido a su estadios de manía.

Extraído de: "The Dialectical Behavior Therapy Skills Workbook" by Sheri Van Dijk, MSW.

Del Diario de Sara

Creo que mis ojos han roto su récord en llanto. Lloró a cántaros, los médicos han abierto la llave de mis emociones guardadas con tanto recelo. La caja de Pandora ha sido abierta. Mi madre no entiende que me pasa, y en su total y absoluta discreción no pregunta, me mira callada, me sigue con sus ojos, me cuida. En un solo día todos mis dolores emocionales salieron a flote, creo que a partir de hoy me quedare seca, sin mas lagrimas que llorar.

Los días han pasado tan rápido que si no fuese por el calendario, no podría creer todo el tiempo que llevo acá. Estoy bajo medicina experimental, me siento agotada, solo quiero cerrar los ojos. Trabajar, responder el teléfono, comunicarme con mi asistente, pensar; se han convertido en verdaderas batallas en contra de mis deseos. El medico me ha pronosticado mínimo tres meses de terapia intensiva, debo verlo no una si no tres veces a la semana. Nada de esto estaba en mis planes. Ahora entiendo la frase: "Si quieres que Dios se ría de ti, dile lo que planeas hacer con tu vida". Le prometí a Stella que solo estaría acá por unos días, llevo semana y media, y me quedan tres meses.

No tuve el valor de llamarla, ni siquiera de intentarlo, le he mandado un correo, esto se sale de mis manos, a lo hecho pecho, ya estoy aquí, no puedo otra vez y como siempre; salir huyendo de mi vida.

Han pasado tres días desde que le escribí, y aun no me responde, me siento mal, como siempre termino con sentimiento de culpa. Ya hablé con el siquiatra y le pedí bajarme las terapias a dos por semana, y que a la medicina le baje las dosis, necesito poder trabajar aunque sea unas cuantas horas al día, Stella me esta mandando mi sueldo cada dos semanas, y yo no estoy rindiendo ni al treinta por ciento; me siento mal, quiero rendir igual quiero dar más de mi más de lo normal, pero también quiero dedicarme a mi, quiero ser egoísta por primera vez y pensar en mi y no en los demás...Esta eso mal?

En mi ausencia se han empezado a dar a la luz situaciones de las cuales nadie sabia... Ni siquiera yo, he cometido errores, errores dolorosos e imperdonables, me acribillan con preguntas; llamadas y mensajes de la oficina. Que como hice esto o aquello, que cuando lo hice, que explique porqué tome ciertas decisiones, que en donde deposité el dinero... No lo se, no lo recuerdo, JURO que no recuerdo. ¿Quién vive dentro de mi y me hace estas malas jugadas y porqué?. Su cerebro no se conecta con su mente en ocasiones, me trata de explicar el médico, y yo simplemente no lo entiendo y lloro.

Han pasado dos semanas y Stella no me pasa al teléfono, sus e mails son cortos y con preguntas concretas, yo solo respondo con respuestas vagas sin argumento alguno... ¿Qué enfermedad tenés, cómo se llama?, insiste preguntando. No se, aun solo se los síntomas; insisto respondiendo. Me averguenza la verdad. ¿Porqué dijiste esto o aquello al cliente?, no lo sé. Respondo. ¿Dónde colocaste los pagos de este y aquel? No recuerdo respondo. ¡Silencio absoluto!

Abril 30,2010

Han pasado cuatro días incluyendo el fin de semana desde que no se nada de Stella, esta mañana me he levantado muy ansiosa, me siento triste y estoy muy irritable no tengo motivo alguno, trato de controlarme para no herir sin justificación alguna a quienes me rodean. Son las diez de la mañana y me voy a sentar a revisar mi correo. Tengo un mensaje de Stella, se titula confidencial, eso me da mala espina, lo abro, lo leo.

Mis ojos no dan crédito a lo que leen, mis manos tiemblan, las lágrimas asoman indiscretas, mi madre inocente de la situación me habla desde la cocina, quiere saber si quiero fruta o un té. La voz me tiembla, "¡Nada mami, gracias! respondo.

Leo el mensaje dos veces, quiero estar segura que entiendo, no quiero que mi mente me este haciendo creer algo que no es. Lentamente apago el computador, me pongo de pie y paso junto a mi madre. Voy a tomar una ducha le digo, y apresuro mi paso con la mirada baja. Cierro la puerta de la habitación; cierro la puerta del baño, abro la ducha, me deshago de mi ropa, entro en la ducha, abro la ventana y lloro, grito, me abrazo desesperada, rasguño mi espalda, no lo puedo creer, no acepto la realidad, las consecuencias de mis actos involuntarios, me llevaron al limite, no quiero caer más, ese abismo me mira fijamente. Lloro, grito, me dejo caer lentamente contra la pared, escondo mi rostro entre mis manos, lloro de vergüenza de dolor, de angustia, de horror. Me he quedado abandonada por Stella, se canso de mi, de la situación, para ella todo esto no es mas que una mentira que he inventado para justificarme, DE POR DIOS ES VERDAD, NO SE QUE PASA, DIOS MIO MANDA YA POR MI, NO MAS NO MAS NO MAS!

Me he quedado sin trabajo, sin el trabajo fruto y recompensa de tres años de siembra, el trabajo que por nueve años fue el fruto de mis sacrificios, el trabajo que me hizo orgullosa de ser una mujer fuerte, echada pa' lante, el trabajo con el que sostengo mi madre, con el que ayudo a mis sobrinos, el mismo con el que pago mis compromisos, el trabajo que me permite darme lo que me merezco, el que me deja la satisfacción de dar a los demás, de contribuir a la felicidad de otros, el que me da la felicidad de expresar mi agradecimiento a quienes amo, el que me hace independiente, el que me demostró una vez mas que no soy "Tonta ni bruta".

Acabo de quedarme, sin como pagar este tratamiento y solo pienso en medio de las lagrimas y la desesperación surge el humor... Oh! y ahora ¿quién podrá defenderme?

Ya no puedo seguir en la ducha, han pasado casi treinta minutos y mi madre empieza a gritar desde afuera de la habitación. ''¿Esta bien?"... "Si mami, le respondo entre sollozos, es que me duele mucho la cabeza, le digo, voy a tomarme una pastilla y acostarme un rato, por favor déjeme dormir", callo esperando oír su voz. Nadie responde. Me acuesto de nuevo y no puedo dejar de llorar, me doy vergüenza a mi misma, no se como enfrentar esto, creo que me estoy poniendo vieja. Ya no respondo como antes a las tragedias, no se como asumir esta información, no se que paso dar o hacia donde caminar. Como le voy a dar esta información a mi príncipe sin que el se avergüence de mi, como voy a mantener mis obligaciones; las morales y las financieras. El llanto me derrumba, me cansa, me duermo. A lo lejos escucho unos suaves golpes, es mi madre tocando la puerta de la habitación... "Sara, son las tres de la tarde, vas a comer algo?, como te sientes?. Ya salgo mami gracias me siento mejor, le respondo, mientras abro los ojos, uff fue una pesadilla, que bueno, ya desperté. Pienso. Lentamente y con temor me dirijo hacia mi computador quiero mirar mis correos, confirmar que todo fue un mal sueño, que nada a cambiado, que todo sigue igual. Dudosa reviso mi correo, y lo confirmo, todo es verdad.

Lentamente escribo: "Acepto con humildad tu decisión", Enviar. Cerrar. Apagar.

CAPITULO DIEZY SIETE

Loca- Loca- Loca

Clínicamente se afirma quc la complejidad de la mente es tal; que tu mente enferma tu cuerpo, es tanta la presión sicológica; la información almacenada; los sufrimientos no elaborados. Que la mente posee el poder de transmitir el dolor emocional al dolor físico, causando enfermedades tan graves como el cáncer, y en algunos casos las llamadas somáticas. Para muchos de nosotros resulta fácil y poco responsable, llamar como locos, somáticos, bipolares, a todas aquellas personas que no logramos entender; y que nos resultan inaceptables en sus comportamientos. Recuerdo haber hecho comentarios tan irresponsables ignorantes y pocos sensitivos hacia otros, como por ejemplo; Este o aquel es bipolar, este o aquel esta loco, este o aquel vive somatizando todo el tiempo. ¿Se ha oído a usted mismo, diciendo lo mismo, en alguna ocasión? Este capitulo busca de una u otra manera hacerle entender la complejidad y la pesadilla de las mentes de quienes sufren estos tipos de desordenes. Este capitulo busca de una u otra manera ayudarle a pensar dos veces antes de volver a emitir un juicio tan duro y poco sensitivo hacia otros. Aquí vamos…

TRASTORNO DE ESTRES POST TRAUMATICO (PTSD): Este tipo de desorden revive situaciones donde el individuo presencio o sufrió daños o riesgos potenciales de daños físicos extremos; esto produce intenso sufrimiento y síntomas de ansiedad afectando la capacidad de actuar del individuo.

DESORDEN BIPOLAR: Desorden que presenta por lo menos un episodio de manía; euforia, grandiosidad, y alto nivel de energía. El individuo emprende muchas actividades, duerme poco, estos episodios duran por lo menos cinco días. Se requiere ingreso hospitalario. Es frecuente que pueda presentar otros episodios mixtos

Conceptos Emitidos por el Medico psiquiatra: Dr; Juan Jairo Ortiz.

DESORDEN DE ANSIEDAD DISFUNCIONAL (GAP): Es un desorden causado por un evento estresante; (como hablar en publico, o una primera cita). el desorden de ansiedad dura por o menos seis meses y puede empeorar si no se trata a tiempo; El desorden de ansiedad comúnmente ocurre a la vez que otros síntomas de enfermedades mentales o físicos.

Cada desorden de ansiedad tiene diferentes síntomas pero todos lo síntomas en general se desarrollan en miedo y pánico excesivo e irracional.

NIMH - National Institution of Mental Health-

Nunca juzgue el libro por su portada. ¿Haz oído esta expresión o quizá la has utilizado?. Que fácil resulta pensar que por el simple hecho de una persona verse bien vestida, arreglada, tener una profesión y desenvolverse en un medio laboral social o familiar de manera agil y admirable es una persona sana y "normal". Al igual que resulta fácil pensar que una persona que no se viste de acuerdo a los parámetros de lo que consideramos adecuado, o no encaja dentro de nuestra sociedad es una persona "anormal".

Para los amigos, conocidos y familiares de Sara, y para ella misma resulto ser una bomba el enterarse que ella al igual que un alto porcentaje de personas padecen de esta enfermedad.

Los recuerdos alimentan el alma la envenenan o la enriquecen. Escoger los recuerdos es tan difícil como saber que pasara mañana. A Sara la vida le había dado lecciones fuertes, de las cuales siempre había sacado una enseñanza. La homosexualidad y doble vida del escritor, la habían preparado para enfrentar la doble vida de unos de sus seres mas queridos en la vida, y la habían llevado a admirar en lugar de lamentar la inclinación sexual de algunos que heroicamente decidían enfrentarla a riesgo de las discriminaciones y humillaciones de las que se hacían acreedores, a la vez que la llevaban a entender la doble vida que muchos otros que por temor y amor a sus familias sacrificaban su verdadera identidad a cambio de evitarles la vergüenza a quienes amaban. La violencia de la cual había sido víctima por parte de su padre y posteriormente de un esposo abusador, la habían convertido en una líder entre la comunidad de mujeres hispanas a las cuales por años ayudó no solo a legalizarse en un país ajeno al propio, sino que las guió por el camino de la recuperación de si mismas. Su impulso y deseo de demostrar siempre que era una mujer fuerte la convirtieron en un león, capaz de proteger a los suyos con garras y dientes.

Del Diario de Sara

Raffaella fue siempre una amiga esporádica en mi vida. Nuestros encuentros eran breves y espaciados; pero a pesar de ello, eran encuentros que apreciaba y disfrutaba; su manera de ver la vida y analizarla me hacían admirarla. Y su inocente sentido del humor siempre me regocijaban.

Sentadas en un café francés, en una tarde lluviosa; me desahogaba con ella, quizá porque sabia que no la vería mas de una o dos veces mas ese año.

Me siento deprimida Raffaella, la vida me ha dado un vuelco que jamas espere, me siento desmotivada, no le veo sentido a arreglarme, a ser quien siempre he sido, me he abandonado a mi misma, y me siento perdida, le confesaba entre lagrimas. "Lo siento" me decía mientras me miraba fijamente a los ojos como tratando de encontrarme tras aquellas palabras derrotistas. "No te conocí al entrar al café, me tomo unos minutos encontrarte, siempre has sido una mujer, elegante, bien arreglada, tu presencia llama la atención, inspiras un aire de admiración, esta que veo frente a mi no eres tú, ¿Qué te pasa?" me decía mientras tomaba mi mano. Cuidando cada palabra que de mi boca salía, le narraba como de un momento a otro me había tenido que ver de frente con el dragón que habitaba dentro de mi y que con los años en mi afán de ignorar, había logrado hacerlo fuerte y grande. Tan grande que me estaba costando mucho ganarle la batalla. No le conté porqué ni por menores, solo le dije que llevaba diez eternos meses sin trabajo. Tan poco entre en detalles de como la bebida se me estaba convirtiendo en un aliado para escapar a mi realidad. Ni como mis zapatos de tacón, mis trajes de seda o mis joyas queridas, reposaba implacables en el fondo de mi casa, mientras los zapatos tenis y las sudaderas se habían convertido en el pan de cada día, cuando lograban ganarle la batalla a mis pijamas. Raffaella me conoció estudiando inglés, nos caímos bien, y entre su italiano y mi español, logramos ayudarnos a sumergir ante el nuevo idioma. Nuestra relación trascendió la paredes de las aulas escolares, nos hizo ser amigas, y con el paso de los años; nos mantuvo unidas por años.

"Yo se que no es lo que buscas, y que con tu experiencia tampoco es lo que anhelas, pero si te ayuda por lo menos a levantarte en las mañanas, a bañarte vestirte y salir de casa, vente a trabajar conmigo. Tengo una vacante para atender el bar del restaurante que administro, si la quieres es tuya". Me decía empecinada en hacer algo, aportar un granito para ayudarme. Yo solté una risotada, que hasta el día de hoy logra dibujar una sonrisa en mis labios. "Entiendo y aprecio la intención le dije, pero a ver, te acabo de contar que el trago y yo nos estamos haciendo muy amigos y tú tan bella y generosa me invitas a pasarme las horas llenando vasos y copas con toda clase de alcohol. Gracias amiga bella, pero No, prefiero huir a tan tentadora oferta."

Los días pasaron y por meses, mi teléfono recibió sus mensajes de ánimo y preocupación, y a diferencia de los últimos diez años, este año en particular Raffaella y yo nos reunimos no una ni dos sino mas de cinco veces a conversar. Hoy de regreso a lo que ama, vive en Italia, y yo desde acá aun, le recuerdo y le sigo admirando. Grazie amico!!

Por años oí al escritor decirme; "Cargas un facturero a donde quiera que vayas", luego y con los años empecé a escuchar al príncipe describirme "como un mujer con un tablero colgado al cuello", donde iba apuntando todo lo que me hacia daño y que era generado consciente o inconsciente por quienes me rodeaban. Cuando los dos hombres mas importantes en mi vida, sin conocerse y con un abismo de años entre uno y el otro, me describieron de manera similar, sentí una alarma que no pude ignorar. Algo dentro de mi me hizo pensar que quizá en mi se hallaba el problema y no en los que me rodeaban. Aceptar que soy yo quien falla una y otra vez, y como dice la canción que tropiezo siempre con la misma piedra, no fue fácil de asimilar, pero fue indudablemente el principio de un nuevo comenzar. Fue allí cuando entendí las palabras de un hombre que admiraba en mi adolescencia y que vio nuestras conversaciones llegar a su fin a raíz de su comentario el cual me hirió profundamente en su momento. "Sara, eres un diamante en bruto". ¿Ah? me llamó bruta, pensé. Casi veinte cinco años me tomó entender el piropo que sonó a insulto en su momento.

RECUERDOS...

Dicen que los recuerdos no matan, y que de ellos no se puede vivir. Pero yo no estoy de acuerdo con ninguna de estas dos afirmaciones. En mi caso los recuerdos que enterré en mi memoria, luchaban cada día por salir a flote, y en aquella batalla estaban matándome, me aniquilaban emocionalmente y poco a poco empezaron a tomar el control de mi cuerpo enfermándolo. Y si de ellos no se puede vivir, la verdad es que en mi caso personal, ellos no me dejaban vivir. Recuerdos... Era domingo, serian las diez de la mañana, lo recuerdo claramente; mi madre se encontraba en la cocina preparando el desayuno como cada domingo hacia para atendernos y reunirnos en la mesa; Máximo y Gabriel jugaban en su cuarto, mientras Serena aun una bebé, dormía plácidamente en su cunita junto a la cama de mis padres. Yo, por mi parte veía mi programa favorito en televisión: "Candy Candy", una telenovela en dibujos animados japonesa, la cual contaba la historia de la bella Candy, una niña hermosa de cabellos rubios rizados, recogidos en grandes moños de color rosado, quien era huérfana como yo pensaba a los once años de edad serlo. "Si me buscas tú a mi, me encontrarás. Yo te espero aquí este es mi lugar. Cuéntame tu historia, te alegrara saber que una amiga tendrás". Así comenzaba mi hora mas feliz del fin de semana, mi cita con mi mejor amiga, con sus tristezas, y la búsqueda del amor eterno, sus historias con Terry, la muerte de su gran amor Anthony, me llegaban al corazón como si fuesen las propias. Recostada aun en pijama y boca abajo en cama de mis padres, con una almohada bajo los codos, me deleitaba con las historias de Candy. De repente la felicidad se tornó oscura y sin darme tiempo a nada Severo apareció de pie junto a la cama, no sin antes cerrar suavemente la puerta de la habitación, mientras enfermizamente me daba una mirada acompañada de una mueca en su rostro. Lentamente tomó la almohada junto a la mía, y posó su cabeza sobre ella mirando al techo y en contra de la pantalla del televisor, aquellos momentos como los de llevarle el desayuno en las mañanas a su oficina me llenaban de terror, de dolor, de ganas de gritar, pero mi garganta se cerraba en un nudo de impotencia. Llevaba puesta su levantadora color café atada ligeramente sobre su cintura y bajo ella nada, solo su desnudez absoluta que me producía repudio. Lentamente y como si fuese un acto normal tomo mi mano la cual yo forzaba por mantener junto a mi, lejos de él. Sin mayor esfuerzo la agarró, llevándola bajo su bata, y masajeándose con ella sus genitales, mientras su otra mano entrometida se acercaba rozando mi entrepierna. Nunca sabia que era peor; aquellos momentos de pánico e impotencia, o los de violencia y golpes. Y como siempre, allí quedo mi confianza en quien se suponía era quien me protegía. Mi mente de niña me decía que aquello estaba mal, me sentía sucia, pero su rostro sonreía diciendo lo contrario. !A desayunar, gritó mamá!

Las horas pasaban, los días pasaban, los meses pasaban. Pero la confusión en mi seguía igual. Cuando Severo me manoseaba, las cosas en casa iban mejor, menos gritos, mas paz, y yo seguía confundida. ¿Qué esta bien y que esta mal? Cada vez que termina de manosearme me recompensa con algo material. Mi cuerpo me dice que esto esta mal, pero mi padre me hace creer que esta bien. Siento vergüenza, rabia, y culpa. Las cosas en el colegio siguen igual, intento sobre ponerme y caminar sobre huevos, pero no importa lo que haga o deje de hacer, soy para todos la niña problema, mis amigas me siguen, soy su líder, la rebelde sin causa, la loca. Nadie entiende que realmente lo que soy es una niña confundida, y cada que pido ayuda, me remiten al sicólogo del colegio, quien ahora complementa sus citas con las que empezó a darme el psiquiatra. El psiquiatra… Y la loca soy yo…

"Si abre la boca me las paga no solo usted, sino su mamá", me repetía mi padre mientras me llevaba del colegio al consultorio del medico, el doctor Bautista, pobre doc; me saca dibujitos para analizar, me pone a pintar, me ofrece dulces al final de la sesión si hablo. ¿Y quién se atreve a hablar?, total cuando tomé impulso y hablé, me tildaron de pastorcita mentirosa, de niña con imaginación.

Mi tía Remedios fue en quien confíe mis temores y la pobre no supo que hacer con semejante información. Yo tampoco sabia que hacer, así que paso la información a mi mamá, pobre mi mami no supo que hacer. Enfrentó a mi padre y pobre yo, cuando de frente y sin tapujos me llamó mentirosa delante de todos, convirtiéndome en la niña problema. Recuerdo, recuerdos nítidos y vividos, cuando su mano asquerosa, subía entre mis piernas mientras ágilmente manejaba el auto, y entre amenazas me sentía nauseabunda, que dolor siente mi cuerpo, que traición siente mi alma. En silencio me bajo del auto, mientras con una sonrisa demoniaca en su rostro me recuerda nuevamente que si hablo pagaran justos por pecadores. El doc me mira cariñosamente, su mano me invita a entrar al consultorio. La mano de un hombre es la mano de un ser en quien no debo confiar, todos los hombres son iguales. La sesión transcurre entre mis silencios y sus frustraciones. Quiero seguir aquí, este consultorio me mantiene lejos del alcance de quien quiere alcanzarme y dañarme. Mis ojos, se nublan, la sesión termino. La puerta se abre y mientras con su mano me indica salir y esperar en la sala, con su mirada le indica a mi padre seguir... Cierran la puerta, Juro que no hablé!

En cuestión de minutos, sale mi padre, y "cariñosamente", posa su mano sobre mi espalda mientras me indica el camino. "Nos vemos en una semana" sonriente me dice el doc. Yo asiento con mi cabeza y camino rápido para no sentir esa mano rozándome. "Se portó muy bien, le tengo un regalo", decía mi padre mientras estiraba su mano, hacia el asiento de atrás del mercedes en que nos transportábamos, que carro tan bello, azul profundo con carrocería de lujo, con techo descapotable. El auto hasta aquel día me inspiró felicidad. De una bolsa blanca, saco lentamente como en un acto de magia, un bello chaleco de lana, en rombos vino tinto y verde era la moda, era lo ultimo, yo quería uno, me soñaba usándolo junto a mis jeans favoritos. A la vez que me lo entregaba me decía: "Se ha portado como una buena niña, se merece un regalo por eso". A punto de tomarlo en mis manos y con una sonrisa dibujada en mi rostro, escuche lentamente como en cámara lenta sus palabras' "Ahora pórtate bien con papá". ¡Que desgano y tristeza me cobijo sentía que me acababan de comprar; solo valía... Un chaleco de rombos! Jamás lo use.

Me tomó mucho valor salir de mi misma, y reportar algo tan sucio y confuso, perdí mi inocencia, y aun hoy me persiguen los sentimientos de miseria, soledad, depresión y desesperación.

Mis intentos de suicidio, solo me han llevado a ser castigada con severidad por Severo ya me quiero ir, ya me quiero morir, ya me canse. A veces pienso que he de ser adoptada y por eso me llena de dolor. No es justo que yo sea la niña problema, cuando lo que quiero es que alguien haga algo y me de una solución. es casi una comedia como intento fallidamente de poner fin a esta situación, y Dios no me ayuda... Señor, ¿porqué me has abandonado? Llévame contigo, no me castigues mas.

Mi pijama es amarilla pollito, es una bata con botones en el frente, y cuello de bebé, es mi favorita porque es calientita. Bajo sigilosamente descalza y lentamente casi a escondidillas la escalera de caracol cuidándome de no ser escuchada, las piernas me tiemblan y mi entrepierna palpita agitadamente, no había sentido esto antes, ¿qué es? ¿esta bien o esta mal? ¿qué estoy haciendo?, lo quiero buscar, quiero saber si esta noche también me quiere tocar. Una puerta se cierra de tajo a lo lejos, y de manera seca me paro sobre mis pies. Soy una cochina, una sucia, mi mente se a podrido junto a mi cuerpo, doy media vuelta, y corro hacia mi habitación, cierro la puerta con llave, me aseguro que esta trancada me tiro en mi cama a llorar, lloro, soy una traicionera, me traiciono a mi misma.

CAPITULO DIEZ Y OCHO

De León a Tortuga

DEL DIARIO DE SARA

A los quince años de edad, una mañana de colegio y sobre la mesa del comedor mi padre me tiró billete de dos cientos pesos; mucho menos de veinticinco centavos de dólar y me gritó: "Agradezca que por mi tiene que comer". Aquella mañana humillada los tomé para evitar desagravios, y me prometí que JAMAS dejaría que nadie me mantuviera, JAMAS me permitiría depender de nadie. Y lo logré... Hasta que cumplí los cuarenta años y decidí abrir la caja de Pandora. Siempre fui sagaz, invente negocios, vendí comida, dulces, joyas, y todo cuanto en mi mano caía, y como el rey midas, todo lo multiplicaba. No tuve hijos propios, mi relación con el sexo opuesto siempre estuvo marcada por relaciones disfuncionales; pero el trabajo, el éxito y el liderazgo, jamás me faltaron. Me sentía como todo una leona, orgullosamente representaba mi signo zodiacal. La siguiente es la mejor descripción que he encontrado de mi personalidad.

Un leo es el signo más dominante del zodiaco. También es creativo y extrovertido. Son los reyes entre los humanos, de la misma forma que los leones son los reyes en el reino animal. Tienen ambición, fuerza, valentía, independencia y total seguridad en sus capacidades. No suelen tener dudas sobre qué hacer. Son líderes sin complicaciones - saben dónde quieren llegar y ponen todo su empeño, energía y creatividad en conseguir su objetivo. No temen los obstáculos - más bien crecen ante ellos.

En general son buenos, idealistas e inteligentes. Pueden llegar a ser tercas en sus creencias, pero siempre desde una fe y sinceridad absoluta. A un leo le suelen gustar el lujo y el poder.

Por años fue como me sentí, como me proyecte, y como me vendí al mundo. Era lo mas lejano a lo que mi padre pronostico, que seria una mujer bruta o tonta. Era una líder, una triunfadora, admirada por mi forma de ser, de desenvolverme, y de enfrentar la vida. Una profesional admirable, que negociaba, representaba y viajaba por el mundo, dando su opinión, e implementando mis conocimientos para ayudar a empresas hasta llegar a la independencia del tan anhelado por muchos, sueño Americano.

El día que Stella, me informó formal y fríamente por un correo electrónico, que nuestra sociedad y amistad terminaba allí y que el fruto de años de esfuerzos, y sudores se veía reducido a cenizas imposibles de recoger. Ese día, un quince de Mayo, el dragón, los monstruos y los fantasmas del pasado, hicieron su aparición, y tomaron como propio lo que era mío, y encendí lo que por años había creado estaba formado sobre arenas movedizas... El león dentro de mi se deshizo y dio paso a una pequeña y temerosa tortuga incapaz de sacar su cabeza del caparazón.

El cuento de la Tortuga

Había una vez una tortuga que había perdido la memoria y no se acordaba del camino de regreso a su casa. Estaba perdida en el bosque y lloraba. Lloro tanto que el bosque empezó a llenarse de lágrimas.

Esto ocasionó problemas a los enanos del bosque, ya que entraba agua (lágrimas) en sus casas.

Decididos a buscar el origen de tal "inundación", salieron de sus casas para saber cual era el problema.

pronto encontraron a la tortuga llorando desesperadamente y le preguntaron:

Tortuga ¿porqué lloras tanto?

He perdido la memoria y no se la forma de regresar a casa.

Los enanos tuvieron una ocurrencia. Le colocaron unas hierbas mágicas dentro del caparazón y le dijeron:

Cada vez que quieras saber lo que debes hacer, pon la cabeza dentro del caparazón, hueles las hierbas mágicas y empiezas a pensar. ¡Verás que bien funciona!

La tortuga así lo hizo: puso la cabeza dentro del caparazón, olió las hierbas mágicas y pensó:" ¿Cual es la forma de regresar a casa? A continuación adoptó la postura del pensador y dijo:

- Ah!, ya recuerdo salió del caparazón, dio las gracias a los enanos y se dirigió hacia su casa.

A partir de aquí, la tortuga siempre supo lo que debía hacer: cuando no se acordaba de algo, ponía la cabeza en el caparazón, pensaba y decidía.

Cuento de: Carreras, Ll Y otros. Como educar en valores. Editorial Narcea.

El león dentro de mi por años me vio ser una mujer fuerte, líder y admirable. Pero a la vez una mujer agresiva, dueña de la verdad absoluta. El mundo debía girar a mi alrededor de la manera que para mi era la correcta, la prepotencia no me permitió ver los valores de quienes eran diferentes a mi. Mi paso firme atemorizo a algunos, y alejo a otros. Pero la ignorancia de mi prepotencia, no me permitió ver que realmente vivía equivocada era yo y no ellos.

Hoy la tortuga que habita en mi, va mas despacio, siente temores lo que antes no existía. Pero a la vez, me a convertido poco a poco en un ser mas inteligente, mas tolerante. Ahora me tomo el tiempo de meter mi cabeza en mi caparazón y pensar antes de actuar, los días del ser compulsivo que habitaba dentro de mi han ido poco a poco desapareciendo dándole paso a un ser mas calmado capaz de analizar consecuencias antes de tomar acciones.

CAPITULO DIEZ Y NUEVE

Viviendo cada Etapa

El tiempo de sanción, es quizá el mas doloroso para quienes son víctimas de violencia sexual en su infancia. En la edad adulta se entra en una etapa de recordar a diario lo que por años trato de olvidar.

La recuperación del abuso sexual en la infancia, tiene tres etapas; La etapa de crisis que se presenta cuando la víctima lucha para convertirse en sobreviviente y allí la idea del suicidio empieza a rondar su mente. Esta crisis no dura para siempre, y es necesaria en el camino de la recuperación.

La etapa de sufrimiento que incluye pesadillas vividas, de eventos que se creían olvidados, excesivo temor, recuerdos del abuso y flashbacks aun estando despierto. Poco a poco la victima pierde confianza en si mismo, y empieza a tener incontrolables sentimientos de rabia y resentimiento, la culpa y la vergüenza junto con la depresión abarcan cada día, cada minuto, cada segundo de su tiempo. Lloran de manera descontrolada, y no son capaces de realizar ninguna tarea por si mismos. La rendición es la única razón de vivir. Y el concepto de lo que esta bien, o esta mal desaparece ante sus ojos.

Durante esta etapa es importante entender que las víctimas no quieren ver a nadie, hablar con nadie no se sienten bien acerca de si mismos. Es como si en un momento los colocaran en una montaña rusa en la cual el operador se va y no regresa, dejándolos allí a la merced de sus recuerdos.

Para poder sanar, el adulto necesita encontrarse con su niño interior, amarlo, aceptarlo, protegerlo, perdonarlo. Explicarle que el estaba desprotegido que era inocente, que nada de lo que paso fue su culpa, y que las consecuencias que por años lleva cargando en su espalda como una pila de gorilas, necesitan desaparecer, bajar uno a uno todos y cada uno de los simios que hacen que lleve su vida como una cargada pesada, imposible de soportar.

Esta etapa, es excesivamente larga para el adulto sobreviviente del abuso infantil, a este punto la ayuda profesional se hace necesaria.

La etapa de resolución es la etapa final, finalmente todo cae en su lugar, el rompecabezas empieza a tomar forma. Y la recompensa se empieza a vislumbrar. Olvidar no es posible, simplemente se colocan las cosas en perspectiva, y se limpia la casa, colocando cada cosa en el lugar que le corresponde. Y así una mañana cuando menos lo espera despierta sin miedo a la oscuridad, y enfrenta el nuevo día sin temores. a partir de acá podrá finalmente disfrutar la vida, y disfrutar cada nueva experiencia.

La cadena se rompe, el niño crece, el adulto se desarrolla, y el poder que tenia el abuso, desaparece ante el control que adquiere el sobreviviente. La ventana se abre, la luz entra y los sonidos de la vida suenan limpios. La brisa roza su rostro y la sonrisa sale de un corazón sano sin dragones o fantasmas, escondidos tras las puertas.

Quiero compartir con ustedes a partes del libro; "*What Abouth Me?*", del periodista *Grant Cameron* quien narra las experiencias propias de un esposo, dedicado a entender y ayudar a su pareja en el proceso de recuperación de abuso sexual infantil...

"Si usted lo piensa por un momento, no resulta tan sorprendente ni complicado que un niño que ha sido abusado no se desarrolle normalmente. Piense en la edad tenia el sobreviviente cuando ella fue abusada. Ahora imaginase a usted mismo a esa edad. Pregúntese como se hubiese sentido si alguien en quien usted confía entra en su cuarto a la media noche y lo abusa. Recuerde que usted no sabe nada acerca del sexo. Usted no sabe si esta bien o esta mal. Como cree que esta le hubiese afectado su auto estima?".

DESASOCIACION

Cuando un niño es abusado por alguien a quien se supone debe oír y respetar, el infante se dice a si mismo:" Yo se que esto esta mal y odio este sentimiento, pero él me dice que yo lo tengo que hacer".

Ya como adulto sobreviviente de abuso se puede desarrollar una profunda falta de confianza hacia todas las personas. El sobreviviente puede incluso tener un bloqueo en cuanto a sus recuerdos de la infancia. Pueden cerrarse a sus sentimientos o hacer inaccesible a los demás. Algunas veces el sobreviviente se desasocia de cualquier situación estresante o percibe la situación propia de adulto y del niño como si fueren dos individuos diferentes.

REACCIONES QUE RECIBE EL SOBREVIVIENTE

"También fue culpa de ella. Seguramente ella lo pidió".
"Ella debería dejar el pasado atrás. Eso pasó hace mucho tiempo".
"Ella debería haberle contado a alguien".
"Realmente no fue abuso, porque solo paso un par de veces".
"No le causó ningún daño porque ella se ve bien".
"Ella siempre tuvo problemas. Siempre tenia que ser el centro de atención".
"No pudo ser su padre. El la ama, además, él es un hombre respetable en la comunidad".

Los sobrevivientes de abuso sexual infantil, generalmente son muy buenos escondiendo sus sentimientos reales ante la gente, Los sobrevivientes se ven bien en apariencia. Es lo que han venido haciendo toda su vida. Pero no subestime cuan devastador el abuso sexual infantil puede llegar a ser.

El abuso que sufre un niño destruye la habilidad de confiar en los demás. Quizá una de las personas en que confiaba mas en su vida fue probablemente quien le abuso. Y todo tiene sentido si usted piensa acerca de esto por un momento, Cuando su primera experiencia con el sexo en la niñez es abusiva. Esto cambia su punto de vista acerca de la confianza.

Tomado y traducido del Libro: "What About Me", autor; Grant Cameron.

Por favor! Cuando un niño (a), le diga que esta siendo abusado CREALE!, El abuso no es algo que se inventa. el temor de que no se le crea, lo llevan a callar ante una verdad indiscutible, los sueños se mezclan con las pesadillas, Y el sentido de lo real e irreal pierde dimensión. El abuso infantil no se inventa, no es una mentira, no se trata de un niño con imaginación. El abuso infantil es un mounstro que destroza la vida y la confianza del infante, y crea consecuencias de por vida en el adulto. La manera de relacionarse con otros, el temor a ser rechazado, la falta de amor propio, la duda entre lo que esta bien y esta mal, lo persiguen de por vida... POR FAVOR CREALE!

CAPITULO VEINTE

¿Quién Apagó la Luz?

Solo hay una llave, es la llave única llave de la realización personal; esa llave se llama Auto- Estima. Empieza a formarse desde el momento mismo en que naces, y se va puliendo a lo largo de tu infancia. Para cuando llegas a la adolescencia esta terminada y lista para ser usada por el resto de tu vida, pero ¿qué pasa cuando tienes la llave en tus manos y el cuarto de tu vida se oscurece? ¿Qué pasa con tu vida cuando con llave en mano, no logras encontrar el interruptor para prender la luz y encontrar la cerradura a la puerta de tus posibilidades de ser feliz…

DEL DIARIO DE SARA

Han pasado sesenta días desde mi regreso a la realidad, al país de los emigrantes, los días son eternos y vacíos. Me propuse la tarea de llevar cuatro días de la semana a Felicitas al colegio, quiero ayudar a Serena con tiempo, ya que con dinero no lo puedo hacer. Pero mas que eso necesito una razón para salir de la cama cada mañana, el psiquiatra me mando de regreso llena de recomendaciones; que has nuevos amigos, que no te encierres en casa, que has ejercicio todos los días, que te enamores de la vida, que le encuentres cosas lindas a vivir en la Utah mierda que se pierde en el mapa mundi.. Que si esto, que si aquello, que si lo otro… Ya no tengo mi empresa, ya no soy dueña de la mitad de la deuda del edificio en que laboraba, ya mis clientes no son míos ahora mi capacidad de trabajo se redujo a cero ya no tiene sentido ponerme elegante y dejar la ropa de lavandería cuando no hay plata para pagarla, colocarme mis joyas no tiene razón de ser y cambiar diariamente la cartera para que me combine con el traje del día ya no es necesario.

La vida sigue, la vida de los demás, la mía se quedó congelada en el tiempo, las heridas de duelos sin hacer y de perdidas sin reconocer me persiguen obsesivamente durante el día y me atormentan durante la noche; todo sigue igual menos yo, y nadie lo ve, "¿Otra vez deprimida?", "¿Qué vas a hacer hoy", "¿Y ahora que le pasa?", "Salgamos a cenar". Blah Blah Blah. Nadie lo entiende, yo no lo entiendo. A que hora me desperté y era Bipolar con síndrome de traumas y perdidas sin elaborar, acompañados de esta horrible ansiedad que quema en mi estomago y hace que quiera llevarme comida a la boca a toda hora. El teléfono timbra, es Milagros, hace solo unas horas me llamo Serena, no quiero hablar, no se que decir, no quiero que me agobien, pero tampoco quiero que me abandonen. Grrrrrr, ¿qué diablos quiero?

Planeando la Muerte de Nuevo

Fue una larga noche. Llena de sudores y pesadillas, la muñeca de mi mano izquierda me pica intensamente desde anoche, entre sueños me rasco, auch! Me duele. He oído que un intento de suicidio generalmente empieza en un desequilibro químico de la mente. Me despierto, son las diez de la mañana, me siento agotaba, agobiada, desde anoche me siento rara, le llamé a Serena con una excusa cualquiera para que ella se encargara de Felicitas hoy, no quiero que me vean así. Mis nervios están a mil por hora, los sonidos suenan como ruidos, la luz me encandelilla, mis manos tiemblan sin control y siento una profunda irritabilidad, se me regó el café cuando lo servia, y al limpiar tire el azúcar, hay voy otra vez... "Bruta o Tonta".

Mi príncipe no esta, lleva dos días por fuera, cada que su trabajo le requiere salir, me siento abandonada, pero a la vez feliz de quedarme sola y no tener que pretender. Pretender estar bien, pretender ser feliz y agradecida con la vida, me cansa, me canso de pretender, de sonreír, cargar conmigo misma. Me doy miedo.

Me preparo un sandwich otra vez siento hambre, la muñeca me sigue picando, me rasco, nada de que preocuparse pienso. Tomo agua, desde que tomo las medicinas siquiátricas siendo la boca particularmente seca.

Felicitas me ha bautizado con el nombre de "Water Monster". Donde deje el cuchillo?, no lo encuentro, Ay Dios! problema que me espera cuando el príncipe regrese, "Tu no cuidas las cosas", "¿Me vas a decir que no te acuerdas de esto, o de aquello?". ¿Porqué no usas las cosas como lo dicen las instrucciones? Nada dura en esta casa. Blah, Blah, Blah... Me canso de solo pensar. No encuentro el bendito cuchillo, no esta en los cajones, no esta en el puesto, no esta en la basura, no esta sencillamente no esta. Es un cuchillo costoso, de una colección fina, oh well, para mi era un simple cuchillo. Ya me preocupare cuando llame y le cuente que lo perdí se que me va a regañar, ni para que lo busco mas. Llevo dos días sin bañarme, el sudor a dejado un olor asqueroso de suciedad en mi cuerpo, mi pijama tiene migajas de pan y esta chorreada de café. Creo que hoy me tengo que bañar. La muñeca me pica, me rasco sin mirar, me irrita esta piquiña. Grrrr. Abro la ducha, me quito la ropa, huelo mal, a mi misma me huelo mal. Lentamente entro en la ducha cierro los ojos, el agua me abraza esta calientita y fresca se siente bien, no se porque me cuesta tanto trabajo ducharme. La muñeca me pica de nuevo ¿Qué carajos pasa?. Una tirilla rojiza baja por mi brazo y se detiene en mi codo, volteo la mano. ¿Qué paso?, ¿Dónde esta el cuchillo? ¿Cómo y cuando me corté?... Me tapo la boca con mis manos, mientras mis ojos se nublan y se llenan de lágrimas. No recuerdo nada, repaso una y otra vez la noche anterior, y por ningún lado veo memorias de esto. Cansada de rebuscar en mis memorias y de llorar, salgo de la ducha. Me cambio la pijama, apago el teléfono, Shii que nadie se entere. Me dirijo a mi laptop, lo abro, quiero escribir, últimamente es mejor que las terapias, causa mas efecto que cualquier otra cosa incluidas las medicinas. No puedo dar crédito a mis ojos ¡Allí esta! ¿Cómo llegó allí, quien lo coloco?, Tiene la punta untada de sangre, uno mas uno dos, pero ¿cómo y cuando pasó? Uff apareció el cuchillo, pienso, ya no habrá cantaleta. La tarde ha sido llena de letargo, y cansancio. Me siento en el sofá a mirar por la ventana, no hay nada por ver, ni siquiera gente pasa, esta ciudad es muerta. Tenemos algo en común.

"Es importante que no tome alcohol cuando este tomando esta medicina, es posible que se de una intoxicación o incrementen los efectos secundarias" Recordaba las palabras del auxiliar de psiquiatra mientras me entregaba la formula para recoger Risperdone en la farmacia. Cuatro de la tarde, tome el teléfono lo prendí, y le mande un mensaje de texto a Serena: "No me siento bien, voy a tomar algo para el dolor de cabeza, lleve mañana a Felicitas al cole, por favor, chao". Apagué de nuevo el teléfono, me serví una copa generosa de vino tinto, y me fui a acostar. Mañana ya todo abra acabado

y cuando mi príncipe llegue me encontrara en cama sumida en un sueño profundo y tranquilo del cual no pienso despertar. Todo será así, silencioso, tranquilo, sin dolor. Mi cabeza gira en círculos, el cansancio me tira de nuevo sobre la cama miro el reloj, me toma un minuto entender si es de día o es de noche. Son las seis, en el baño se escucha la ducha, mi príncipe esta de regreso, el esta en casa. "Buenos días princesa" me dice desde el baño. ¿No me morí?

"Anoche estabas profunda cuando llegué, no te quise despertar, ¿cómo te sientes?", me preguntaba amoroso mientras rozaba mi rostro con la palma de su mano. "Ayer me bañé", le respondí, como si hubiese sido una proeza. Vuelvo a caer tendida sobre la cama.

Como un corrientazo no se si químico o de que tipo, mi mente cambio de dirección, súbitamente y depresión no era el sentimiento que me embargaba aquella mañana. mientras me ponía de pie pensaba; asignación del dia: Morir.

Como hacia muchos meses no lo hacia, me dirigí al closet y escogí cuidadosamente lo que vestiría, las joyas que llevaría, los zapatos que usaría, me di un baño largo y a conciencia, tenia que estar particularmente limpia. Bese a bebe y le dije adiós, mientras tomaba mi bolso mas fino y las llaves del auto, para dirigirme hacia el garaje. Maneje hasta el Starbucks mas cercano y por intercomunicador repetí las palabras que use por nueve años en las mañanas camino a la oficina.. "Un mocha blanco, grande, un shot, no whip cream, low fat milk, Please". Mientras el café estaba listo, escogí selectivamente la música... Andrea Bocelli, nada mejor que morir en los brazos de un hombre que no necesitaba ojos para ver el mundo... Irónicamente, cantaba; Dare to Live. (Vivire). Lentamente y saboreando mi café, entre en la vía rápida, la música retumbaba en mis oídos a las notas de la canción, mientras ágilmente y desobedeciendo las leyes de tráfico cambiaba de linea, aceleraba, frenaba, cruzaba y hacia toca clase de infracciones, buscando la muerte instantánea y trágica que solo se da en un accidente de trafico. Pasaron quizá cuatro horas, la gasolina escaseo, el café se enfrío, y ni un ticket de velocidad conseguí.Lentamente baje la música, apague el radio, y salí de la vía rápida, tranquila sin perturbaciones, tal y como había empezado la mañana. Me fui a casa. Aun no llegaba el príncipe de su jornada de trabajo, coloque mi bolso en la entrada de la casa mientras lentamente me desabotonaba la camisa subiendo la escalera con dolor en las piernas. Llegue a la habitación tire los zapatos lejos y con desgano mientras la tristeza volvían a abrirse paso entre la manía y la desesperación. Lentamente me desvestí y tomé el primer pijama que encontré. Mañana no puedo ir por Felicitas, le escribí a Serena, mientras en la planta baja de la casa, escuchaba a Bebe ladrar frenéticamente y al príncipe, saludar. ¡Hello!

Aquella noche estuve anestesiada, era el mismo sentimiento que sentía en mi adolescencia cuando los intentos de suicidio resultaban fallidos y casi cómicos. Era viernes por la mañana, la noche paso llena de pesadillas, de ratones atacándome, rodeándome, mordiéndome, llena de miedos y frustraciones. Me tomo treinta años entender que lo mío era una enfermedad, una enfermedad mental que no se iba a ir si no la atacaba de raíz. Y al toro por los cuernos!

Llamado de Auxilio

Buenos días, Helen. Mi nombre es Sara, soy la hermana de Serena, ella me dio su número, quisiera saber que clase de terapeuta es usted. (Respiré y tomé un descanso), continúe, creo que necesito ayuda.

La mañana se fue entre mensajes de texto que iban y venían. Le había preguntado a Serena si conocía una sicólogo, psiquiatra, locóloga, terapeuta, o alguien que me mostrara la salida de aquel negro hueco en el que me hallaba. A las dos de la tarde estaba allí, sentada frente a una completa desconocida narrándole como lo había hecho miles de veces a diferentes médicos, la historia detallada de mi vida. No creo que en aquella cita que duro tres horas y media la terapeuta halla musitado mas que un par de palabras, cuidadosamente escogidas. "Voy a llamar a un par de instituciones, quiero que te internes de manera inmediata, de ser posible esta misma noche. Necesitamos que te recluyas voluntariamente en una clínica siquiátrica que tenga los medios de suministrarte medicina y mantenerte bajo control, por lo menos hasta que logramos estabilizarte".

"Mantenerme bajo control/Estabilizarme/Voluntariamente.."Mantenerme bajo control Estabilizarme/ Voluntariamente.."Mantenerme bajo control/ Estabilizarme/ Voluntariamente.."Mantenerme bajo control/ Estabilizarme/ Voluntariamente"...

De nuevo ¿Quién me subió a esta montaña rusa? ¡¡¡Bájenme por favor!!!! Manejé de camino a casa, a veinte kilómetros por hora, al contrario de la noche anterior, ahora estoy siendo cautelosa, no quiero morir, no quiero tener un accidente. Suena mi celular, número desconocido; Hello?

"¿Licenciada Sara?", preguntaban al otro lado de la línea, era la voz desconocida de un hombre mayor con acento Mexicano. "Un compadre me dio su número", continuaba diciendo. "Necesito ayuda con un caso legal, y quiero saber si la puede ver mañana". ¿Mañana? pensé. Y sin titubear respondí: Si claro, ¿le parece en el café de la avenida principal a las dos de la tarde? Muy bien allí lo veo, hasta mañana. Gracias Dios, un posible cliente, después de tantos meses, quizá esto no era mas que una crisis de momento como muchas otras. Colgué mientras repasaba en mi mente el día siguiente en la mañana tenia cita para que me colocaran las pestañas postizas. Debía comunicarme con Helen, en la tarde debía ver a mi cliente, en medio de mis cabilaciones llegue a casa. No ha pasado nada, pensé, aun no hay porque alarmar al príncipe. Quizá nada pase y las cosas queden en un ataque de nervios, pensé.

Cenábamos, cuando mi teléfono sonó. Era Helen y un frío recorrió mi espalda haciéndome brincar de la silla. "¿Todo bien?", preguntó el príncipe. Si mi amor, todo bien, respondí. Disimuladamente me coloqué de pie, para servirme más vegetales, con el único fin de apagar el teléfono, Quizá si no oía, no existía, toda esta idea de la terapeuta es un gran error pense.

"Hola Sara, soy Helen. Logré averiguar que la clínica remanso tiene espacios disponibles para nuevos pacientes, desafortunadamente la única manera en que te admiten en la clínica, es que te presenten en el hospital por urgencias, y hagas saber a quien te atienda que tuviste un atentado suicida, ellos inmediatamente te recluirán por urgencias y te remitirán a la clínica siquiátrica. Llámame apenas oigas este mensaje por..." El tiempo del mensaje terminó, y mi tiempo de ignorar mi pasado también.

Pasé la noche en blanco, los pensamientos atropellados en mi cerebro no me permitían dormir, y la ansiedad carcomiendo mi vientre me desesperaba. Mañana será un día muy ocupado pensé. Tenia que descansar. Pero mi mente repasaba una y otra vez las actividades del día siguiente.

Asignaciones del día: 9:00 a.m; ver a Helen en la mañana para preguntarle que tipo de sitio era en el que en la noche me iba a recluir; 11:00 a.m; cita con la cosmetóloga, para colocarme las pestañas postizas, (primero muerta que sencilla); 3:00 p.m; cita con el cliente Mexicano, nada mal me caían cuando aparecían las consultas profesionales, y cuando el dinero escasea a nada se le puede poner excusas. por ultimo tenia que ir al hospital antes de las 7:00 p.m; por urgencias para recluirme. A si por supuesto; tenia que encontrar el momento adecuado para que Serena y el príncipe se enteraran de mi decisión de hospitalizarme. Debo tratar de dormir.

A la mañana siguiente me despertó un fuerte dolor de cabeza, solo dormí tres horas en total, la manía me alborota los sentidos, no puedo parar, hago todo con torpeza y desmesurado afán, es una carrera contra el tiempo cual no se como ganar. "No es un spa, pero es un lugar donde podrás calmarte y poner tus ideas en orden", me dijo Helen en la mañana; y eso ya era mas que suficiente para internarme, ademas ¿qué tan malo podía ser, si era voluntario? Pensé. Son casi las cinco de la tarde, y no he comido nada, el estomago me suena indiscretamente, mientras escucho sin oír a mi nuevo cliente, y el sigue: "pues fijase licenciada, yo tengo un compadre que tiene mas récord criminal que yo y en sólo dos meses otro abogado le arregló papeles. Ya es ciudadano", me decía el inocente señor, quien quizá pensaba que yo le iba a responder "Ah no si, si es así, tranquilo que en un mes yo le saco su ciudadanía". Ah Dios, tengo afán es lo que quiero contestarle; "Señor no hay nada que hacer en su caso en este momento, ademas en un par de una horas me tengo que internar en el manicomio". Blah Blah Blah, era lo que escuchaban mis oídos. Mi teléfono vibraba desde hacia mas de media hora en mi bolso; finalmente el señor se callo para tomar aire, y yo salí al ataque, lo despedí, y salí corriendo hacia casa de Serena, mientras llamaba a mi príncipe por teléfono; "Mi amor, necesito verte en casa de mi hermana, yo llegó en media hora". Cuando llegué los encontré a los dos con cara de malas noticias, y con la angustia de no saber con que yo esta vez les iba a resultar.

De frente de una y sin pensar lo dije; "Me recluyo esta noche en una clínica de reposo mental por sugerencia de mi sicóloga, Ah es que desde ayer estoy viendo a una doctora. Tome aire y continúe. En las últimas dos semanas he intentado tres veces de quitarme la vida, y la última que fue ayer me dejó asustada de lo que puedo llegar a hacer. No puedo manejar esto, ya se me salió de las manos, y necesito ayuda. (Respire profundo y continúe)... Debía estar en el hospital a las siete, pero ya son las siete y media, asi que debemos salir ya, yo tengo mi maleta en el carro, y no quiero que nadie se entere. A Milagros le dejé un mensaje en su teléfono, diciéndole que por sugerencia médica voy a estar incomunicada por unos días". Respire de nuevo.

Intercambiaron miradas fijas y silenciosas que terminaron cuando posaron sus ojos en los míos. "Okay", contesto Serena. "Para no llevar a Felicitas, la llevo solo yo y si algo se requiere te llamo", le decía el príncipe a Serena pausadamente.

¡Qué rápido paso todo! No hubo drama, ni preguntas. "de camino al hospital, ¿podemos parar a comprar algo de comer para llevar?, aun no almuerzo", Agregué. "Okay" respondió el príncipe. Y yo pensé... "okay".

Las salas de urgencias de los hospitales, son quizá el lugar donde mas tiempo pasa un enfermo, son horas antes de que lo atiendan y otras mas antes de que el medico de turno aparezca en el pequeño cuarto donde lo dejan a uno después de tomarle los signos vitales e ilusionarlo con la típica frase de las enfermeras: "en diez minutos viene el medico" mientras cierran la cortina azul que divide las camillas de los enfermos. Yo llegaba preparada para la demora, traía bajo mi brazo una deliciosa y poco saludable hamburguesa con papas frías, que rebosaban en manteca. Me dirigí con el príncipe, hacia la ventanilla de recepción;"Buenas noches señorita, he tenido ganas de suicidarme desde la semana pasada, y lo he intentado en vano tres veces, necesito ver un doctor"; le dije con una sonrisa en mis labios.

Lo que pasó a continuación fue una carrera contra el tiempo que me hizo sentir que mi vida corría peligro. Hasta ese momento no lo había entendido ni lo veía así.

En cuestión de minutos, me tomaron signos vitales, me pasaron a un cuarto y un enfermero llegó tomo muestras de sangre no sin antes preguntarme como habían sido los intentos de suicidio, con que distancia en tiempo de uno a otro y como me sentía en ese momento. No tardo en salir de la habitación cuando entro una doctora; era la sicóloga y encargada de pacientes como yo. (suicidas), por segunda vez repetí la misma historia; cuantos, como, cuando, donde y demás detalles. Luego de hacerme todas las preguntas de rigor, salió y cerro la puerta de la habitación, no sin antes pasarme una bata y pedirme desnudarme y esperar al medico. Mi hamburguesa seguía intacta dentro de la bolsa que rebosaba de manteca, de solo verla me dio asco y la tire a la caneca de la habitación. Mi pobre príncipe solo me acariciaba la mano, sin poder emitir sonido ni hacer preguntas, finalmente ya había oído dos veces la misma versión, no tenia caso preguntar nada.

El reloj marcaba las nueve treinta cuando el médico entró, "cuéntame ¿qué paso?", me dijo. Mientras yo tomando aire y respirando profundo tuve que volver a empezar a describir la situación. La tercera es la vencida pensé, quizá ahora si me internan y ya. Tenia sueño quería irme a la cama y descansar.

Después de un breve interrogatorio el doctor, me informo que debían esperar a los resultados de los exámenes de sangre, y entonces allí, vendría la ambulancia por mi. ¿Cual ambulancia?, pensé. ¿A donde me llevarían si ya estaba dentro del hospital?. El reloj marcó la media noche y seguíamos allí, sentados en aquella camilla, esperando que alguien se percatara de nuestra presencia. Finalmente entro otra medico, diferente. "No me diga que le cuente porque estoy aquí", me adelante a decirle en tono grosero y marcado. "No", me respondió. "Ya esta listo su traslado, la van a llevar a el sexto piso del hospital central". Me dijo con una sonrisa compasiva que me hizo sentir mal por mi actitud. "Yo la puedo llevar" afirmó el príncipe. "Por seguridad los pacientes con problemas mentales deben ser trasladados en la ambulancia, usted puede seguirla en su carro, pero a la hora de la admisión, no lo van a dejar entrar". Continuo la doctora "Las visitas tiene horarios específicos, ella lo puede llamar una vez ingrese para informarle su numero de habitación y la clave asignada. Con esa clave se le transfieren las llamadas que usted o los familiares autorizados le hagan, pero igual dentro de unos horarios pre establecidos". "mejor vete a casa a descansar, yo te llamo cuando ya este dentro" Le dije mirándolo con ternura y temor en mis ojos. Nos dimos un breve beso, y el príncipe salió.

Paso quizá media hora mas, y los paramédicos llegaron. Listos para acostarme en la camilla y trasladarme. "Yo puedo caminar", les dije. Se miraron el uno a otro, y con un gesto accedieron a que caminara junto a ellos, mientras mi maleta era cómodamente transportada sobre la camilla.

Era la segunda vez en mi vida que me transportaba en camilla, la primera fue cuando lleve a Gabriel a su destino final antes de partir de este mundo; un halo de nostalgia y temor me cubrió.

El Penthouse

En que piensa cuando escucha esta palabra? Lujos, buena posición social, dinero, exclusividad, pisos altos, vista hermosa a la ciudad o a las montañas, espacios amplios, confort, seguridad. No podía Sara estar mas lejos de aquellas definiciones cuando ingreso por primera vez al "penthouse".

Del Diario de Sara

El hospital tenia cinco pisos marcados en el ascensor, pero milagrosamente los paramédicos lo hicieron llegar al sexto introduciendo una pequeña llave dentro de un orificio ubicado bajo la palabra restringido. La puerta se abrió en el piso seis y una puerta de seguridad se presento frente a nuestros ojos.

Luego de casi una hora de tramites, firmas, autorizaciones y papeleos, me pasaron a un pequeño cuarto donde sin decirme mas me pidieron desnudarme y quedarme en ropa intima. A los pocos minutos alguien golpeo la puerta, era la mujer que me había recibido a la entrada de la institución. Sin decir una sola palabra, me reviso de abajo a arriba, miro dentro de mi boca, dentro de mis oídos entre mis dedos. "Quítese las joyas" dijo cansada y pausadamente acercándome una pequeña bolsa para colocarlas dentro. "puedo quedarme con mi anillo de bodas?" pregunte temerosa. Ella agitando la bolsa en signo de tengo afán, no me respondió. Al tiempo una voz masculina decía tras de la puerta' "Ya terminamos de revisar su equipaje, lo dejo junto a la puerta", mientras se alejaba en pasos agitados.

Cada sonido se intensificaba aun mas por el silencio de la noche. "Colóquese el pijama y sígame hacia su habitación" Agrego la mujer sin siquiera voltear a mirarme, fijaba sus ojos en su teléfono celular desde el que mandaba mensajes de texto. Salimos de la habitación, ella con su teléfono; yo arrastrando mi maleta. "Necesito llamar a mi esposo, el no sabe donde estoy", le dije agitadamente al recordar mi promesa de llamarlo una vez llegara en la ambulancia. La mujer me miro con desgano y me señalo una ventanilla. "Agarré el teléfono de la recepción, no se demore, y pase a su recamara es la ultima del corredor a mano derecha", me dijo mientras caminaba en dirección contraria a mi, mientras sus ojos seguían clavados en su celular. "Gracias" alcance a decir antes de verla desaparecer por una puerta contigua a la recepción. Calladamente y exhausta me dirigí a mi habitación luego de hacer la llamada. Recordé por un momento el manicomio en Bogotá, este esta mejor, pensé mientras comparaba paredes, pisos, y olores. Aquí se respira normal, no se respira locura pensaba, mientras entraba a la habitación donde al igual que la de años atrás había una mujer, esta no estaba sentada, no tenia su mirada perdida frente a un ventanal. Esta lloraba con dolor mientras mantenía sus manos metidas dentro de sus piernas y su cuerpo tieso en posición fetal. "Buenas noches" dije casi en secreto. Ella me miró en medio de oscuridad y se giró quedando de espaldas a mi. Lentamente abrí mi maleta, y saque mi bolsa de maquillaje, tenia que quitarme los lentes, limpiarme el maquillaje colocarme mis cremas de noche, y hacer chichi. Me dirigí al baño de la habitación pero la puerta estaba con llave. Intente dos veces mas, quizá no lo estaba haciéndolo con la suficiente fuerza, pensé. Salí al corredor; pero no se veía una alma no tenia reloj no había relojes en las paredes, no sabia que hora era, pero quizá las dos de la madrugada. camine lentamente hacia la recepción, tratando de no despertar a nadie. No encontré a nadie. Volví a la habitación tome mi medicina y cansada me acosté a dormir.

Alguien tocaba mi hombro, con un dedo apuntador y decía palabras lejanas que no lograba entender por el cansancio, me gire y abrí los ojos. Allí junto a mi había una enfermera, llevaba en su mano un vasito con medicinas y la otra uno con agua. "Es hora de su medicina" me dijo algo irritada. ¿Qué medicina pensé? Me incorpore en la cama y me senté tomando los dos vasos en mis manos. "¿Para qué es esto?" le pregunté adormecida, "Una es para controlar su estado mental, la otra para ayudarle al estomago a recibir los medicamentos, y la otra es para los nervios" me respondió. Necesito ir al baño, pero esta con llave le dije". "Ya se lo abro", me respondió, sacando unas llaves de su bolsillo. Se dirigió a la puerta del baño mientras me explicaba; "El baño se mantiene cerrado por seguridad de las pacientes, si necesita usarlo debe pedir autorización a cualquiera de las enfermeras y una de ellas vendrá a abrirlo, no se preocupe de cerrarlo una vez usted salga la puerta se cierra sola. Trate de volver a dormir, aun le quedan unas cuantas horas antes del llamado", dijo mientras salía de la habitación. Seguridad de que, y porque se cierra sola la puerta, y de cual llamado hablaba la enfermera, pensé mientras hacia chichi media dormida aun. Me tomo un poco de tiempo volver a conciliar el sueño ya casi lo lograba cuando sonó un golpe seco y fuerte en la puerta entre abierta de la habitación. "Hora de levantarse".

Me sentía mareada y con mi estomago rebotado, me dolía el cuerpo, el cansancio aun estaba presente, no había descansado en la noche y las horas de sueño habían sido muy pocas. "Yo no me baño hoy, si quiere vaya pida usted la llave", me dijo una voz desde la cama continua. Era la misma mujer de la noche anterior, la había olvidado por completo. Tenia sus ojos hinchados de tanto llorar podía verlo a través de su melena rubia y desorganizada que caía sobre su rostro, su mano extendida yacía fuera de la cama, mientras su cuerpo continuaba en posición fetal. "Okay" respondí, saliendo de la habitación. En el corredor de frente a mi veía venir un hombre joven de unos veinte cinco años en pijama, su contextura era robusta peleaba con si mismo, se alzaba la voz y se insultaba mientras con su puño cerrado amenazaba con golpear las paredes. Temerosa pase junto a su lado, pretendiendo ser transparente y esperando que no me viera, "HAY VA LA NUEVA", grito, casi sobre mi oído al verme pasar junto a el. Alcancé a brincar del susto, y acelere mi paso sin correr. En segundos, se olvidó de mi presencia y siguió insultándose sin piedad. "Buenos Días", dije dirigiéndome al grupo de enfermeras y a la recepcionista que se encontraban tras del vidrio, hablando entre si. "Buenos Días", volví a repetir en voz mas alta, pero al igual que la primera vez nadie me respondió. Lista para gritar tome aire, infle mis pulmones y abrí mi boca "Bue...", "Ya la escuchamos, van dos veces que dice lo mismo, amaneció con ganas de saludar o va necesitar algo", me dijo una de ellas mirándome con desprecio. "Perdón, buenos dias, es que me quiero bañar" respondí tímidamente.

Me entregaron dos toallas una grande una pequeña, una barra de jabón, un cepillo dental y una crema. Sin musitar palabra, uno de los enfermeros salió de la estación, y me indico que le siguiera. "Un momento", le dije afanosa, "No traje conmigo mi ropa". Compasivamente me miro, me dio una sonrisa y me dijo. "Vaya, yo la espero". Le devolví la sonrisa agradeciéndosela y salí presurosa hacia la habitación, el loco del corredor ya se había ido.

El silencio es pesado. Todos estamos sentados esperando que nadie nos hable, todos compartimos el deseo de no ser interrumpidos. Por el corredor se oye el ruido de las llantas chillonas del carrito que trae la comida. Isaac!, Melinda!, Eduardo!, James!, Sara!. Nos llaman uno a unió a recoger la bandeja con el desayuno, la comida apesta en este lugar. Todos tenemos bandejas grasosas y desagradables, todos a excepción del loco del corredor. Tiene fruta en cantidades, tiene jugo de naranja, tiene pan. Que tiene este loco diferente a nosotros? porque su comida es mejor?, me pregunto mientras lo miro de reojo, asegurándome que no me vea. Hay un guardia al final del comedor, nos mira como pasando revista, mientras una enfermera entra a tomarnos la tensión. Ha! la tensión.

El comedor se desocupa lentamente, mientras una mujer sonriente entra a pedirnos revisar las actividades del día en la pared continua a la recepción.

8:00 Desayuno/ Medicinas
9:00 Terapia de Grupo
11:00 Hora Libre
12:00- 1:00 Almuerzo
1:00-3:00 Terapia Individual
4:00-5:00 Hora Libre
6:00-7:00 Cena
7:00-8:00 Visitas supervisadas
8:40 Medicinas
9:00 Se apagan las Luces

A mi compañera de cuarto la bauticé Rapunzel; tiene el cabello rubio como el sol largo y semi ondulado, en su cara siempre hay dolor. Hoy en terapia de grupo sonrío, solo tiene un diente arriba, y todos los visibles de la parte de abajo. Me da dolor oír su historia. "Mi diagnostico es múltiples personalidades y desorden post stress, inicia diciendo. Tengo cuatro hijos de once, nueve, cuatro y un nene de diez y ocho meses. Lo bautice Casanova, es una belleza". Allí sonrió y descubrí su atesorado y único diente. "No se porque estoy aquí ni como llegué. Recuerdo que estaba en la unidad de cuidados intensivos del hospital, creo que llevaba ya cuatro días". Hizo un largo silencio y se recogió el cabello con sus dos manos hacia atrás. "Hoy salgo, no recuerdo nada diferente a que salí con mi esposo a caminar, yo iba borracha". "No se donde quedaron mi brassier, mis panties, o mi blusa" Agregó mientras se soltaba el cabello, y tiraba su cabeza hacia atrás. Súbitamente se rió de manera sonora y agregó: "Oh si, mi esposo es bipolar, y esta desempleado hace tres años". Se colocó de pie y salió del salón sin mas ni mas.

Jamas volví a ver a Rapunzel y aquella noche dormí sola en la habitación.

A la mañana siguiente, y como de costumbre llegó el loco del corredor al comedor. Tomó su suculenta bandeja de jugo, fruta y panes y se sentó frente a mi. "My name is James... But not James Bond", me dijo mientras estrepitosamente se reía, dejando su saliva llegar de frente a mi cara, y continuó; "Soy Esquizofrénico" y bajando el tono de su voz, estiró su cuerpo sobre la mesa acercándose a mi. "Me tienen secuestrado, escuche que eres abogada; te quiero contratar para que me saques de aquí". me decía mientras yo, entre risueña y asustada lo escuchaba. "James regresa a tu silla" gritaba el hombre de seguridad mientras se acercaba hacia nosotros. "Tranquilo, mi sargento, tranquilo que estoy hablando con mi abogada", le decía convencido de sus palabras, mientras me sonreía de manera cómplice y me picaba el ojo. En un momento de distracción del hombre de seguridad, el loco de la mesa continua ponía un pedazo grasiento de tocineta sobre el plato de James quien ágilmente colocaba una rebosante tajada de melón como intercambio en el plato que le acercaba la tocineta. Aquella mañana me entere del "tráfico" de alimentos que en el comedor se daba, y al día siguiente ya yo era parte del negocio. Descubrí también que uno de los internos, podía tomar café, le daban si quería una taza al día, y prontamente me acerque para proponerle un trueque.

En la hora libre antes del almuerzo, lo veía siempre sentado solitario pintando. Mientras la mayoría se iban a su cuarto a huyendo de los demás; Eduardo se sentaba solitario a colorear las hojas de dibujos impresos que reposaban en una de las mesas del comedor. Lenta y silenciosamente, tome asiento junto a el y sin hablar comenzamos a conocernos con solo intercambiar colores. Escogí una hoja con las princesas de Disney y pensando en Felicitas la empece lentamente a colorear. "¿De qué color es el cabello de Ariel?", le pregunté sin levantar mi mirada del papel, para no ahuyentarlo. "¡Hablas español!, me respondió con una notable alegría en el tono de su voz. "Todo el tiempo" le respondí, sin mirarlo por miedo a asustarlo. Es rojo, Ariel tiene el cabello rojo", me dijo mientras me pasaba el color acompañado de una sincera sonrisa. "Soy de Puerto Rico, pero no hablo inglés, y acá nadie habla Español", me dijo con un dejo de frustración en su voz. "Yo estoy acá porque he intentado varias veces suicidarme", le dije esperando ganar su confianza. "Ah yo también" me dijo. "Toda la vida he pertenecido a gangas, y una nena me rompió el corazón, me encontraron desangrando en un parque, y me trajeron para acá". Guardo un minuto de silencio y continuo "La nena que me partió el corazón, no me responde el teléfono. Al igual que James, no tengo nadie que me venga a visitar... ¿Y tú? ¿te visita un hombre, y una nena hermosa, que son tus hermanos? No, le dije o bueno si, me contradije; el hombre es mi príncipe, la mujer es mi hermanita Serena.

"Hey, yo me he intentado matar diez y ocho veces, ¿y tú?', me preguntó animado como si se tratara de una competencia del que más tuviera intentos fallidos. Traté que mi sorpresa no se sintiera, y respondí. "Cuando yo salga de aquí, te prometo que te vengo a visitar". Eduardo sonrió feliz y seguimos dibujando en silencio.

Ya estaba en cama tratando de conciliar el sueño cuando alguien entró a la habitación. Era Melinda; mi nueva compañera de habitación. Melinda venia en silla de ruedas, ella misma la halaba rodando con sus dos manos y a la vez las ruedas que sostenían sus quizá trescientas libras de sobre peso. Con tristeza e impresión la miré, me giré hacia la ventana e intente de nuevo dormir.

Era mi tercer día internada, llevaba setenta y dos horas planeando como me iba a suicidar de una vez y por siempre al salir de aquel lugar. Fingía estar consciente de mi error, actuaba como la mas positiva, participaba en los grupos, hablaba en mis terapias individuales; necesitaba convencer a todos que estaba bien. Yo necesitaba poder salir de allí.

La noche anterior junto con Melinda habían llegado cinco nuevos mas. El comedor estaba lleno aquella mañana.

"¿Cómo te sientes Sara?", me preguntaba el doctor Fatzi, mientras revisaba mi historia medica. "De lo mejor", le decía extendiéndole una sonrisa. "Si sigues reaccionando positivamente, en dos días te doy de alta", me decía. "Vas a necesitar seguir un plan riguroso de medicinas y terapias, pero podrás volver a casa". "Yahoo", pensaba dentro de mi, lo logré los engañe. Iba a salir y finalmente iba a terminar con esta dolorosa y vacía existencia. "A partir de hoy vas a tomar una nueva medicina se llama Tegretol", vamos a empezar con cuatro cientos gramos al día, y te la vas a tomar a la hora de ir a la cama", me decía mientras colocaba las notas en mi historia medica. Yo asentí demostrándole total aceptación.

Mi Tabla de Salvación

Quedaba aun una hora de visitas, cuando Serena llegó. Me abrazó, nos sentamos y me dijo: "A Felicitas, le encantó el dibujo de las princesas", lentamente cambiaba su expresión de ternura por la de preocupación. "¿Qué pasa Serena?', le pregunte, ¿esta la niña bien?

"Si", me respondió. "Ayer cuando estábamos en casa, llegó tu esposo, quería saber si queria mandarte algún mensaje pues venia para acá. Felicitas se colocó los zapatos y se dirigió a la puerta, despidiéndose de mi. Diciéndome -"Chao mami, me voy con mi tío a ver a tía Sarita- Cuando le dije que ella no podía venir a verte, corrió hacia la puerta y se paró firmemente frente a ella y nos dijo- "No me importa donde este, yo extraño a mi tía y nadie me va a prohibir ir a verla", tu esposo le explicó que no podían venir niños a este lugar y se aferró de la manilla de la puerta de la calle a llorar. Ella te extraña mucho". Lo que comenzó como un relato que me enterneció, terminó como la prueba que por años le había pedido a Dios para entender el porqué de mi existencia. Metiendo la mano dentro de su bolso mi hermana sacó un papel naranja doblado por la mitad. "Aquí te mando la niña", me decía mientras me entregaba la hoja; tenia stickers pegados a lo largo y ancho de la hoja, en el centro un corazón gigante y distorsionado decía: "Get well Tia, I love you. Felicitas". Las lágrimas salieron y por primera vez desde que había llegado a aquel lugar, fui honesta con mis sentimientos. Tenia que vivir, vivir por el regalo de la vida, vivir por mi felicitas adorada.

Feliz y culpable despedí a serena junto a la puerta de seguridad, prometiéndole salir pronto y recuperada de aquel lugar.

A la hora de mis medicinas, dos pastillas mas, habían sido agregadas al coctel. Las tomé en mis manos y sin hacer preguntas las pasé con el vaso de agua. A las seis de la mañana como era costumbre me despertaron para tomar una nueva dosis de medicamentos. A las siete escuche una voz distorsionada qu hablaba a lo lejos, y un sonido agudo retumbaba mis oídos. Lentamente abrí los ojos para encontrarme con imágenes distorsionadas de la habitación en la que me encontraba. Melinda aparecía frente a mi como un monstruo que me miraba de arriba abajo, mientras pasaba su brazo sobre su nariz sorbiendo los mocos que escurrían grotescamente. Me tomo un momento recordar en donde me encontraba, sentía una profunda nausea, y ganas de vomitar. "Necesito ir al baño", le dije con dificultad, mientras ella daba media vuelta en su silla de ruedas y salía de la habitación. De nuevo cerré los ojos, mientras que con dificultad trataba de respirar.

No se cuanto tiempo paso cuando alguien toco mi hombro. Lentamente y con esfuerzo volví a abrir los ojos, todo daba vueltas era como si hubiese salido a tomar y me hubiese emborrachado la noche anterior. Al abrir los ojos me encontré con una mueca similar a una sonrisa en el rostro de Melinda. Al fondo había uno de los enfermeros abriendo la puerta del baño. Cerré de nuevo los ojos "Gracias", musité. Con gran esfuerzo me incorpore en la cama, y me puse de pie. El piso se veía lejano, mis manos no coordinaban con mi cuerpo. Desde su silla de ruedas Melinda me tendió la mano, mientras me ayudaba a caminar hacia el baño. Apenas si alcancé a bajarme el pantalón y encontrar el inodoro, mi cuerpo se iba por la taza, los dolores y retorcijones me llenaban de pánico mientras mi respiración agitada se entrecortaba. "No me quiero morir", pensé y lloré de nuevo.

"Sara es hora de pasar a desayunar", gritó una voz desde la puerta de la habitación, ningún sonido salió de mi boca y de nuevo una parte de mi se fue por el excusado.

Cogiendo de las paredes, para evitar caer, llegue al comedor. Todo giraba en círculos, y voces agresivas decían mi nombre, mientras el enfermero de turno se acercaba a mi. "Tiene que bañarse o por lo menos vestirse antes de pasar al comedor", me dijo reprochando mi presencia. James y Eduardo se apresuraron a acercarse a mi, mientras el hombre de seguridad se interpuso haciéndolos regresar a sus asientos. "Me siento mal", logre decir. "Una de las enfermeras llegó hasta la puerta del comedor, y tomándome del brazo me llevo de regreso a la habitación. "Te has quedado sin desayuno Sara, arréglate para la terapia de grupo", en voz baja agregó. Hoy te dan la salida, no lo arruines. "Me siento muy mal veo mal estoy mareada, tengo diarrea, necesito ir de nuevo al baño", le dije con lágrimas en mis ojos. Ella recostándome contra la pared, abrió la puerta del baño y agregó: "Voy a dejar la puerta abierta ya regreso" y se marchó. Apenas si me dio tiempo de poner un pie dentro del baño cuando mi cuerpo decidió escapar por mi boca y nariz, y el vomito amarillento y mal oliente se expandió por el piso enlodando mis pies desnudos.

No salí ese día, no salí al día siguiente. Los síntomas de la sobredosis de medicina que había recibido por equivocación me habían dejado tirada y a merced del manicomio, donde pase la noche en vela y sin posibilidad de descansar. Con menos mareo y mas estabilidad atendí la visita de mi príncipe quien preocupado llevaba dos días tratando de verme o hablarme sin éxito alguno.

"Hoy sales de acá, y no me importa lo que los médicos tengan que decir", me dijo amoroso, pero enérgico al verme desecha frente a el.

Mi príncipe siempre a cumplido sus promesas, y esta vez no fue la excepción. Con el cansancio sobre mi cuerpo y colgando de su brazo deje aquel lugar al que me propongo no volver a entrar jamas.

CAPITULO VEINTIUNO

A LA CA-MI-TA, A LA CA-MI-TA

El trastorno bipolar es de naturaleza biológica, pero genera síntomas tanto físicos como psicológicos. Entre los síntomas físicos, encontramos las alteraciones en el sueño, la energía, el apetito y la concentración. Los síntomas psicológicos incluyen cambios a nivel de pensamientos, sentimientos y opciones de actuación. El control activo de los síntomas físicos y psicológicos de la depresión y la manía.

Tomado del Manual Practico del Transtorno Bipolar

- Desctee de Brouwer-

Las alteraciones del sueño y del ritmo cardíaco apreciadas en los pacientes con depresión también se han descrito en pacientes con trastorno afectivo bipolar durante sus fases depresivas, y a menudo precede un episodio depresivo o maniaco

(Hudson et al 1992).

La fase de manía suele ir precedida de una falta de sueño (dejan de dormir 2-3 noches antes de la fase de manía), esta falta de sueño hace que se establezca un circulo vicioso (menor sueño, mayor excitación).

Durante los episodios de manía, los pacientes disminuyen su necesidad de sueño y reducen el tiempo total de este. En algunas ocasiones, antes de desencadenarse la crisis maniaca, los pacientes comienzan a dormir menos, por lo que algunos autores han planteado que el cambio de depresión o de eutímia a la manía ocurre durante el sueño

(Wooten et al 1999)

La característica principal del trastorno bipolar, es la disminución en la cantidad total de sueño, con dificultad para conciliar el sueño. En los episodios de manía los pacientes disminuyan su necesidad de sueño y reducen el tiempo total de este.

- Hudson, J.I-

Dormir para algunas personas toma solo un par de horas en el día, para otros ocupan la mayor parte de su tiempo. Para aquellos que mantienen una vida equilibrada toma entre cinco a ocho horas diarias. Pero cuando la química del cerebro no funciona de manera normal, se presentan desordenes separados por una linea casi invisible que nos mantienen entre sentirnos depresivos y maniacos.

Algunas veces te mandan sin piedad contra el ring de la manía, otras tantas el golpe te manda derecho a la esquina de la depresión. Y tu vida se va en el ring entre una esquina y la otra haciéndote sentir totalmente desestabilizado y fuera de control, compáralo con un viaje internacional donde pasas por varias zonas, y al final no te sientes muy seguro si vas de día o de noche, si hoy es hoy fue ayer, o será mañana.

La falta de sueño puede desencadenar en manía o en depresión, y en muchas ocasiones se presenta en episodios mixtos; donde los pensamientos acelerados, la dificultad para quedarte quieto y sentirte a mil por minuto se entre mezcla con los sentimientos de decaimiento de desespero de tristeza y de ideas suicidas. Es allí cuando se pasa de manera rápida y sin control de uno a otro estado de animo.

Del Diario de Sara

Es mi primera noche de regreso a casa, creo que ya estoy bien, no siento tristeza menos depresión, sigo sin deseos de hablar con nadie. El teléfono suena insistentemente es mi amiga Ariela, nos conocimos hace mas de quince años en Colombia, y el destino nos mandó a las dos al país de los monitos. Ella vive en la Florida la extensión de Cuba, yo vivo en la Utahmierda, la cuna del mormonismo. No quiero contestarle, no quiero hablar. He revisado mis mensajes de voz, mi correo electrónico, mi cuenta cibernética. Por todos lados tengo mensajes; que como estas, que en donde te has metido, que porque no regresas las llamadas. Blah Blah Blah, todos dicen lo mismo, después los llamo. Me siento agitada y con ganas de comerme el mundo, he perdido ya mucho tiempo es hora de recuperarlo. Las ideas se atropellan en mi mente y no logro cogerlas todas, pasan como ráfagas de luz, tomo una libreta y lápiz, las quiero escribir, son ideas muy buenas, pero son muchas van muy rápido no alcanzo. Garabateo en la agenda amarilla de lineas escribo grande escribo rápido escribo a mil, no se si voy a entender mis notas después. Mi estómago quema, lo habita una llama que crece, no se como se llama, creo que es hambre, pero estoy llena, no hace mucho cene. Abro los cajones, reviso la nevera, me como un chocolate, tengo ganas de comer.. Pero no tengo hambre. Como un poco mas. Ya es de noche, el príncipe ya se fue a la cama, pero tengo mucho que hacer, mucho que escribir, no quiero perder tiempo durmiendo, no tengo sueño, me trato de relajar y no puedo, mi corazón anda a un ritmo descomunal lo quiero controlar, pero no se como, me rasco la cabeza, me rasco las brazos, siento hormigas, me rasco el cuerpo. La libreta de las notas se acabo, la he llenado y tengo mas pensamientos corriendo en mi mente, ¡UN MOMENTO!, esperen, tengo que buscar otra libreta, no puedo parar de pensar, noto que he empezado a sudar, mi frente mi espalda se sienten humedecidas, las manos están resbalosas las limpio contra mi pantalón, e intento continuar. Me agito y decido ponerme de pie, camino de lado a lado en la sala, voy y vengo tengo afán quiero caminar mas rápido y no se hacia donde voy. Me rasco el brazo derecho de nuevo esta vez con irritación y ganas de hacerlo sangrar. Me coloco de pie, el reloj marca las once debo irme a dormir, debo descansar, parar de pensar. No logro parar, me quiero bañar, no mejor me acuesto y trato de dormir, tengo mas ideas debo seguir escribiendo, las palpitaciones aumentan, me pongo de pie camino al refrigerador, lo abro, lo miro lo cierro. Tengo hambre, me voy a bañar. Mi príncipe duerme tranquilo y placentero, le beso en los labios, me acuesto a su lado… Hasta mañana Amor.

Han pasado tres horas y las palpitaciones no paran, siento temor, presiento que algo va a pasar, alguien va a entrar a mi casa, alguien me va a atacar. No logro dormir, me pongo de pie y en silencio bajo a la cocina. Aun tengo hambre, y ya no se que hacer, son las tres de la madrugada la casa se ve temerosamente oscura, siento alguien detrás de mi, giro rápidamente es bebe que me mira sorprendido. me preparo un sandwich y me siento en el piso junto a el a compartirlo. Hace tiempos no limpio la nevera pienso, es un buen momento para hacerlo. Recuerdo las palabras de Helen cuando le pregunte el porque de mi obsesión con ver todo limpio y ordenado. "Dentro de ti, consideras que estas sucia a raíz de lo que paso en tu infancia con tu padre. Inconscientemente mantienes tu persona y todo a tu alrededor en suprema limpieza, para que nadie note lo sucia que estas por dentro".

No se que piense mi subconsciente, pero mi consciente me dice que limpie la nevera, total no puedo dormir. Me siento mejor, la ansiedad se ha ido desvaneciendo y con ella el deseo de comer, aun sudo y mantengo un leve temblor en mis manos, pero mi mente esta enfocada en limpiar esta nevera, la limpio por encima, por dentro y por fuera. De un grito de miedo le doy los buenos días a mi príncipe, que aun somnoliento me mira con asombro. "¿Porqué estas limpiando la nevera a las cinco de la mañana?" me pregunta irritado y con dejo de preocupación. "No tenia sueño", le respondo colocándome de pie y aferrándome a su cuerpo. La mañana transcurre, y el cansancio no me llega. Recostada en mi cama, trato de conciliar el sueño, cierro los ojos y algo tenebroso sucede. Un rostro distorsionado riendo a carcajadas se presenta frente a mi. Horrorizada abro los ojos, las palpitaciones no se hacen esperar, y mis manos de nuevo comienzan a sudar. Tomo agua y me pongo de pie, camino de un lado a otro miro por la ventana, veo nieve caer. No quiero cerrar los ojos pero me empiezo a cansar. Subo a mi estudio, prendo el computador y empiezo a navegar, no miro nada, abro paginas, abro dos abro tres abro cuatro no me puedo concentrar. Alguien me mira. Alguien esta dentro de mi casa. Llamo a Milagros tengo miedo a sus reclamos, tomo el teléfono y le marco. Mientras la oigo me rasco el cuello, y me acomodo el cabello, quiero colgar, no quiero hablar, pero no quiero estar sola, se que alguien me acecha y me quiere matar. Subo a mi cuarto, me baño y prendo la tele, quiero no pensar. Paso los canales, no hay nada para mirar; Bebe duerme a mi lado, de un brinco se despierta y comienza a ladrar sin control yo me asusto y me escondo junto a la mesa de noche. "Hello", grita una voz. Mi príncipe llegó.

Almorzamos juntos, me acompaña a la sala, me recuesta en el sofá me pone una manta sobre mis piernas, me besa y se va a trabajar. Me siento cansada, pero no tengo sueño, llevo treinta horas desde que me despertaron por ultima vez en el psiquiátrico, quiero dormir. Pero no puedo. aspiro la casa, limpio los baños, tiendo las camas, todo lo comienzo nada lo termino. De nuevo Bebe ladra, corro hacia el baño cierro la puerta y me quedo inmóvil, alguien timbra en la puerta. No hay nadie, no estoy, pienso, mientras ruego para que se vaya quien este intentando entrar. Algún misionero pienso, trato de relajarme, y me rasco de nuevo la cabeza. Golpean la puerta. ¡Que no estoy! quiero gritar. Un largo silencio, algo suena contra la puerta, se van. Las lágrimas empiezan a correr por mi rostro, tengo un profundo dolor, me siento sola, abandonada, triste, sin razón de seguir. Mi razón de vivir ahora no es una, son dos: Felicitas y mi príncipe pero no quiero mas, de esto no puedo mas, es muy pesada la carga que llevo en mis hombros, mi espalda me duele, llevo gorilas sobre ella, un gorila se baja y dos se suben.

Con lágrimas aun en mis ojos, y sollozando de dolor miro por la ventana para cerciorarme que ya no halla nadie. Me acerco a la puerta y lentamente la abro. Una taza con un papel reposan contra la puerta. Una sopa de pollo, junto a un "SARA I LOVE YOU" me miran. Gracias Milagros, cuanto te amo.

Me rio, me rio a carcajadas, me causa mucha gracia. Pero ahora que lo pienso no se que es tan gracioso y lloro, lloro un llanto incontenible, mientras mi corazón se siente aprisionado. Prendo de nuevo la tele y cambio cada canal al ritmo de mis emociones; novelas mexicanas tristes y llenas de drama me hacen llorar, mientras comedias americanas y simples me hacen reír hasta las lagrimas. Las lagrimas salen sin excusa y sin razón, lloro por que si, lloro porque no, lloro de risa y de dolor. Me duele el estomago, no quiero reír mas, pero como rio. Que triste estoy. Como lloro.

Son las cinco de la tarde, ya regreso el príncipe de trabajar oigo su carro parquear en el garaje, mientras bebe con su diario alboroto me confirma que su papa ya llegó. Lo veo entrar y me tiro a llorar a sus brazos, el sin hablar me consuela y besa mis labios. "Estoy cansada" le digo, "Quiero dormir, pero no puedo cerrar los ojos, veo cosas distorsionadas y feas, imágenes que me asustan, ratas negras y con dientes puntuados que me atacan", le digo en medio de carcajadas. Llamemos a Helen, estoy seguro que algo hay que se puede hacer me dice mientras sosteniéndome con un brazo, saca su celular del bolsillo para marcarle a la terapeuta. Risperdal es lo que la terapeuta dijo después de consultar con mi psiquiatra, adicionar Risperdal al coctel de medicinas era la solución.

Para las ocho de la noche ya no sabia cuantas horas llevaba sin conciliar el sueño, y Depakote, Prozac, Tegretol y Risperdal entraban de un tajo a mi boca. Las imágenes distorsionadas se fueron borrando lentamente, las carcajadas se redujeron a tímidas risas, y las lagrimas desaparecieron de mi rostro. Mientras diez y ocho horas de tranquilo sueño le siguieron.

CAPITULO VEINTIDOS

El Precio de la Depresión

Ninguna enfermedad por simple que sea, desde un catarro hasta un cáncer, se generan de manera gratuita, ni se tratan sin involucrar inversión.

"¿Estas deprimida? Mira a tu alrededor, tanta gente sin techo, sin comida, sin salud, agradece a Dios todo lo que tienes y lo bendecida que eres"

.

"¿Tienes Cáncer? Mira a tu alrededor, tanta gente sin techo, sin comida, sin salud, agradece a Dios todo lo que tienes y lo bendecida que eres".

Cual de las dos frases anteriores ha dicho por lo menos una vez en su vida a un amigo, a un familiar, a un compañero de trabajo. Seguramente es mas el número de personas que hemos usado la primera afirmación la noticia nueva para usted es: LA DEPRESION ES UNA ENFERMEDAD, una enfermedad que requiere medicamentos, tratamientos y muchísima comprensión. Una persona que sufre de depresión, una persona maniaca, son personas enfermas que requiere estimulantes para que su cerebro actúe de las misma manera que el suyo actúa por razonamiento lógico. una persona con síndrome post traumático o con desorden bipolar es una persona que invierte sus emociones, sus dolores, sus traumas sus recuerdos, sus inseguridades, y su vida en el proceso de la recuperación. Una persona con enfermedades mentales invierte sus amigos, su trabajo, su profesionalismo, su entorno social y su economía en el proceso de la recuperación. Una persona con cualquier síndrome mental invierte cientos y miles de dólares al año en terapias, neurólogos, sicólogos, psiquiatras, terapeutas, medicinas y tratamientos para lograr algo que usted lo tiene de manera natural… Su sanidad mental. ¡POR FAVOR! la próxima vez que su amigo (a), hermano (a), esposo (a), compañero de trabajo, o familiar le diga o usted note que esta deprimido no le diga sabiamente. "Mira a tu alrededor, tanta gente sin techo, sin comida, sin salud, agradece a Dios todo lo que tienes y lo bendecida que eres". Abráselo y déjele saber como lo admira por luchar día con día contra esa horrible enfermedad. Esa es la mejor ganancia a tantas inversiones emocionales, físicas y económicas. Las enfermedades de tipo mental son enfermedades que tienen un precio tan elevado que lo económico es lo mas barato dentro del proceso de sanción.

Del Diario de Sara

Cuando miro hacia atrás, no me veo a mi, cuando me miro al espejo tampoco me reconozco. En la búsqueda de la sanación he perdido lo mas importante que tenia, me he perdido a mi misma. No se si la mujer "feliz", triunfadora positiva y admirada que hasta hace un año era, soy yo. O si esa solo era una careta que me colocaba ante el mundo para ocultar mi verdadera persona o si por el contrario; esta nueva mujer que salió de la caja de pandora hace un año llena de dolores de penas de tristezas rabias e inseguridades, es quien realmente siempre he sido. Divagando entre la una y la otra me he perdido y no se cual soy, me doy pena me doy rabia me doy frustración. Quizá jamás debí haber abierto la caja, quizá era mejor mantener mi dolor oculto del mundo, y evitar tanto juzgamiento quizá pesaba menos tanta tristeza frente al dolor de confrontar la realidad. Pero lo hice, lo hice como un acto de valor, lo hice porque creo que merezco una oportunidad de ser realmente feliz, y no de aparentar la felicidad, lo hice porque ya el dolor de tantos años se volvió insoportable de cargar, lo hice por mi, y lo hice por quienes me aman. Lo hice porque quiero ser real, quiero que el dolor no siga emanando dentro de mi, quiero que el miedo a ser herida desaparezca, quiero creer, quiero confiar, quiero leer en las personas lo que me dan y no adelantarme a lo que me van a quitar, quiero dejar de poner una cortina de hierro que me separe o que según creo que me protege de ser herida de ser abandonada de ser abusada, pero este proceso me ha llenado de medicinas y me a dejado vacía de compañía. Solo mi madre y el príncipe, saben por lo que estoy pasando, o por lo menos creen saberlo, realmente ninguno que no halla pasado por esta ruta entiende el infierno en que se vive. Poco a poco las personas han comenzado a abandonarme, mis pocos amigos se han ido cansando de llamar al teléfono, de colocar mensajes, de tratar de saber de mi, de querer verme o invitarme a sus reuniones. Estoy encerrada en esta caparazón que he escogido para alejarme del mundo, para no tener que fingir alegría cuando mi alma esta en duelo por el dolor de tantas perdidas y de tantos años de ignorar mi verdadera realidad, me cansé de mentir, de fingir y de ocultar quien soy. Edith, se cansó de escribirme sin recibir respuestas, Milagros, decidió tomar distancia a tanta indiferencia y conversación vana de mi parte, Ariela entendió que no es el momento de compartir carcajadas. alegrías ni momentos felices y tomó respetuosa distancia. Los únicos que siguen ahí son los médicos y las medicinas y el príncipe que de cuando en vez se astea de mi, se frustra sin saber que es lo correcto. Lo veo llegar a casa y abrir la puerta lentamente dando pasos silenciosos como evitando enfrentarse a lo desconocido; a mi. Y no lo niego, es difícil hay momentos en que quiero huir gritar correr escapar y dejar todo a la deriva momentos en que quiero darme la espalda a mi misma, y me desespero de ver tanta negatividad tanto dolor tanta tristeza en mi se y pienso a ciencia cierta son los mismos sentimientos que lo cobijan a el al verme estancada sin progresar sin avanzar como congelada en esta etapa de recuperación.

"Tía Sarita, salgamos al super, no te quedes atrapada en casa", me dijo un día inocentemente Felicitas, sosteniendo la manija de la puerta de la calle, invitándome a ver el cielo, a sentir el aire en mi rostro a oler el verano que afuera resplandecía. Felicitas! regalo divino de la vida, cada día viene del colegio con sus brazos abiertos llenos de amor para mi sin juzgamientos sin preguntas incomodas, sin reclamos o caras de desaprobacion. "Tía, sabes que cuando eras niña y los otros niños no eran lindos contigo, no era tu culpa? Es que hay niños que no son lindos, pero no creas que era tu culpa" Me decía un día rodeando sus manitas en mi cuello y mirándome fijamente y llena de amor a los ojos. A veces creo y me convenzo que Dios mando a Felicitas a mi vida a ser quien me sacara de esta triste etapa, aveces pienso que me tomo treinta años aceptar mis miedos porque necesitaba que Felicitas llegara a ayudarme y guiarme con amor hacia la salida de este infierno. Por meses, las cuatro treinta de la tarde de lunes a viernes se ha convertido el momento de felicidad en mi vida, al oírla correr del garaje hacia la casa gritando mi nombre llena de alegría, entrando como una ráfaga de luz e iluminando mi vida. Siempre hay besos, siempre hay abrazos, siempre hay felicidad. Es como si la vida nos reencontrara cada nuevo día de y nos diera paz y felicidad mutua el fundirnos en un tierno abrazo.

"You are my sunshine, my only sunshine. You make me happy when skies are gray. You'll never know dear how much I love you so please don't take my sunshine away".

Se convirtio en nuestro himno, y oírlo en la radio en las mañanas rumbo al colegio nos hincha el corazón de felicidad y lo cantamos a unísono retumbando nuestras voces en el auto... Felicitas tu eres my sunshine. Gracias a ti tengo el impulso de seguir hasta lograr salir de esta ausencia en la que me he sumido.

Hoy entiendo y recuerdo a Preciosa y me veo reflejada en ella como si fuese un lago cristalino y sin movimiento donde mi imagen se funde junto a la de ella. Hoy entiendo sus actitudes, hoy me veo en sus zapatos al mirar mi teléfono sonar sin hacer el menor esfuerzo por responderlo, hoy me veo frente a su casa timbrando insistentemente a la puerta sin recibir respuesta pero con la convicción de saber que ella se encontraba dentro. Hoy la veo parada frente a mi; bella y glamorosa con su hermoso cabello rubio rizado, con su cuerpo perfectamente armonioso con su atuendo delicadamente escogido para hacerla lucir bella y a la vez escucho su voz llena de negativismo y sintiendo pena por si misma, cuando lo que yo veía era una mujer plena hermosa desperdiciando las cosas bellas de la vida. Hoy soy Preciosa, hoy soy lo que tanto recrimine soy la imagen de la mujer a la que tanto critique. La que un día de manera consiente decidí dejar de insistir y rogar por una amistad. La mujer a la que por ignorancia un dia borre de mi lista y aleje de mi vida. Hoy la veo y me veo, sentada en una rama de un frondoso árbol, mirando hacia abajo, viendo correr el agua que dibuja la imagen triste y fría que veo de mi misma, mientras que quienes pasan frente al árbol ven en lo alto una mujer bella y cautivadora que mira con su mirada perdida sin ver nada, sin ver la realidad. Me he ido convirtiendo en mi peor verdugo todo lo juzgo y de todo dudo, la mujer decidida que toma decisiones y asume consecuencias, huyo se fue, salió y no volvió. Pero estoy luchando cada día contra mi misma para recuperar a quien siempre fui. A quien realmente soy, se que dentro de mi en algún lugar que no he podido encontrar sigue ese león rugiendo, listo a salir a mi llamado, se que impetuoso saldrá de nuevo y su fortaleza será la mía. Y esta pequeña tortuga que soy hoy en día vendrá allí al paso junto a el, recordándome la importancia de las lecciones aprendidas y el valor de la sabiduría.

Recuerdo las palabras de mi terapeuta de turno: "Sara; imagina un castillo en medio de un bosque hermosamente conservado, imagina su imponencia y belleza, mira el inmenso puente que lo comunica con la aldea, una aldea llena de seres que aman admiran y respetan a la princesa, y que anhelan cada día verla aparecer por las calles de la aldea para compartir alegrías con ella. Ahora entra al castillo; mira la opulencia y la belleza que te rodea, mira la luz entrar por las rendijas de las ventanas. Sube la escalera impecablemente limpia y generosamente amplia. Llega al altillo, y abre lentamente su puerta. Ten cuidado al pisar, no te vayas a tropezar. Esta oscuro y vacío, a diferencia de los demás cuartos del castillo, este esta descuidado y opaco. Mira al rincón del fondo aquel junto a un viejo sillón. Mira de nuevo, mira con atención. Las ves? allí esta. Es la princesa; ves su traje? es bello y voluptuoso lleno de colores vivos de encajes y canutillos. Esta sentada contra el rincón, donde la luz no le llega, y sostiene con su mano una bella y diminuta taza de plata, mientras que con su otra mano sostiene una cucharita dulcera. Mira como lentamente lleva la cucharita a la taza la introduce y la llena de su contenido para después llevarla a su boca y comerla lentamente, mientras una lagrima corre por su mejilla. Mira mas de cerca Sara, ¿vez lo que tiene la taza?, es excremento fétido y podrido, mira ahora la cara de la princesa... ¿La reconoces, la vez Sara? Eres tú. Así te vez, contrario a como el mundo te ve. Solo tú puedes botar esa taza, deshacerte de la cuchara, salir del altillo, y abrir las ventanas del castillo, solo tú puedes tomar la decisión de bajar las escaleras y correr hacia la puerta, solo tú puedes caminar hacia la aldea y gozar con el pueblo del regocijo de verte. Solo tú lo puedes hacer Sara".

Fueron las ultimas palabras del siquiatra que vi a los veinte años de edad. Hoy veinte un años después, me sigo preguntando, ¿como puedo botar la taza de excremento a la mierda?, ¿como puedo salir corriendo del castillo y llegar a la gente?, ¿como puedo dejar de sentir pena por mi misma y ser feliz con lo que la vida me depara. ¡Que caro es el precio de esta enfermedad...!

Hoy en este paraje de mi vida, recuerdo con compasión a Dolores, la mujer hermosa llena de talentos y admirada por todos... Menos, por ella misma, hoy entiendo tu compasión hacia tu propio ser Dolores, y ruego para que un día, ojala no muy lejano, tú misma encuentres la salida de tu castillo y corras feliz llena de regocijo a reencontrarte con quienes te aman y te admiran y les demuestres que valió la pena todos los años de incansable espera con que han soñado con verte bajar a la aldea.

El consultorio de mi terapista de turno es mi lugar de visita semanal, ahora pago con dinero para tener el privilegio de contar con una persona que me escuche y me ayude a aceptar mi vida una persona que sin que me criticarme me ayude a ver y hacer lo que hoy aun no logro, ver un mundo frente a mi lleno de cosas buenas, sencillamente no estoy aun en capacidad de verlo, pero trabajo día a día incansablemente, por lograrlo.

Hoy las visitas de cada dos semanas a mi farmacosiquiatra son la variante en mi vida, Ahora el coctel esta compuesto de Lactimal Lorazepam Tegretol Risperdol Wellbutrin y Prozac. Las medicinas cambian, las dosis cambian, pero el coctel sigue fiel y constante.

Me animo pensando que esto es un problema químico, hereditario, yo no escogí ser maniaco depresiva yo no escogí ser bipolar mucho menos quedar con trauma de por vida acumulado con otros pequeños pero igual dolorosos eventos. Todo se dio y quedo fuera de mi control, hoy día a día minuto a minuto trato de oler las hierbas mágicas que los enanos colocaron dentro de mi caparazón para encontrar dentro de mi la sabiduría, hoy trato de pensar y no actuar de manera compulsiva, hoy ya no tiro objetos contra las paredes, hoy ya no me araño la vida ni me culpo por los dolores que vivo. Hoy por hoy trato de creer que me merezco ser feliz, de no sentirme culpable por pensar en mi, Hoy por hoy agradezco a la vida los días que tengo llenos de nada para recuperarme para disfrutar la vida, para ver el día correr frente a mis ojos sin mas afán sin mas estrés que pretender ser feliz. Hoy tengo una cita diaria marcada en el calendario de mi teléfono que suena todos los días en las mañanas y en las tardes recordándome; "Hoy ser feliz aunque sea un par de horas". Hoy entiendo que el amor y la felicidad están dentro de mi y no en los demás. Hoy siento que solamente hablando puedo encontrar mi verdadera libertad. Hoy miro de frente y a la cara a mis temores.

CAPITULO VEINTITRES

PORQUE ME LO MEREZCO

"No compres lo que no te hace falta hoy para que mañana no te veas obligado a vender lo que si te hace falta."

Rosita Rappoport

La compra compulsiva pertenece a la categoría de trastornos de control de los impulsos. Los criterios diagnósticos para determinar si se es un comprador compulsivo son:

La presencia de impulsos excesivos y recurrentes por comprar, que producen importantes problemas personales y familiares.

Impulsividad y repetición de la conducta de compra, pese a las consecuencias negativas que trae esta conducta para la persona.

La necesidad urgente e irreprimible de comprar.

Intentos fracasados de controlar gastos

La existencia de consecuencias negativas tangibles de comprar excesivamente, como agotamiento marcado, deterioro social o laboral, y problemas financieros o familiares.

Los factores que contribuyen al origen y mantenimiento de la adicción a las compras son la existencia de insatisfacciones vitales, frustraciones y otros problemas psicológicos que buscan salida y se proyectan a través del consumo y de la adquisición de cosas nuevas. También cumple una función importante la influencia de la publicidad que invita constantemente a la compra, presentando un modelo de mundo en el que la felicidad depende de los productos que se puedan adquirir. Asimismo, la compra compulsiva sigue un clásico patrón adictivo, donde la sensación de satisfacción que produce la compra es sólo pasajera, generalmente dura unas pocas horas, y es seguida por sentimientos de culpa y remordimiento por los gastos realizados, sentimientos que son calmados con otro "atracón de compras", generándose así un círculo vicioso.

Tomado de la web: Red de Salud UC Facultad Extensión Escuela Universidad Clínica UC San Carlos Hospital Clínico Alcántara San Joaquín

http://www.psiquiatriauc.cl

"Eres una compradora o un comprador compulsivo", suena para una persona con esta condición como suena "Eres alcohólico y necesitas ayuda" para un dependiente del alcohol, suena a falsa afirmación suena a ofensa suena a falta de conocimiento y exageración de quien emite el concepto.

"Me lo merezco", "Para eso trabajo duro", "Si no me lo doy yo mismo, entonces quien me lo va a dar". Son algunas de las justificaciones validas en la mente de un compulsivo a sus reacciones ante el conocido shopping.

"Yo lo controlo", "Lo puedo dejar cuando quiera", son las afirmaciones de un dependiente del alcoholismo.

Las dos situaciones anteriores no son mas que ejemplos crudos de las gravedad de no reconocer nuestras adicciones. Recuerdo cuando leí el libro "En el nombre de comprar firmar … y no llorar" de María Antonieta Collins, una mujer inteligente, brillante profesional y victima de veinte dos tarjetas de crédito que llenaba de manera insaciable mes a mes comprando lo que quería lo que se le antojaba y lo que no hacia falta para después arrinconarlo en cualquier esquina de su casa.

Su justificación era su infancia austera y llena de las necesidades básicas. Su deseo entrañable de madre de proveer a sus hijas todo y mas de lo que necesitaban, no quería repetir su historia austera y llena de necesidades en la vida de los seres que mas amaba.

Pero la vida de la mano la llevo hasta el limite del precipicio donde despertó a la realidad y de un tajo con lagrimas en sus ojos se deshizo una a una de cada preciada tarjeta. Cortando con ellas sus cadenas de esclavitud y haciéndose libre de tan horrendo espejismo.

Cada carencia de la que sufrimos durante nuestra infancia, nos empuja a buscar maneras de ser llenadas en nuestra edad adulta. Hoy en día aun no entiendo porque no se nos entrega un manual de ser padres al engendrar a un hijo. Son tantos los fantasmas tantos los traumas tan incontables las inseguridades que creamos en quienes mas amamos y queremos proteger, que resulta casi inverosímil pensar que somos nosotros mismos los padres quienes mas daño por ignorancia falta de tacto o paciencia le hacemos a nuestros propios hijos.

Si un niño quiere comer todo lo que se le antoja y saciarse de caramelos, se lo permitimos eso lo hace feliz, es solo un niño, y cuando la obesidad y el sobre peso lo hacen presa de las burlas de sus compañeros, cuando en la adolescencia no logra verse atractivo para encontrar una niña que lo quiera acompañar al baile de graduación o cuando en la edad adulta empieza a manifestar enfermedades por su descontrolable abuso de la comida, nos preguntamos porque le pasan esas cosas a nuestro hijo.

Cuando nuestra irritabilidad y falta de paciencia nos hace perder el control, y usamos frases tan débiles y simples, como "No sabes hacer nada bien", "Pareces tarado te lo he explicado mil veces y sigues haciéndolo mal", convierten a nuestro hijos en seres incapaces de sociabilizar o en hombres y mujeres temerosos llenos de dudas acerca de si mismos y alli nos llenamos de preguntas y de porqués que no logramos responder.

Cuando sobreprotegemos a nuestros hijos y les quitamos el derecho de conocer la realidad del mundo en el que viven haciéndoles creer que todo lo que tienen se lo merecen y que el mundo se desarrolla al ritmo que sus vidas, los estamos enviando sin herramientas y sin conocimiento a una dura realidad que los lleva ser seres mezquinos altaneros e incapaces de reconocer la belleza en la pobreza la grandiosidad de la generosidad y la importancia de la humildad, y cuando esos hijos lo pierden todo y se quitan la vida ante la impotencia de su nueva realidad, nos preguntamos. "Señor, porque mi hijo?"

Los vacíos afectivos y de amor, nos llevan a los adultos a buscar las cosas materiales para sentir aunque sea por unos momentos, la felicidad de sentirnos llenos y completos. Aunque para conseguirlo terminemos en un vacío mas grande o en la bancarrota. Quizá un comprador compulsivo no necesita tener cinco bolsas en su mano al ir al mall, quizá lo que necesita es no sentirse vacío al llegar a casa.

Juzguemos menos, amamos mas.

Del Diario de Sara

Quizá lo mas difícil de esta nueva etapa de reconocerme a mi misma, a sido la perdida de mi independencia. Comprar, comprar y comprar, regalar dar sorprender a quienes me rodean a sido mi insignia. "Sara es una mujer generosa", escuche muchas veces esta frase. En amigos, conocidos, desconocidos, familiares, compañeros de trabajo, en propios y extraños.

El dinero jamás fue un problema o una carencia en mi vida. Crecí en el seno de una familia disfuncional si, pero con comodidades económicas, A los diez y siete años empecé a trabajar para hacer que Severo se comiera sus afirmaciones y humillaciones al darme la mesada diaria del colegio en mi infancia "Eres una tonta o una bruta?", me repetía casi a diario. "Agradece que por mi tienes que comer", me recordaba al tirarme menos de veinte cinco centavos sobre la mesa cada mañana antes de partir para el colegio. Fui exitosa en cada labor que desempeñaba y el dinero no se hacia esperar, me compré lo que quise de la mejor calidad en la cantidad que se me antojara, repartí mis ganancias, hice caridad mas allá de lo imaginado, llene a quienes amaba de lujos y detalles. Derroche, gaste, disfruté. Regalé viajes completos, tiquetes de avión, hoteles de lujos para mis amigas. Sara, la mujer mas generosa que yo conocía, y la mas feliz dando y convidando a los que la rodeaban y a los que lejos se encontraban.

"La diferencia entre ser generoso y ser agradecido", me decía mi siquiatra de turno; "Es que el agradecido da porque quiere demostrar su aprecio a quien ha hecho algo por él, mientras el generoso da porque tiene miedo de no ser lo suficientemente bueno por si mismo para ser atractivo a los demás. Esta semana quiero que hagas el ejercicio, solo por una semana, vas a tener gratitud, pero NO vas a ser generosa". Ha sido sino la mas, una de las mas difíciles tareas que en la vida he tenido. Veinte cuatro años de total independencia económica, diez y siete años de lujos materiales, fueron la suma de mis primeros cuarenta y un años de abundancia. Pero cuando el castillo de naipes que era mi vida de un soplo se cayo, cayo también en efecto domino mi independencia económica. Las compras se convirtieron en una necesidad diaria e implacable, la felicidad de oír la frase "firme aquí, por favor", la sonrisa de satisfacción en mi rostro ante la colección de recibos de los almacenes, el peso de las bolsas de las tiendas en mi brazo, se convirtieron en los momentos mas gratos del día y la complicidad del baúl de mi carro escondiendo cada prueba de mi compulsividad se hicieron mis mejores amigos. Mis ahorros se fueron acabando pagando las cuentas mensuales y las excusas para justificar mis nuevas adquisiciones también. Cuando tienes todo el día para no hacer nada, no necesitas ni siquiera vestirte y salir a la calle. El computador te soluciona cualquier tristeza y mas que el mejor terapeuta del mundo te logra llenar de felicidad

al entrar en las compras cibernéticas. Mi stop a tal compulsividad, llegó el día que estando en mis cinco sentidos y emocionalmente estable, llego a la puerta de mi casa el conductor de Fed Ex, traía en sus manos una caja de un tamaño descomunal, que le causaba dificultad ver por donde caminaba y que lo hacia hacer maromas para sostenerla sin dejar que cayera de un tajo al suelo. Sin creer lo que mis ojos veían y llena de temor abrí la caja. Contenía trece, TRECE, 13 pares de zapatos que hacia dos días en un ataque compulsivo había ordenado por internet pagando la tarifa mas alta para recibirlos cuanto antes en el portón de mi casa. No fui tan valiente como para romper mis tarjetas; pero luego de manejar a una oficina de servicio de correo y devolver los zapatos sin siquiera abrir la caja, volví a casa y en un acto de coraje entregue mis preciadas tarjetas a mi príncipe, implorándole no dejarme saber donde las iba a esconder y exigiéndole no entregármelas así yo rogara llorara pataleara, suplicara y justificara el porqué las necesitaba. Han pasado varios meses aun me da el impulso loco, aun voy al mall y me enamoro de todo, aun sueño con la cartera de moda, los zapatos de tacón, el vestido de verano, y lloro, lloro de rabia de ver mi vida patas arriba y haber perdido mi independencia económica, lloro como niña mal criada de pensar "yo me lo merezco" lloro de tristeza de ver mi impotencia ante el no tener, luego me calmo y me doy una palmadita en el hombro y me felicito por pasar un día mas sin comprar. Y es allí cuando razono y entiendo que no necesito ir de compras para saciar mi soledad, ya no voy al mall, ahora voy al almacén del barrio, ahora miro la sección de descuentos antes que la temporada, ya no echo en el carrito del mercado cuanto se me antoja, ahora leo, comparo y evalúo la necesidad. He aprendido la diferencia entre necesitar y querer. Ahora entiendo que el hombre rico no es el que más tiene sino el que menos necesita. Aun estoy en el camino de recuperación, aun me caigo y me lamento por lo que tuve y lo que no tengo. Pero ahora entiendo que es lo realmente valioso en la vida. Como diría Cristina Saralegui: Pa' lante, pa' tras ni para coger impulso.

CAPITULO VEINTICUATRO

Aprendiendo a depender

Dar y recibir son procesos sanos que desarrollamos a diario. Damos amor, recibimos aceptación, ofrecemos amistad nos entregan cariño, entregamos enseñanzas, nos retribuyen con admiración, y así vamos por al vida dando y recibiendo, no necesariamente se da solo en lo material, nos damos a nosotros mismos y damos a los demás a propios y extraños en el día a día.

Una salud emocionalmente sana en nuestra infancia nos devela un futuro de equilibrio donde sentirnos amados no va ligado a lo que ofrecemos. Un amor sin ataduras ni ligamentos nos enseña a entregar y recibir sin condiciones sin reclamos y si necesidad de justificaciones.

Del Diario de Sara

Desde muy pequeña me prometí a mi misma que jamás, dependería de otro ser, jamás permitiría que me ofendieran que me humillaran de la manera que Severo lo hacia, jamás me permitiría verme obligada a hacer decir o callar cosas por el simple hecho de recibir algo a cambio. Y con esa promesa crecí, y se convirtió en mi bandera de lucha y hoy me miro y veo a una mujer dependiente, no solo económicamente sino dependiente en medicinas para poder llevar una rutina de día a día de manera normal dependiente emocionalmente para poder seguir y no caer y no querer morir. Dependo del amor de Felicitas para ver un motivo de seguir viviendo, dependo del amor y de la chequera del príncipe para poder funcionar, dependo de las medicinas para no sumirme en una severa depresión o enloquecerme con una ansiedad e irritación incontrolables.

Me hervía la sangre de oír frases como "Mi amor, me das para las medias veladas?", como detestaba a esas mujeres inútiles que todo hasta lo mas básico se lo tenían que pedir a un hombre, que seria de ellas si el marido las abandonara, siempre me pregunte. Me parecía inaceptable que un ser fuese improductivo que no generara para cubrir siquiera sus necesidades básicas. No podía creer que hubiesen personas que tenían en sus parejas a alguien que les hiciera y proveyera todo. Siempre fue independiente, autosuficiente, tome mis propias decisiones, asumí riesgos, me tuve y me mantuve y di como dice la canción y ahora ya no tengo no me mantengo ya no doy.

Pero aprendí que esta no es mas que otra de las tantas lecciones que la vida que me ha dado con esta enfermedad. Ahora dependo, ahora recibo, ahora acepto. No me siento menos, no me avergüenzo de recibir. Aprendí a recibir amor sin dar nada a cambio, entendí que era verdad que no tenia que comprar cariño y la necesidad desmedida de dar y dar y dar ha ido disminuyendo, he ido aprendiendo poco a poco que no debo temer al abandono, he ido viendo como sin necesidad de dar también puedo recibir, he ido aceptando que no esta mal y no me debo sentir avergonzada de recibir ayuda. En este proceso tan complejo he recibo cheques por correo de amigos, he conocido gente que me ha brindado cariño a cambio de nada. He ido perdiendo poco a poco la vergüenza de ver a mi príncipe pagar por mis necesidades básicas. He visto a gente nueva mirarme con ojos de admiración y deseos de conocerme, no por lo que pueda brindarles, solamente por lo que yo soy. He aprendido a querer mis medicinas y no pelear contra ellas, he entendido que dependo de ellas para poder funcionar para sentirme feliz sin estar maniaca y para sentir dolor sin sumirme en la depresión.

He aprendido a recibir apoyo consejo y guía de mis médicos he aprendido a dejar de construir la pared que nos separa y al contrario he empezado a quitar uno a uno los ladrillos que ya había colocado y que nos separaban. Y en este maravilloso aprendizaje he llegado al fondo de mi realidad ya se que mis rabias y mis odios no son mas que el temor de sentirme abandonada. Ya se que jamás seré abandonada, porque hoy finalmente y después de tantos años me he encontrado y me aferro a mi para no volver a sentir miedo al abandono. Hoy se sin miedo alguno depender de quienes amo.

CAPITULO VEINTICINCO

Había una vez...

Un príncipe rubio como el sol, de ojos azules profundos y cristalinos como el mar y su piel era tersa como la de la arena mas pura y suave, nunca conoció la violencia o el dolor, el respeto a si mismo y a los demás le enseñaron los reyes como primicia de vida El príncipe creció en un país lejano donde la paz reinaba y el rey gobernaba. Pasaron los años y el príncipe creció y en su cumpleaños veintiseis el príncipe debía decidir entre asumir el reino o declinar para dar paso a su hermano menor, después de mucho pensarlo el príncipe decidió hacer su maleta y partir lejos del reino, quería conocer otras culturas nuevas emociones diferentes maneras de ver la vida a la suya y la de su reino. Dirigiéndose al despacho de su padre el príncipe giro el mapamundi que sobre el escritorio se encontraba y cerrando los ojos con su dedo índice lo paro. "Allí me iré a aventurar" pensó. Su dedo apunto el país "Pasión", el nombre le gusto jamás había oído hablar de el, era en otro continente un lugar lejano quizá lleno de selvas o de repente un lugar invadido de playas o grandes rascacielos, emocionado comenzó a investigar; lo primero era saber donde se encontraba aquel extraño pero llamativo lugar. Estaba a 9032.93 kilómetros de distancia, el príncipe no entendía muy bien que tan lejos era aquello, así que pregunto al rey que todo lo sabe: "Son 5614 millas, hijo mío" respondió el rey. El príncipe descorazonado y cabiz bajo regreso de nuevo al día siguiente al despacho de su padre y por segunda vez hizo girar la inmensa bola de la tierra, al abrir sus ojos frente a el estaba el país "Oportunidad", sin la misma emoción que sintió frente a Pasión, pero con curiosidad decidió que seria bueno para cumplir su objetivo de conocer nuevas culturas llegar hasta allí y ver que podía encontrar. Oportunidad estaba a 7654.58 kilómetros. Esta mas cerca pensó el príncipe pero realmente aun no sabia donde quedaba aquel lugar, así que por segunda vez decidió ir en busca del rey que todo lo sabe para preguntarle que tan lejos estaba Oportunidad de su reino. "Son 4756 millas hijo mío", respondió el rey. Esta un poco mas cerca pensó el príncipe, empaco un trocito de tierra del jardín del reino, una fotografía de su padre cuando tenia su misma edad, una camisa de seda y con morral al hombro partió en busca del país de OPORTUNIDAD. Todo era maravilloso y cada día era una nueva aventura pero mas que eso era una nueva oportunidad y así lo entendió, se mezclo entre los jóvenes de su edad dejo de ser un príncipe para convertirse solamente en un joven mas. Hizo amigos que lo llamaban por su nombre y no le hacían reverencia alguna, aprendía a manejar su propio auto ya no había choferes ni súbditos, manejaba su día su tiempo y su dinero a su merced. Siempre siguiendo lo aprendido en el reino: Respetar a los demás. Tomo las oportunidades y las aprovecho, estudio y se convirtió en un gran señor, era feliz. Pero los años pasaban y el corazón del príncipe se comenzaba a cansar se sentía falto de algo pero no descifraba que podía ser. El príncipe sentía que su corazón necesitaba compañía, así que decidió empezar a abrirlo a nuevas oportunidades. Llegaron amores llegaron ilusiones pero todos como llegaron se fueron. Pasaron once largos años y el príncipe aun buscaba, no sabia que era pero sabia que cuando lo encontrara sabría que eso era lo que venia por años esperando.

Una mañana tomando el desayuno con uno de sus colegas, el príncipe le confió su desilusión y la soledad de su corazón. "Conozco a alguien, que quizá sea quien buscas" agrego emocionado su amigo sin poder evitar la complicidad en sus ojos de felicidad. "No se si al igual que tu venga de un país gobernado por un rey, tampoco se si su corazón se encuentra triste pero lo que si se que viene de un país lejano llamado Pasión y creo que podría ser quien buscas" Replico su amigo

El príncipe sintió que algo viro dentro de su cuerpo, y su mente buscaba agitadamente en su baúl de recuerdos aquella palabra. Había algo en ella que sonaba familiar pero no lograba descubrir que era.

Okay, respondió el príncipe, cuéntale de mi y veremos que pasa. Dijo regresándole una sonrisa franca y con un toque de esperanza a su colega.

Carta a un príncipe, a mi príncipe

Han pasado más de diez años diez años que no han sido color de rosas diez años en los que las diferencias han marcado nuestra vida, hemos tenido momentos de intensa frustración mutua de intensos desagravios y renunciaciones. Pero a la final de años de aprendizaje. Yo aprendí a aceptar que no hablas cuando no tienes nada importante que decir, tú aprendiste que cuando no hablo me salen letreros y que aunque no tenga nada que decir siempre hablo. Yo aprendí que repetir te amo no significa amar al otro, tú aprendiste que necesito un te amo cada día para seguir la marcha, yo aprendí que debo confiar en las personas y ver lo bueno en cada uno de ellos, tú aprendiste que cuando te roban la inocencia siendo un niño creces desconfiando y protegiéndote de un golpe bajo, yo aprendí que las fotos no son relevantes en tu vida, tú aprendiste que la fotografía es mi pasión y que puedo ver inmensamente feliz dejando imágenes plasmadas en un papel, yo aprendí que no es verdad que los Europeos son seres fríos como el hielo, tu aprendiste que es verdad que los latinos somos drama y novela, yo aprendí que me amas y que puedo confiar en ti, tú aprendiste que te amo y que confió en ti. No importa si viajaste 7654.58 kilómetros, o 4756 millas. No importa si yo viaje 5400 kilómetros o 3356 millas. No importa si nos tomo años encontrarnos, no importa si tu cultura o tu idioma son diferentes al mío. Lo único que importa es que estamos aquí, que la vida nos encontró y nos coloco donde debíamos estar para que el otro nos encontrara. Gracias mi príncipe bello por estar detrás de mi esperando que desfallezca de espalda para empujarme con amor hacia adelante, gracias por estar frente a mi listo para poner tus brazos alrededor mío, gracias por nunca decirme que por favor deje de llorar y al contrario pacientemente secar mis lagrimas, gracias por no dejarme ver tus frustraciones frente a mi lenta recuperación, gracias por sentirte feliz cuando yo lograba poner una sonrisa en mi rostro. Gracias por ser quien eres, Gracias por dejarme, ser quien soy.

CAPITULO VEINTISEIS

APRENDÍ

Ha sido un camino corto en años pero largo en conocimiento. A veces siento que fui llamada a vivir experiencias fuertes y que la montaña rusa que ha sido mi vida, ha ido hacia arriba y hacia abajo sin tiempos de receso, es tanto lo que he tenido que aprender que la vida apenas si me ha dado el tiempo de respirar, tomar aire y continuar. Hoy se a ciencia cierta que no estaba destinada a ser mamá de un solo hijo, sino de todos aquellos que por mi vida han pasado, los hijos ajenos que de una u otra manera se han convertido en los propios.

La vida me ha enseñado el valor de la paciencia y la sabiduría de la espera pausada. Aprendí a amar a los que amo de manera desinteresada sin esperar más que una sonrisa a cambio, he aprendido que el dolor de las relaciones viciosas es como una inmensa bola de nieve que crece y crece hasta llegar a aplastarte y dejarte moribundo sobre el frio y solitario pavimento, aprendí también que pretender comprar afecto no es mas que la consecuencia de los abandonos que sufrimos en la etapa de formación que nos dejan llenos de vacíos y con las manos atadas. Aprendí que no debo dar sexo para recibir afecto y que las amigas no son las personas que están allí junto a ti mientras tienes algo que ofrecer. Aprendí que las relaciones interpersonales con hombres o mujeres son parte vital de nuestra formación de nuestro crecimiento pero no son la base de nuestra felicidad.

Aprendí que ser bipolar es una enfermedad y que conlleva consigo un estigma, creado por la ignorancia y el miedo de quienes no saben que es ni como enfrentarlo. Aprendí que la gente cree que ser bipolar es estar loco, y que realmente no nos damos cuenta que todos conllevamos dentro de nosotros mismos locura innata. Aprendí algo bello que me libero de muchos dolores y me ahorro miles de lagrimas... Que perdonar no significa aceptar, por eso aprendí a perdonar a mi padre Severo a mi profesora Consuelo, a mis "Amigos los que me abandonaron" a Thomas y al Escritor, a aquellos que me han hecho daño y a los que me han abusado. Aprendí que perdonarlos no implica darles un lugar en mi vida ni permitirles el privilegio de contar conmigo.

Aprendí que las personas le tienen pánico a la palabra siquiatra, y digo las personas porque hace años entendí que el siquiatra es en mi vida tan importante como el pediatra lo es para un niño. Aprendí que la medicina no funciona a la primera, ni a la segunda, ni a la tercera y que son muchos los intentos que hay que hacer para dar con el bingo de una medicina y una dosis que funcione para un enfermo como yo. Aprendí paciencia, aprendí tolerancia y aprendí que aun me queda muchísimo por aprender.

Aprendí que apesar de estar muy lejos de haberme curado estoy cada vez mas cerca de controlar entender y aceptar mi enfermedad. ... y aquí voy y seguiré trabajando en ello.

REFLEXIONES PROPIAS

Los homosexuales son seres humanos con una capacidad de amor tan grande que en muchos casos deciden esconderse de si mismos para no convertirse en la vergüenza de sus familias y el hazme reír de una sociedad ignorante.

Ser madre va mas alla de engendrar un hijo; la infertilidad no es otra cosa que la herramienta de la mujer para usar su creatividad y llegar a ser madre.

El sida es una espantosa realidad, pero más espantosa aun resulta la realidad de nuestra falta de aceptación, tolerancia y amor incondicional. A un enfermo de sida es muy fácil darle confort con solo una sonrisa franca le estarás dando mas bienestar que el que le proveen cientos de medicinas al mes. Quizá tú no lo padezcas pero ¿cómo te sentirías si propios y extraños te rechazan?

Los círculos de violencia y poder comienzan a formarse muchas veces antes que comience nuestra vida, nuestra meta ha de ser cerrarlos antes que nuestra vida termine.

El silencio es un asesino que destruye vidas. Hoy me miro al espejo y veo quien soy yo ahora y quien fui durante todos los años que me negué mi propia realidad y la disfracé para que el mundo no me conociera como realmente soy.

Tú puedes manejar, esconder tu condición como un secreto para los demás, pero el precio que se paga es terriblemente alto. ¡Créeme!

Por fin aprendí a aceptar que era lo que me atemorizaba y ahora en lugar de huir de ese dolor corro de frente hacia el para vencerlo.

Yo hui de mis temores y huyendo les di poder, los hizo más y más grandes, yo les di el poder de intentar destruirme.

Pienso que por mucho tiempo me perdí a mi misma, pero hoy puedo decir que finalmente me he encontrado.

Entiendo que el conocimiento es el único que te da la sabiduria de conocerte aceptarte y amarte a ti mismo.

Acepto que:
Tengo que tomar medicina todos los días de mi vida,
Que fui abusaba emocional, física y sexualmente en mi infancia,
Que soy una enferma Bipolar con Sìndrome de Estrés Post-Traumàtico.
Lo acepto!

La violencia infantil marca una huella imborrable en nuestras vidas. Las consecuencias de una frase acabante, el latigazo de unos golpes indiscriminados y la violación de nuestra intimidad deben ser tratados a tiempo para que el miedo y la falta de aceptación no se conviertan en nuestras banderas de la vida adulta.

Las crisis se confabula con los traumas para atacarnos al tiempo pero la perseverancia y disciplina siempre nos sacarán “aventi”.

Aprendí a no juzgar porque me vi juzgada. Aprendí a ayudar porque me sentí desamparada. Aprendí a entender que hay cosas que no requieren explicación. Aprendí que un empleo, una situación financiera estable, una vida de comodidades no son lo realmente importante en la vida lo único que realmente cuenta es el amor y la aceptación a nosotros mismos. Por encima de todo aprendí que todo lo que viví me hizo un mejor ser humano una persona mas noble mas humana y a la vez mas fuerte.

Rocio Guerra Rueda

REFLEXIONES PRESTADAS

“Yo tengo diabetes y soy socialmente aceptada. Mi hija es Bipolar y a pesar de ser también una enfermedad, no es socialmente aceptada” *Palabras de una mujer de sesenta y cinco años que atiende con su hija a mi grupo semanal de apoyo a enfermos bipolares.*

“Las palabras son como las flechas. Una vez que las lanzas, no las puedes recuperar. Así que elígelas con cuidado”.*-Desconocido-.*

“La tragedia de la vida, no es la muerte. Si no que nos dejamos morir por dentro mientras aun estamos vivos” *-Norman Cousins-*

“Todo final, es un nuevo principio”.-Desconocido-.

“Llegamos al mundo sin nada, y nos vamos de el sin nada. Nunca he visto un camión de mudanzas siguiendo un coche fúnebre al cementerio”.*-Desconocido-.*

“La mayoría de las personas mueren a los 20 y son enterradas a los 80”. *-Desconocido-.*

“Lloraba porque no tenía zapatos hasta que vi a un hombre que no tenia pies”.*-Desconocido-.*

“Solo los que se arriesgan demasiado pueden saber que tan lejos pueden llegar”.*-Desconocido-.*

"La vida es demasiado importante para esperar hasta que esté a punto de morir para despertar".*-Desconocido-*.

"Deja de etiquetar las cosas como positivas o negativas, sencillamente acéptalas como oportunidades de evolucionar".
"Dentro de tu corazón, residen todas las respuestas, camina hacia tus temores y entonces aprenderás a volar". *-Apartes del libro: ¿Quién te llorara cuando te mueras? Robin S. Sharma-*

Fracaso no significa que Dios nos ha abandonado. Significa que Dios tiene un mejor plan para nosotros. *-Desconocido-*.